MARÍA VICTORIA

Isidro Pascual Tur

Título original: *María Victoria*
© *María Victoria,* Isidro Pascual Tur, 2022
© portada: Juan Araque
Corrección, diseño y maquetación: Celia Arias Fernández

Índice

A las víctimas de la COVID-19

*A todo el personal sanitario y asistencial,
en agradecimiento por su labor frente
a la pandemia de la COVID-19*

*A mis hijos y a mi mujer,
en agradecimiento por su paciencia*

*A Freddie Mercury, Montserrat Caballé,
Robert Miles, Joaquín Rodrigo, Chopin,
Beethoven y otros cantantes o autores sugeridos,
en agradecimiento por su música*

*A los taxistas, en agradecimiento
por su vocación y sus músicas*

Nota del autor

Este trabajo nace como una necesidad por descubrir a un personaje, con sus pensamientos e inquietudes. En este alumbramiento, la realidad es una falacia bien agarrada a las formas objetivas de la vida. La otra realidad, la auténtica, es el sentimiento que cada persona o personaje, nunca he entendido la diferencia, procesa en su interior y le afecta globalmente.

Una novela que atiende este fondo humano debe ser fiel en sus formas. He optado por la narración en la voz del personaje, un procedimiento que facilita el afloramiento de su interioridad. El narrador principal es el protagonista y su reflexión va en letra redonda. El pensamiento del resto de los personajes queda marcado con las comillas angulares. En algunas ocasiones, las comillas aparecen invertidas al principio del párrafo, evidencia de seguimiento del texto anterior, ya sea pensamiento o intervención del personaje.

Este modelo narrativo es, además, respetuoso con el lector, porque le permite la lectura de un texto organizado. Estoy convencido de que los pensamientos nacen sin un orden, aunque el lector lo necesita.

El libro es un ejercicio de introspección, por lo que persiste una fuerza narrativa que empuja hacia la primera persona del presente.

En varios capítulos, el personaje principal imagina la respuesta a sus inquietudes por parte de otros que están ausentes. Es como un diálogo interior del personaje: conversa con su madre fallecida, con su padre distanciado, con la maestra que tuvo en la infancia, con una araña… Este pensamiento no fluye del personaje ausente, puesto que, simplemente, no está. Marco con letra cursiva estas verbalizaciones imaginadas.

La música forma parte de la novela y de su lírica, luego también debe escucharse con la lectura.

El texto incorpora varias interjecciones y onomatopeyas. Dos de las más recurrentes son *quiji* y *snif.* La primera, *quiji,* o *quij,* es como una tos que copia el espasmo del llanto. La voz *snif* también imita el espasmo del sollozo, en este caso, nasal.

Deseo que disfruten del texto tanto o más que yo, en cada brote, en cada rama, hasta ver el árbol crecido.

Riola, España. Martes, 5 de enero del 2021

«El cuadro de los objetos sensibles es el que ha creado en algunos la opinión de la verdad de lo que aparece. Según ellos, no es a los más, ni tampoco a los menos, a quienes pertenece juzgar de la verdad. Si gustamos una misma cosa, parecerá dulce a los unos, amarga a los otros. De suerte que, si todo el mundo estuviese enfermo, o todo el mundo hubiese perdido la razón y solo dos o tres estuviesen en buen estado de salud y en su sano juicio, estos últimos serían entonces los enfermos y los insensatos, y no los primeros».

ARISTÓTELES: *METAFÍSICA*

I
La avenida de los Naranjos y la calle de los Pescadores

«Sería ridículo, absurdo e incluso estúpido hasta más no poder, pretender que el arte permaneciera indiferente a las convulsiones de nuestra época. Son los hombres los que preparan los acontecimientos, son los hombres los que los realizan, y los acontecimientos a su vez actúan sobre los hombres y los cambian. El arte refleja, de forma directa o indirecta, la vida de los hombres que realizan o viven los acontecimientos».

LEÓN TROTSKI: *LITERATURA Y REVOLUCIÓN*

Son las nueve y cinco, y a las once y media debo estar en el hotel. Voy justa de tiempo, aunque siempre ando igual.

Con el frío que hace, y a mí se me ocurre salir de casa con la faldita, una blusa y la roquera. ¡Muy bien, Victoria! Al menos, las botas sí me cubren bien los pies y las pantorrillas.

La avenida de los Naranjos es larguísima, Dios mío. Pronto gira a la izquierda y continúa otros tres kilómetros hasta la entrada sur de la ciudad. Y es tan ancha como una autopista: tiene tres carriles por sentido, con un bulevar en medio, y amplísimas aceras de más de veinte metros a ambos lados. Las palmeras del centro y los naranjos plantados en las aceras tratan de humanizar este espacio, pero no lo consiguen. Algún día crecerán las palmeras, que todavía siguen apuntaladas en el suelo; los naranjos son falsos, sus frutos, amargos, no se pueden comer.

No hay edificios antiguos en la avenida de los Naranjos, el más viejo apenas tendrá cincuenta años. Mi vecino Jacinto dijo que el pueblecito de pescadores, siendo él un niño, fue extendiéndose desde el cerro hasta el mar. Luego construyeron esta avenida y todo cambió rápido. La gente del pueblo se mudó a la ciudad, paralela a la costa, y la avenida siguió creciendo. Todos los edificios son enormes, aunque la altura disminuye rápido en las calles anexas. La ciudad se empuja en dirección a la avenida y, de tal fuerza, resultan estas construcciones tan altas.

El rascacielos gris que hay frente a la callejuela, al otro lado de la avenida, es altísimo, tanto o más que las dos torres del hotel. Tendrá más de treinta plantas, ¿a ver?

—Una, dos, tres, cuatro, cinco, seis, siete, ocho…

¡Veintiocho plantas! Puede que la altura sea una cuestión de percepción más que una realidad bien asentada, es posible que la poca base del edificio aumente la percepción de la altura, pero son veintiocho. Y si multiplicamos cada planta por tres metros, el bloque mide… ¡cerca de noventa metros!

—¡Ufff, sí es alto, sí!

La superficie sobre la que se eleva el rascacielos es un cuadrado, por lo que el número de viviendas por planta será par. La base del edificio tendrá unos cuarenta metros en cada lado, lo que da una superficie aproximada de mil seiscientos metros cuadrados construidos. Si descontamos un treinta por ciento para zonas comunes, habrá… dieciséis apartamentos por planta, más o menos. En el bajo no hay viviendas, todo el espacio está distribuido en varios locales comerciales. Dieciséis viviendas por planta, por veintiocho, da un total de ciento sesenta por tres, menos dieciséis por dos… ¡Cuatrocientas cuarenta y ocho viviendas! A las que tendríamos que añadir los locales.

—¡Qué colmena, Dios mío!

¿Cuántas abejas estarán laborando en este rascacielos? Si en cada apartamentito viven tres, en esta colmena pueden estar zumbando, ahora mismo, cerca de mil trescientas cincuenta. Falta sumar a la gente que trabaja en los locales. Casi todo el pueblecito cabría en este rascacielos, aquí enfrente, al pie de la calle de los Pescadores.

Me acuerdo cuando subíamos por el monte hasta a la torre de vigilancia del pueblo, Saturnina. Desde la torre se ve todo el valle… Tú y yo íbamos más rápido que Pablo. Al Bola le costaba andar para arriba porque estaba redondito. ¿Recuerdas cuando contábamos las nubes? ¡Qué bien lo pasábamos los tres juntos! Nuestra única preocupación se limitaba al temor a las regañinas por los rotos que traíamos a casa.

—*Yo prefiero ir a comer naranjas, higos o almendras. Pablo siempre se harta. Victoria, ¿el sábado vendrás a pescar ranas?*

—Claro que iré, Sátur.

¿Qué será de vosotros dos? Os marchasteis al acabar en la escuela.

La avenida de los Naranjos, al pie del cerro que alberga el viejo pueblecito de pescadores, es hoy el corazón mismo de la ciudad. Su tráfico distribuye las gentes, los servicios, las urgencias… El constante ruido, la gran gama de iluminación, pública y privada, y los diversos olores son evidencias de su frenético ritmo de vida.

Es noche de Reyes y la avenida sigue cumpliendo su función, ahora mejorada. Las aceras, convertidas hoy en auténticos paseos, reivindican un tránsito peculiar que no busca una rápida comunicación. Las orillas van a rebosar de madres y padres con sus hijos. Esta niña monta un patinete, aquel niño lleva una gran caja bajo el brazo… Los padres ríen, hablan entre ellos o juegan con sus hijos. Todos pasean despacio, están alegres por la llegada de los Reyes Magos de Oriente.

Como cada año, la cabalgata transcurre por esta parte de la calzada pegada al cerro, en sentido sur. El suelo está cubierto de confeti, serpentinas y caramelos machacados, que no deslucen la avenida. Con un toque colorido particular, la suciedad es como una alfombra mágica que engalana la ciudad.

Escucho por megafonía el villancico *Noche de paz*. La canción me llega a través de unos sonidos metálicos y estridentes, a veces interrumpidos por el tráfico rodado de la otra parte del bulevar. La música infantil colabora en la creación de una atmósfera que pronto morirá, para renacer casi un año después.

—¡Mañana, morenita!

Mañana, el día seis de enero, auténtico día de Reyes, estaremos las dos juntitas y pasearemos por el pueblo. Seguro que la tía Domi ha elaborado un sabroso roscón. ¡Pero no te pringues con la nata!

La siguiente callejuela a la derecha, justo enfrente del enorme rascacielos, sube hasta la plaza de la Iglesia, en el casco antiguo.

Las nueve y cuarto, ¡qué tarde! ¿A ver estas?

—¡Nada de nada, mierda!

Ni un mensaje, ni una llamada. ¿Dónde os habéis metido este fin de semana? Ainhoa, no viniste a zumba el viernes. Rebeca y Laura, las camareras del restaurante, preguntaron por ti. ¿Y vosotras qué me queríais decir después de bailar? Insinuabais todo el tiempo; os he notado recelosas conmigo.

Tampoco contestas mis mensajes ni me coges el teléfono, Ainhoa. No sé nada de ti desde que nos despedimos el jueves por la mañana, en Año Nuevo. ¿Se habrá roto tu móvil? Imposible. Puede que tu hijo Quique siga resfriado y por eso no atiendas el teléfono. La semana pasada estaba con fiebre, pobrecito.

¿Por qué han cerrado la discoteca justo el primer fin de semana de 2004? Todavía hay gente de vacaciones y mucho guiri con la cartera llena. Cuesta tan poco tiempo cambiar un par de altavoces cascados. Puede que la avería sea más importante o haya que reparar un amplificador, las luces… Todo está relacionado con la bronca que nos echaste, ¿verdad, Carlos?

Ainhoa, ¿estás segura de que el súper de enfrente de la iglesia tiene los perfiladores que busco? ¡A ver si me has jodido bien!

Nunca he venido a este supermercado, me pilla lejos de casa. No suelo tener la necesidad de salir de la ciudad, porque, ¿qué puede ofrecerme este pueblecito de pescadores que no tenga yo en mi barrio? En abril sí vine, con Maica, solo a tomar café a la bodeguita y para abajo. Ni sé el tiempo que hace que no subo a la plaza de la Iglesia.

Todavía me debes los cincuenta euros que te presté en Halloween, y esta noche me los tendrás que devolver. La memoria no suele fallarme, bonita. Yo también voy apurada, ¿qué te crees? Tengo pendiente el alquiler del mes pasado.

Giro la esquina a la derecha y tomo la callejuela que me llevará a la plaza.

«Calle de los Pescadores».

—¡¿Uy?!

¡Qué mosaico tan bonito han pegado a la pared, justo al ladito de la placa! Las pescadoras, sentadas alrededor de una mesa de trabajo, tejen unas redes. Los hombres, detrás de ellas, descargan los peces de las barcas. Un pescador apoya las manos en la mesa de las mujeres. Los personajes muestran semblantes sonrientes, todos trabajan con alegría. La composición recrea una atmósfera de felicidad común que forma parte del pasado marítimo de la ciudad.

Ya he mirado bastante, conque sigo caminando, ahora para arriba. La acera de la avenida se ha transformado en la calle de los Pescadores, una calleja peatonal empedrada de unos seis metros de pared a pared. Han instalado una barandilla agarrada al muro para facilitar el tránsito de la gente de edad. Las casitas más altas solo tienen dos niveles, y las paredes están enlucidas y pintadas de blanco. La iluminación también ha

17

cambiado: las farolas de la avenida, similares a un caramelo con palo, se han transformado en otras cuadrangulares, trabajadas en forja, bien sujetas en las fachadas.

La calle roba el oxígeno de mis pulmones, paso a paso. ¡Qué diferencia en el andar cuando se sube una cuesta! ¿Por qué los primeros habitantes edificaron el pueblecito tan alto si se tenían que buscar el pan en la mar? Alguna razón tiene que haber y, con paciencia, la encontraré algún día.

Tengo frío y estoy cansada. Solo llevo recorridos unos cien metros, y todavía faltan trescientos hasta la bodeguita y cien más hasta la plaza. Los pulmones silban extraños pitidos, puede que no haya vencido a la gripe. Respiro más de la cuenta, sin saciarme. Al menos, no me pican los brazos y la espalda como el fin de semana pasado.

Evita, tampoco sé nada de ti desde el día uno. ¿Dónde te has escondido, rojita? Te he enviado dos mensajes y sigo a la espera. ¿Sabes que he pensado lo que comentaste de mudarte a mi casa y vivir las dos juntas? No lo veo claro, chica. Sé que nuestra situación es parecida, ya que las dos vivimos solas. Llevo muchos años de soledad y te comprendo a la perfección. Tienes veinticuatro, dos más de los que tenía yo cuando vine aquí a buscarme las castañas.

—¡Qué ingenua era, Evita!

Quería comerme el mundo a bocados. ¡Qué grande era la ciudad y qué chico mi pueblecito! Hoy todo ha cambiado. Sé que estás tan sola como yo, pero no lo puedo aceptar. Si necesitas venir algún día, adelante. Lo siento, yo tengo mis cosas y tú tienes las tuyas. ¿Lo entiendes, Eva?

Escúchame, ¿es cierto lo que me ha contado Ainhoa? ¿Te has acostado con algún cliente del hotel y le has sacado la pasta? Confío en que solo sea un chismorreo. No te hagas eso nunca, mujer. ¡Y deja de cotillear por aquí y por allá!

No me has devuelto los quinientos euros de tu operación. Han pasado dos años, jodida. ¿Recuerdas que te presté mil quinientos para los implantes? En septiembre prometiste que me pagarías antes de que acabara el año. La nómina de navidad viene subida, así que podrías ajustarte un poquito y devolverme lo mío. ¡Gestiona mejor la pasta, Eva! Si no me pagas, vas a estar haciéndome la manicura de por vida. ¡Y qué uñas más chulas llevas siempre! Tampoco creo que me las tengas que arreglar cada semana sin cobrarme. Me encantan tus francesitas, ¡y me han durado todas las fiestas! Luego hablaremos tú y yo un ratito, niña.

¡Qué empinada está la calle! Resuello cada vez con más intensidad. Mi respiración está reñida con la zancada, ni se hablan. La alergia me ha dejado esta asma que no se irá nunca en la vida. Mi jadeo grita que pare o que disminuya el ritmo, así que me detengo y descanso. Podría agarrarme a la barandilla de la pared y seguir, aunque paso. Vete tú a saber quién habrá puesto ahí sus manazas.

—¡Brrr, qué frío!

Una ligera brisa calle abajo intensifica la sensación, me estoy congelando. Voy a coger una pulmonía de caballo.

Vuelvo la mirada atrás… He subido cien metros. El rascacielos gris, imponente con sus veintiocho plantas de altura, enfrenta la calle y cubre todo el espacio hasta el cielo. El urbanismo no tiene en cuenta al pueblo subido al cerro, espera a que sea derruido para extenderse hacia arriba. El edificio gris es el vigía.

—¡*Soy la ciudad y sigo aquí, pueblo de pescadores!* ¡*Siempre dispuesta para entrar en combate ante la más mínima amenaza a mi* statu quo*!*

Es posible que tu estrecha base aumente la percepción de la altura. Pero… ¿cuál es el motivo que te empuja para arriba?

Cuando era una niña, la calle era el espacio de juego con los amigos. En menos de un minuto, entraba en casa, cogía la merienda y salía otra vez a jugar. Con el buen tiempo, las familias cenaban en las aceras, pero los jubilados vivían en las plazas todo el año. La calle es espacio de relación en el pueblo. Ahí, con tanta verticalidad, la hermandad de tus inquilinos no sé cómo andará. Si cocinas una paella en tu casa, cuando llega abajo el arroz…

—¡Ja, ja, ja…!

Este descanso me ha venido bien. Respiro mejor, a pesar del frío. Continúo subiendo por la calle, igualita a otras muchas en mi pueblo. Me he criado corriendo por callejas más empinadas que esta.

Las nueve y diecinueve minutos. ¿A qué hora cerrarán el súper esta tarde? Caminaré más deprisa por si acaso.

En los balcones de hierro y en las ventanas, las casas tienen macetas con plantas de distintas formas y colores. De ese tiesto sale algún tipo de enredadera que desconozco. En el pueblo la gente cultiva flores como rosas y claveles, y también son frecuentes las enredaderas aromáticas. Durante los meses de julio y agosto, los paseos por la noche son especiales, pues están acompañados de los aromas. ¡Hace tantos años que no ando por las calles de mi pueblo en verano!

¿Habrán cerrado a las ocho y media o a las nueve? ¿Cerrarán a las nueve y media o a las diez? En el súper no venden juguetes, es probable que me haya pegado la caminata padre para nada.

Mamá, ¿es el galán de noche la planta aromática que mejor huele?

—*Sí, claro, María Victoria. Y también se percibe muy bien el jazmín, la madreselva y el resto de las flores. Las plantas respiran al ponerse el sol, y es entonces cuando nos regalan sus fragancias.*

—¡Qué casa más bonita!

Pero ¿qué pintas tú aquí? Los detalles te diferencian del resto de las casitas de los pescadores, austeras, solo pintadas con cal y sin decoración. Los dinteles de tus puertas y ventanas están rematados con flores, plantas y naranjas. Me llaman la atención los detalles decorativos: están bien trabajados y resaltan por su colorido tan vistoso. Los balcones, elaborados con hierro forjado, acompañan la sensación de delicadeza. La puerta de entrada es ancha y alta; los ventanales son estrechos y también altos. Creo que quien te ha pagado ha preferido una arquitectura más… sensorial. Este exterior es de estilo modernista, seguro, de principios del siglo XX. ¿Y por qué esta fachada aquí, en medio de un pueblecito costero? Los dueños serían ricos, fijo. Ya hemos curioseado bastante. Andando.

Confío en que sean menos los fallecidos en el terremoto de la semana pasada en Irán. De golpe y porrazo, se mueve la tierra y todo se jode. Es injusto para esas personas.

¿Qué es ese griterío al final de la calle? Tres jóvenes, de pie, cantan en la puerta de la bodeguita. Desconozco la letra. Son unos pipiolos que, además de cantar, ríen y hasta se empujan. ¡Viva la fiesta! Aquellos dos, sentados en la terracita, también alborotan, aunque son más discretos. ¡Qué blancos están todos! ¿Será una despedida? Otra no, hoy noche de Reyes, por favor. Han venido aquí a propósito, para colocarse a tope y berrear lo que les dé la gana. Solo les importa eso. Y tú, ciudad, siempre miras a otro lado.

—¡No tienes corazón!

Naciste del revés y esa es tu verdad. Recuerda: «Árbol que nace torcido, jamás su tronco endereza». Todos van hasta el culo de alcohol. Luego las ambulancias van silbando durante toda la madrugada, hasta bien entrado el nuevo día. ¡Y qué palizas os ponéis en la disco! Insinuáis todo el tiempo con vuestros guiños y gestos obscenos, y examináis mis tetas y mi culo. Yo solo callo y sonrío; debo ser siempre la educada y no mandaros a la mierda.

—Estoy harta de todo esto.

Treinta metros me separan de la cuadrilla.

Uno de los jóvenes, el más alto y rubio, se gira de casualidad y clava la mirada en mis ojos. Detiene el cántico y apoya las manos en la mesa de sus amigotes. Soy la única persona que anda en tu dirección. ¡Qué ansiedad! Desplazo la vista a la puerta de la bodeguita.

«¡Pibonazo!».

Recuerdo el mito de Apolo y Dafne… Vísceras y fluidos empiezan a secarse, lo siento dentro de mí. Toda la piel se estira, empieza a endurecerse y se agrieta. ¿Qué le está sucediendo a mi cuerpo? De los dedos brotan ramas de laurel… ¿Es así como amas a la mujer, Apolo? Y tú, Dafne, ¿por qué te recoges, bonita? ¡Grita, joder!

—¡¡¡Qué buena estás!!!

Veinte metros…

«¡Olé, qué cuerpazo! Y qué tetas llevas detrás de la roquera. Menudo revolcón tienes, nena. Quédate conmigo y lo pasaremos bien».

El aire sale caliente de tu boca en cada espiración. Estoy tan acelerada y nerviosa que no sé si ando por la pasarela o si soy un ñu en medio del río. Por tu mirada y tu gesto, creo más en lo segundo. Todos me seguís con la boca cerrada y los ojos bien abiertos. ¡Qué vergüenza! Uno de los chicos sentados bebe un sorbo de su cubata, ameniza su espectáculo desde el palco. ¡Dejadme en paz de una vez, borrachos de mierda!

—¡Uy!

Me he torcido el tobillo, pero puedo seguir adelante.

—¡Joder!

—¡Ja, ja, ja…! —Todos reís a carcajada, soy un ñu.

¿Por qué me acechas, niñato?

«¡Qué patosa eres, tía! Tus tetas han saltado con el resbalón».

—¡Mmmm! Casi haces el cuerpo a tierra, bomboncito.

Así me llamaba Óscar, joder.

Diez metros…

«Ten paciencia y cálmate, que el cuerpo a tierra llegará. Necesitas que un hombre como yo te dé confianza».

La calle es cada vez más angosta. Las mesas de la terracita y los tres chicos de pie, en medio, impiden que cruce a la plaza. Dios mío, ese tío se agarra con ambas manos a la tubería de la pared. No te sostienes, ¡te vas a caer!

¡Qué avergonzada y nerviosa estoy! No puedo dar un paso más porq… Voy a detenerme y volveré a la avenida.

—No.

Pasaré y me dejaréis en paz.

«Tus tetas se notan duras detrás de la cazadora».

Levantas los brazos, en cruz, y los subes bien alto. ¿Imitas a un bailaor? Me miras con sorna y bajas la vista a mi escote. Eres un baboso… ¡Si podría ser la madre que te parió! Vas a bailarme cuando pase a tu lado, cabrón. En tu sucia camiseta blanca, el dibujo de un musculoso toro de lidia se dispone para la embestida. ¡La tensión me va a matar, Dios!

Cuatro metros…

«Eres una pieza de caza mayor».

—¡¡¡Pi-bo-na-zo!!! ¡Uau! ¿Has visto qué bailaor tienes enfrente?

Se abre un pequeño espacio entre dos de los «cantores» que están de pie. ¡Voy a pasar!

«Solo puedes cruzar si te pegas a mí».

Con los brazos en alto, retomas el baile y te acercas. Huelo tu hedor a güisqui, ginebra y tabaco, con otros tufos, como el sudor y tus jugos estomacales. Hijo de…

«Te cantaré».

—¡Qué asco me das!

Paso entre tus brazos…

¡¡¡Brrrum-brrrum-brrrum-brrrum!!!

¡¿Qué es ese ruido atronador?! ¡Ha temblado todo! Viene de arriba.

—¡Un avión bimotor!

Has pasado por encima de mi cabeza. Tu panza es enorme. Eres antiquísimo, grande y viejo, como de transporte.

—¡Vas a chocar contra la torre!

Rodeas el bloque, menos mal. Vienes otra vez, y ahora con más velocidad. No vas a pasar por encima de mi cabeza, sino sobre los edificios del lado de la bodeguita. ¡Siento fuerte el ruido de la aeronave!

¡¡¡Brrrum-brrrum-brrrum-brrrum!!!

—¡A ver si te vas a estrellar! ¡¿Qué?!

Son todos niños quienes se asoman por las ventanillas. Eres una nena rubita. ¿Por qué me saludas? Esto tiene que ver con la noche de Reyes, fijo. Pero ¿dónde vais con tan poca luz?

«Al acercarme a ti, una fuerza me ha lanzado al suelo. ¿Qué ha sido eso? ¿Por qué observas el cielo? ¿Qué eres tú?».

Con el rugido del avión, has caído y me miras extrañado. ¿Eres el mismo de antes? ¡Cómo han cambiado las tornas! Estás avergonzado y vencido por la circunstancia.

Continúo andando hacia la plaza. Un golpe de viento me indica que el frío invierno se mantiene activo. Intento arroparme todo lo que puedo en la roquera, aunque la cara y el cuello no pueden esconderse. Vas mal abrigada, Victoria.

¿Por qué ha caído al suelo el rubio gritón? Merecía una buena bofetada. ¿Qué ha pasado? El avión ha surgido en el momento justo para impedir…

A cinco metros, la calle gira a la izquierda. Debo relajarme o me va a dar un ataque al corazón. Respiro más de la cuenta y todavía peor que antes. Si no me detengo, la alergia asmática va a matarme. ¡Pues no vas a descansar, aunque revientes!

Estoy harta de estas cosas. Parecía como si los borrachos impidieran, a propósito, mi paso al pueblo de los pescadores. Ha costado cruzar y lo he pasado fatal, pero no ha sido imposible.

Veo la bocacalle. La plaza de la Iglesia está iluminada. ¿A ver si no tienen lo que busco? Me vibra el bolsillo alto de la roquera. ¡Ya funciona el móvil de Ainhoa! ¿O serás tú, Evita? ¿Dónde estás, maldito móvil? ¡Aquí, aquí!

—¡Nada de nada!

Nadie me envía una mierda. La bandeja de entrada está a cero desde el último SMS que has mandado esta mañana, Carlos. Recuerdo que pedías que me tranquilizara. ¿A ver?

Carlos (10:40):
Dbs trnqlizrt o t drá un atque.
¡Hzle cso a t cmpñro!

Como no sé nada de mis amigas desde que salimos de la disco, no puedo tranquilizarme. ¡Es fácil de entender, Carlos!

—*Si son tan «compañeras» como las sientes, tendrían que llamarte, ¿no crees?*

¿Puede que tengan el móvil roto?

—*Es tan improbable que se les estropee el teléfono a las dos como que te toque la lotería.*

¡Cuando llegue a la disco, me vais a oír! ¿A ver si se ha cascado el mío? No, mi teléfono sí funciona. Esta mañana he realizado varias llamadas: a la esteticista, a papá y a la tía. Gloria tampoco sabe nada de vosotras.

—¿Dónde estáis, joder?

¿Es cierto que teníais cita a las once para limpiaros la cara y no os habéis presentado en el gabinete? ¿Por qué no habéis avisado? Eso es una gran putada, Gloria está enfadadísima. Si avisáis con tiempo, ella adelanta otras citas. Con lo presumidas que sois, no me cuadra.

Te voy a escribir un mensaje, Sonia. Sabrás algo de Evita; las dos trabajáis en la misma barra.

—No, no, no. ¡Ni hablar!

No te escribo nada a ti, mulatita. Desde que llegaste, en el 2001, has llevado a tres chicas al hospital. Mónica ha estado a punto de palmarla por tu culpa. Eres el mismísimo demonio con tanga.

—¡Vas a dejarle la nariz a mi Eva, como yo me llamo María Victoria!

Y si tu entrepierna se calienta, quieres joder a placer y dinerito fácil, fóllate a Lucas, el reponedor. Con el torerín harás buenas migas. Ainhoa me ha contado lo bien que lo pasaste con unos clientes en el hotelito del puerto. ¡Qué fiestón, amiga! ¡Luego Eva no vino a trabajar y tú sí, demonio!

Te vendes por un puñado de euros. Si te lo habrás metido ya todo por la nariz, hija de… Le pediré a Carlos que os cambien la pareja y olvídate de mi Eva.

II
Los perfiladores

«Ved de cuán poco valor
son las cosas tras que andamos
y corremos,
que, en este mundo traidor,
aun primero que muramos
las perdemos».

JORGE MANRIQUE: *Coplas*

Las nueve y veinticinco. Por fin, llego a la plaza de la Iglesia.
—*Enfrente y a la derecha está el súper. No tienes pérdida, Victoria.*

Veo el comercio. Las luces del local todavía están encendidas. ¿Cerrarán a las nueve y media? ¡Toca correr!

¿Tendré más suerte aquí, Dios mío? He recorrido toda la avenida y solo he encontrado pintalabios, nada más. Ojalá aciertes y sí tengan. Debí comprar los malditos perfiladores cuando fui a visitar a Mónica al hospital. ¡Qué malas son las prisas, joder!

Me acerco a las puertas correderas. En el porche hay un vagabundo tumbado en el suelo, enrollado en una manta. Tiende la mano, quiere que le dé unas monedas. No suelo ver ningún mendigo en mi barrio, ¿por falta de pobres o por falta de caridad? Mientras haya personas muy muy ricas, también habrá gente muy muy pobre… No me sobra el dinero, lo siento. Si me acuerdo, te compraré comida.

—¡Joder!

Las puertas automáticas se abren justo antes de golpearme contra ellas. Una bocanada caliente sale del supermercado y me acaricia cara, brazos y piernas. Esta vez es aire cálido el que se mete por las mangas de mi roquera, por el escote y por la falda. ¡Qué placer!

El local está iluminado, aunque sin un cliente que lo transite. Este vacío me produce una sensación extraña. Siempre tendría que haber gente comprando en el supermercado. Cuando no la hay es como si se le arrancara su alma, y el comercio queda desangelado y triste. Cada naturaleza tiene su razón de ser, pero enferma cuando la pierde. Supongo que a las personas nos ocurre algo parecido.

La cajera despacha a un señor mayor. En la cola, una anciana, paciente, aguarda su turno. Tengo las piernas entumecidas por el frío, solo puedo andar como venía haciéndolo.

—Sí, son sus vueltas.

—¿Qué son estas perras que me das, joven?

—¡Le digo otra vez, señor, que le devuelvo ocho euros con veintiséis céntimos! ¡Y le doy el tique con la cuenta! —contestas a gritos.

La dependienta es baja y ancha, y sus ojos son redondos y oscuros. El uniforme es sencillo: zapatos negros planos, pantalones azul marino y blusa a rayas azules, verdes y blancas. Una placa en la camisa indica su nombre, aunque no consigo leerlo.

Ahora es la anciana la que está en la caja. Viste una bata larga gris oscura y un chaquetón negro abierto. Con esas pintas, andará cerca de casa. La mujer extrae los productos de la cesta y los deposita en la cinta mecánica. Parece cansada.

Un molesto pitido suena cada vez que la cajera pasa un artículo por el escáner. Le preguntaré por los perfiladores. ¡No, no, no! Está concentrada en su interacción con la máquina. Aguardo unos minutos.

La anciana tiene el pelo cano, media melena mal recogida con una diadema marrón de plástico. Le cuesta agacharse para sacar los productos del carrito y dejarlos en la cinta.

—La ayudo, mujer, no se agache más. —Acompaño la negación con la mano.

Intento doblar la espalda, pero la roquera dificulta mi movilidad. Bajo el cierre y dejo la chupa suelta.

La abuela yergue la espalda, se apoya en la caja y me busca. Exhala con fuerza. Su cara es redonda, y la piel es clara y rugosa. Por la forma de los labios, estriados y ligeramente doblados hacia el interior, es evidente que le faltan algunos dientes. Me ofrece una sonrisa sincera.

«Tú eres… Sé que eres tú. ¡Más tierna de lo que yo me he *rumiao*! Tus ojos de gato, la boca… Te aguardo con ilusión».

—Eres un ángel. —Tu voz es ronca y grave.

Me sonríes con una mueca discreta de agradecimiento. ¿Por qué me miras con esa dulzura?

«Mis hijas quieren llevarme al asilo, pero yo prefiero marcharme. Cada día ando peor y olvido más. Yo he *vivío* lo mío y nadie me necesita. Con ellas queda todo *hablao,* no te preocupes. Me duele dar trabajo, por eso me he *desprendío* de casi todo. Lo poco que queda lo tengo en casa, *recogío* en cuatro bolsas. ¿Vendrás esta madrugada? Serías mi regalo de los Reyes Magos».

Dentro de mí resuenan tus palabras. Pero… ¿yo un ángel? ¡Y una mierda!

—¿Que soy qué? ¡Ay, ay, ay…! —Niego con las manos y la cabeza—. ¡Qué va, qué va! No me conoce usted bien. Me sobran defectos para ser eso. ¡Un ángel sí, pero de los caídos! ¡Ja, ja, ja!

Con mi chascarrillo, te regalo una ligera sonrisa, aunque tú me contemplas con un gesto sincero y afable.

—¿Un ángel yo? ¡Ja!

Acabo de depositar los productos en la cinta y llevo la cesta a la entrada, con la pila.

—¡Qué susto, Dios mío!

Una melodía infantil con tonos electrónicos estridentes desvía mi atención hacia una pequeña atracción de feria. ¡Eres un patito mecánico, joder! Me has confundido con una niña y estás pidiéndome que suba a tu lomo. Lo siento, patito, pero con esta falda no puedo montar. El colorido animal inicia un movimiento, adelante y atrás, que acompaña el compás de la acelerada música. De repente, la atracción se queda quieta y en silencio.

—¡¿Qué?!

Un tacto esponjoso, cálido y lánguido, me agarra la mano… Sonríes, anciana, con más energía que antes. Tus ojos están llorosos y tienes las mejillas encharcadas. ¿Por qué me miras con tanto afecto?

—Muchas gracias, joven. Espero verte pronto.

«Aquí tendría que haber más personas como tú».

Te giras y caminas hacia la puerta. El andar es lento y tambaleante, y tus brazos son flacos y largos. Llevas la bolsa de la compra rozando el suelo.

—De nada, mujer.

No es habitual tanto agradecimiento en mi vida. Estoy desconcertada. Las palabras «bonitas» que llegan a mi oído suelen ser de índole sexual, cuando no son proposiciones deshonestas directamente. Tus gestos, la voz… ¡Juraría que te he sentido antes!

Dándome la espalda, levantas la mano y, con un leve movimiento de muñeca, te despides de mí. Se abren las puertas mecánicas y sales a la plaza.

Una fría brisa acaricia mi cara. Sé que me aguardas fuera, invierno. Resulta extraño que mi cuerpo se haya aclimatado tan rápido a la temperatura del local: me siento mejor y más caliente.

Me espera la dependienta. Es jovencita, no tendrá más de veinticinco años. Ha recogido el pelo en una larga coleta. Un crucifijo de metal negro le cuelga del cuello, ¿de estilo gótico? Sonrío, pero no agradeces el gesto. Permaneces erguida e inmóvil, con las manos en el banco de la caja. Tu seriedad es inquietante. Bajas la vista a mis… ¿Me estás calibrando las tetas, bonita? Eres una desvergonzada.

—¡Pfff!

Te preguntaré por el lápiz.

—Hola, ¿tienen perfiladores?

No contestas. Levantas las cejas en señal de asombro, inspiras profundo y giras la cabeza hacia interior del local. Mantienes la mirada unos segundos. ¿Me has escuchado? Claro que me has oído, maleducada. Te haces la longuis.

Vuelves a ojearme otra vez, aunque te mantienes callada. Es tarde, debería estar arreglándome en casa. Insistiré.

—¿Holaaa? ¿Tienen perfiladores? —Mi entonación es musical, las preguntas van con sorna.

¿Me oyes? No me escuchas. ¿Estás ahí? Sé que te escaqueas, sí me has oído.

—Te he escuchado —hablas rápido y con una voz potente.

Seguro que te has molestado por mi insistencia y tonillo burlón. Debo corregir mis formas o no dejarás que entre a por el maldito perfilador.

«¡Coño, qué tía!: morenaza, alta y con las tetas empinadas. ¡Qué rica estás, Dios! Operadita hasta arriba. Te sienta bien la roquera y la faldita con las botas.

»Claro que te he escuchado. ¡Y ese *hola* se lo dices a tu madre, cariño! A ver si te crees que vas a entrar fuera del horario, me vas a pedir lo que quieras y yo debo atenderte con reverencia. *¿Perlifaqué?* ¿Qué es eso y a mí qué coño me importa? En la vida lo he usado. Al fondo, sección perfumería».

¡Ding, dong, ding! ¡Dong, ding, dong!

¿De dónde ha venido eso? Pasados tres segundos, una metalizada voz femenina indica que el supermercado concluye la sesión. Cierras la boca, abres bien los ojos y sonríes, pero fuerzas el gesto.

—¿Has escuchado el aviso por megafonía? Está programado, no lo digo yo. —Levantas el brazo izquierdo y el dedo índice apunta al reloj—. Pasado mañana más y con más paciencia.

Tu cara comunica hastío. ¿Me marcho? Insisto, joder.

—Solo quiero un perfilador. ¿Puedo entrar, cogerlo y salir corriendito? Por favor, déjame pasar.

—¿Cómo? —preguntas con entonación alta, miras tu reloj, frunces el ceño, ladeas la cabeza un par de veces y exhalas.

«Estamos aquí para lo que tú quieras y cuando a ti te dé la gana. ¿No has tenido tiempo de buscar las pinturitas desde las nueve de la mañana que estamos abiertos? ¿Te echo a la calle? ¡Y Raquel esperándome para ir a cenar! Paciencia, Toñi. "Servicio" pide la jefa, "vocación de servicio". ¡Hasta los huevos estoy del "servicio"! Vamos, fresca, te indico dónde están los pintalabios y te vas "corriendito"».

¡Qué ojos, joder!

—Perfiladores, sí, para marcar los… —Abro la boca y, con la punta del pulgar, me repaso el vértice del labio superior.

«Si repites eso con el dedito en los morros, te muerdo la boca. ¡Vas a pegarte el fiestón padre y te has quedado sin colorines! ¿Eres una pilingui o solo lo pareces? ¿Y a mí qué cojones me importa lo que tú seas?».

—Sí, *perlifadores,* para pintar los labios. —Levantas la mano, la acercas a la boca y la mueves en zigzag, como si pintaras el casco de un barco con alquitrán.

A duras penas puedo aguantar… la risa. Espero que no te des cuenta. ¡Qué ruda eres, hija mía! ¡Más que un arado! Tu gesto se dulcifica, has tomado a bien mi falsa sonrisa burlona, pucherín.

—*Perfiladores,* eso es. —Asiento con la cabeza y sonrío.

—¡Pufff! —Soplas con fuerza, al tiempo que realizas un tintineo en la cabeza, signo de negación—. Venga, entra rápido, que vamos a cerrar. Busca en perfumería. —Señalas el pasillo central.

Te ablandas, tiarrona. ¡Sí entraré, bien!

—Pero ¿dónde está la sección de perfumería?

Levantas otra vez la mano, apuntas al final del pasillo y vuelves a calibrar mis tetas. Joder, ¿vamos a la frutería y las pesas? Te adelanto que la derecha es más grande, no me cabe bien en la copa. Aun con la indiscreción, tu permiso me anima.

—Ve por este pasillo hasta el fondo. A ochenta metros tienes la cosmética. Habrá desorden: cajas y cintas de embalar por el suelo, papel de regalo… ¡Cuidado, no tropieces! Hoy hemos vendido un palé de colonias; parece que la gente solo se perfuma en Navidad y Reyes. ¡Ja, ja, ja!

—Me da igual cómo esté.

—Si no encuentras los pintalabios que buscas, pregunta por Yolanda, la encargada de la sección. Es una chica alta, delgada y de piel morena, aunque menos que tú. ¡Ah, y lleva gafas azules! Quedan tres minutos para cerrar, cariño…

«¡Qué tía, Dios! Feliz noche de Reyes, Toñi. Anda, entra, coge tus pinturitas y márchate, que cerramos y a casa. ¡Qué ganas tengo de salir de aquí! Con tantas horas extra, paso las fiestas atada a la caja de los huevos».

—Muy amable… ¿María Antonia?, ¿te llamas así? Lo leo en tu placa. —Señalo en mi pecho el lugar en que llevas el nombre.

—A esa creo que le cortaron la cabeza en Francia. ¡Qué huevos tienen los franceses! Yo soy solo Antonia. —Cierras la boca y ladeas la cabeza—. ¡No te despistes, que cerramos! —Con un gesto de la mano, me pides que vaya contigo.

«Salgo de la garita y te indico dónde tienes que ir, así adelantamos. Ven, que te voy a señalar hacia dónde tienes que mover ese culo tan prieto que tienes detrás».

—¿Ves donde apunto con el dedo? Camina hasta el fondo y verás la sección de perfumería a la derecha.

«Venga, que no quiero perderme cómo sube y baja ese culito respingón».

—Gracias por dejarme pasar, Antonia.

Me devuelves una sonrisa postiza y quedas estática en medio del pasillo, como queriendo verme recorrer el súper.

«Sí, sí, ríes bien, sí. ¡Camina, hostia! Enséñame cómo meneas ese trasero, morena».

Voy a darme prisa, que se hace tarde. Intuyo que vas a palparme el culo con la mirada. Me da igual lo que hagas con la vista, aprovecha si quieres.

—¡Uy! ¿Qué es esto que tengo en el pie?

Me agacho a ver.

—Tú te lla… ¡¡¡Las bragas, chica!!!

«¡Qué culazo más bien puesto! ¡Uau! Te conozco y conozco ese trasero. Hostia, cómo lo mueves. No sé si de aquí, pero yo he hablado contigo antes, muñeca. Eres una fresca y estás rebuena, Dios».

¿Te gusta cómo muevo el culo al andar, Antonia? He escuchado tus palabras, ¡qué vergüenza! No creía que te mostraría las bragas.

Ochenta metros… ¡Qué estrecho y largo es este supermercado! Las juntas de las baldosas, oscuras y alineadas con las estanterías, casi confluyen al final del pasillo. El pavimento es un inmenso puzle con sus piezas exactamente encastradas. Si estiro las piernas, de cada dos pasos dejo una baldosa sin pisar.

Las botas se pegan al suelo. Se habrá roto alguna botella y su líquido se ha derramado. ¡Lo primero es vender, sí! El frenesí de las compras descontroladas de última hora ha hecho el resto.

Maldito perfilador, si me costará encontrarte. Pero sin ti, mis labios se desparramarán, igual que si hubiera comido pasta con mi Luna. ¿Te acuerdas del último día que estuvimos juntitas antes de navidad?

—¡Sííí!

Comimos macarrones y se desparramaron en tu cara.

—¡Ji, ji, ji!

La tía Domi los cocina con atún. Ella cree que los suyos son mejores que los de tu abuela Anita. ¡Dónde va a parar!

—*La* buelita *está en el cielo, mami.*

Los macarrones de tu abuela son los mejores, aunque me costaría darte un porqué. No le diremos a la tía *Omi* que los suyos saben peor, ¿eh, Luna?

—¡Chissst! ¡Chitón!

En un momento, solté el tenedor y me puse a hablar con la tía.

—*Sí, mami.*

Cuando te volví a ver, me sorprendió que tu cara era todo tomate, con algún pedacito de pasta pegado a la piel.

—¡Ja, ja, ja…!

—*Me lla-llamaste* cochina.

Te lo dije como una tontería. ¡No seas tan sentida, niña! Estabas graciosa con los pedacitos de pasta en la cara, todos bien pegaditos. ¿Te acuerdas? Los tres reímos tu hazaña.

—*¡Qué risa! ¡Ji, ji, ji!*

Tienes el mismo gesto que tu padre, morenita. Me da igual que la tía diga que te pareces en todo a mí.

—*¿Mi papá es guapo?*

Tu papá es muy muy guapo y pronto vendrá a verte, te lo prometo. Tú misma describías cómo te había quedado la cara. ¡Dímelo otra vez, anda!

—*¡La cara llena de macarrones! ¿Luna está guapa, mamá? Tía Omi, ¿estoy guapa? ¡Ji, ji, ji!*

—¡Qué niña!

Tenías pasta y tomate hasta en los tirabuzones. Qué graciosa estás con los dientecitos de leche y toda embadurnada de salsa. Tengo tu foto en el fondo de pantalla del móvil, ¿sabes? Me recuerda que siempre estás ahí, riéndome.

—¡Snif!

Pasado mañana le pediremos a la tía *Omi* que cocine un platito de pasta.

—*¡Sí, macarrones!*

Necesito que riamos otra vez las dos juntas. Otro día le podríamos pedir un platito de espaguetis; aunque dudo que caiga, porque la tita lleva tu alimentación a rajatabla. No has tenido hijos propios, tía, y me has robado a mi Luna.

—*Mi hermano y Anita solo te tuvieron a ti, y tú eres la madre de la niña. Yo no supe parir ningún hijo; no somos fértiles en la familia Molina. ¿Cómo no voy a cuidar a tu hija como si me la hubieran arrancao de las entrañas? Me lo quitaría de la boca y pasaría hambre otra vez... ¡para dárselo a mi Luna!*

Bien robada está, tía Domi. Con el abuelo Vicente y la tía *Omi,* amor, no te faltará de nada.

—¡Ay!

¡Qué dolor en los mofletes cuando he sonreído!

Esta noche otra vez a trabajar en la barrita. Lucía, te gusta que estemos siempre arregladitas y a la última, ¿verdad? Cada día, repites y repites sin cesar, las mismas palabras, una y otra vez: «¡Hay que estar a la vanguardia o morir en el intento!».

—*Si las mujeres se pintan los labios, nosotras, además, los perfilamos.*

—Los perfilaremos, joder, Lucía, los perfilaremos.

—*Si vamos, vamos, Victoria.*

Y, si las mujeres llevan tanga, las camareras iremos con el culo al aire o nos pondremos calzoncillos. Así seguro que resultará más chic, ¿verdad?

La «vanguardia»...

Huele fresco, más a cada paso. Llega a mi nariz un aroma floral con un toque a limón. Las barras fluorescentes del techo están alineadas al pasillo porque las montarían después de ideados los pasos.

Las diez menos veinte, joder.

Una música tenue de navidad me acompaña: ¡es *Campana sobre campana*! Qué cancioncilla más entrañable. No me había dado cuenta del villancico hasta ahora.

—¡Qué mal, eh!

Siempre ando con prisas; la vida transcurre a mi alrededor sin que me dé cuenta. Queda un día para escuchar las campanitas y luego las guardaremos hasta… el mes de agosto.

Sobra luz, me molesta tanta claridad.

Tú tienes que ser Yolanda: llevas gafas, pelo castaño y eres alta y delgada. Tu piel es casi tan morena como la mía. Te sienta bastante mejor el uniforme que a tu compañera. Un cartelito en el pecho indica tu nombre. Te agachas, coges dos frascos de la estantería y los examinas de cerca. En el pecho izquierdo llevas un pequeño tatuaje: es una rosa roja y negra, con los pétalos muy marcados. Yo hubiera elegido otra flor, porque, aunque la rosa es muy bonita, en su belleza está su desgracia, ya que marchita pronto. Algo aprendí en mis dos años de Filología Hispánica.

—¡Ja, ja, ja!

—*Deja de reír, matricúlate y acaba la carrera, María Victoria.*

—¡Pfff! Tienes razón, mamá.

Cojo el lápiz y salgo pitando. ¿A ver cómo te sienta que pregunte por los perfiladores? Tú también me ojeas, joder, con un gesto como el de Antonia. ¡A saber lo qué estarás pensando sobre mí!

«¡Caray, qué clienta más bien plantada! Pelo rizado, ojazos… Qué fina eres, hija. Toñi te ha dejado entrar, pero no puedo atenderte, bonita. Hoy he doblado turno y, por fin, vamos a cerrar y me marcho a casa, con mi family. Llevo estos frascos a su estante y listo, ¡que los Reyes estarán al caer!».

—Perdón, ¿eres Yolanda?

No me atiendes, ¿me has escuchado? Otra que se hace la longuis. Depositas un par de frascos en la balda más baja, te levantas y apoyas las manos en la estantería. Ahora sí, me miras, aprietas los labios y frunces el ceño. Sí me has escuchado.

—¿Has oído el aviso de megafonía, cariño? Han pasado más de diez minutos, vamos a cerrar. —Con un gesto de la cara, me invitas a dar media vuelta y marcharme.

Sí que tenéis ganas de bajar la persiana hoy. Me has ofendido. Podrías haber dejado la palabra «cariño» en tu pensamiento.

«Bajas la vista y mueves la cabeza. Pareces triste».

«Unos nacen con estrella y otros nacen estrellados», ¡qué gran verdad! Levanto la vista, insistiré.

—Es un minuto, por favor. ¿Tenéis perfiladores?

«Me encanta el gesto dándote con el dedo. Eres mona, chica. ¡Qué labios más bonitos tienes! Tu perfume es… Hueles a limón, con un toque de canela. ¡Qué fragancia tan fresca! Hay algún aroma más, seco, que no consigo diferenciar».

—¡Mmmm! ¿Qué quieres?

—¿No me has oído? Busco un lápiz perfilador, ya sabes, para contener el pintalabios. —Vuelvo a repasar el labio superior con el pulgar, ahora con más energía.

—Sí, sí, claro que tenemos. De toda la ciudad vienen a por ellos. Los otros supermercados no los traen o serán de peor calidad, digo yo. Sígueme. —Mientras andamos, señalas las estanterías y sonríes.

—Lacas y más lacas, maquillajes, pintalabios… Aquí están los perfiladores.

—¿A ver si son los que busco?

—Estos son los que traemos. —Coges una cajita y la acercas a mis ojos—. Solo tenemos rojo, negro y marrón vino, que son los colores que más se venden. ¿Has visto la marca? Son de excelente calidad. ¿A ver si está escrito por aquí? Sí, lee.

—«Sujeción doce horas». ¡Sí que dura puesto, sí!

—Te pintas después de desayunar y estás arregladita para la cena. Yo volvería a repasarme por la noche, tú haz lo que quieras. ¡Ja, ja, ja!

¡Tu voz y tu gesto han cambiado tanto! ¿Qué ha ocurrido? Ahora te muestras más amable. Pero ¿por qué?

—Bien, pues… cojo uno rojo intenso y otro negro mate. ¡No, no, no! También un par de color vino. Me llevo los cuatro y salgo corriendo. Gracias, Yolanda, ¿no? ¿Eres Yolanda? —Señalo tu cartelito en mi pecho.

—Sí, aunque mis amigas me llaman Yoli. No te despistes, a ver si te vas a quedar encerrada en el supermercado.

«¡Qué carita más linda! Caminas hacia la salida. Te sienta bien la chupa con la faldita. Creo que tendrás mi edad, año más, año menos. ¿Treinta y dos? Me he puesto nerviosa con la conversación. La voz, el gesto, tu mirada, los labios, el pelo rizado… ¡Qué rica estás, hija!

»Vámonos a casa, que vienen los Reyes Magos de Oriente. Marquitos, vas a saltar de alegría cuando veas la bicicleta que te han traído los Reyes… ¡de las horas extra de tu padre y mías! Dejo estos perfumes y basta por hoy. Pasado mañana habrá que limpiar, lo primero».

—¡Qué asquerosidad de suelo!

«Recojo el bolso, la chaqueta y la bufanda, y a casita. ¿Dónde están las llaves de la taquilla? Tendría que haberle puesto ruedines a la bicicleta. Aprende con tu padre, Marcos. ¡Hala, deslómate tú, Alfonso!».

Qué largo es el pasillo. Correré un poco, así llego antes y me evito la bronca de la cajera. Antonia y Yoli, sois más simpáticas de lo que pensaba.

Hoy me pintaré como lo requiere la noche. Ainhoa, te he cogido uno marrón vino, que sé que te gusta ese tono. Vas a ver cómo cambian tus labios con el perfilador. Mi maquillaje de fin de año fue bastante desastroso, pero no se repetirá más.

Me has convencido, Eva: me grabaré el dichoso tatuaje. Lo quiero en la paletilla izquierda, igual que lo llevas tú. Descartado el tatuaje en el pecho.

—¡Nooo!

Quiero que me dibujen un hada infantil sentada en una media luna. La mujercita, sonriente, abraza a una lunita con mucha luz. ¿Dónde fuiste a dibujarte la mariposa, Eva?

Las nueve y cuarenta y seis.

—¡Pfff!

Me marcho a casa, a terminar la faena. A las once y media tengo que estar en el hotel. No voy a llegar.

Mis piernas han tomado temperatura, las siento calientes. Las luces se van apagando tras de mí y la oscuridad me empuja hacia fuera. No escucho las campanitas; alguien ha cortado la música navideña hasta el año que viene. Solo quedan encendidas las luces de la entrada. ¿Me esperáis para apagaros?

La jefa suprema y Carlos que digan lo que les venga en gana. Si no les convence mi trabajo, que me echen a la calle. ¡No me despedirán, no! Yo sola sirvo más copas que las tres niñatas rusas, aun cuando sus piernas son un palmo más largas que las mías.

¡Ding, dong, ding! ¡Dong, ding, dong!

Una voz femenina con una dicción complaciente indica el cierre del supermercado y los próximos horarios de apertura. ¡Ya me marcho, ya! Ten un poco de paciencia, mujer-máquina. Acelero la carrera hasta la caja.

Antonia me aguarda con una sonrisa, ¿por qué? ¿Es la misma de antes? No está molesta. Parece… menos estreñida.

—¡Ja, ja, ja!

Deposito los lápices en la cinta mecánica y la cajera los pasa por el lector, sin ninguna prisa. Levanta la cabeza, me contempla y sonríe de nuevo.

—¿Has encontrado los pintalabios que buscabas?, ¿te ha ayudado mi compañera? —preguntas con una voz pausada y afectuosa.

—Sí, tengo los perfiladores. Yolanda es una chica estupenda, igual que tú. Gracias por dejarme pasar, Antonia. Cóbrame este par de empanadillas también, anda.

Algo te ha cambiado. Tu cara está ahora más iluminada, has borrado las prisas y la apatía. Pero ¿qué es eso, chica?

—Antonia es mi nombre de pila; mis amigas me llaman solo Toñi. Esto caduca pronto, ¿has visto la fecha?

—Se comerán enseguida, Toñi. Cóbrate, que se nos hace tarde a las dos. Recuerda que empieza la noche de los Reyes Magos.

—No sé yo si me van a traer algún regalo esos reyes tuyos. Serán veintidós euros con cincuenta y cinco. —Levantas la mirada y nuestros ojos conectan.

—Te doy dos billetes: uno de veinte y otro de diez.

Cincuenta y cinco, dividido entre cuatro, no puede dar un número redondo.

—¡Qué mareo!

Se me nubla la vista y siento un punzante dolor de cabeza. Me agarro al banco. Antonia, de espaldas, no se ha dado cuenta de mi vahído.

—¿Qué te pasa? ¡Estás pálida! Tu cara tiene el color de la cera. Apóyate con las dos manos mientras voy a por una silla.

«¿Dónde están las sillas, coño? "¡Aquí se viene a comprar!" ¡Qué huevos tienes, jefa! Pasado mañana hablaremos de "vocación de servicio"».

—Toma mi taburete y descansa un ratito hasta que se te pase.

—No es necesario. Estoy resfriada y me da a la cabeza, solo es eso. Hasta luego, Toñi.

«Coges la compra y caminas hacia la puerta. ¡Pero no puedes irte así!».

—¡Ven y siéntate! No tengas prisa y que se te pase el mareo antes de marcharte. ¡Chica, espera!

—Ya se me pasará. Adiós.

Al llegar al pato mecánico, se abren las puertas automáticas y una bocanada fría golpea por igual todo mi cuerpo. Subo el cierre de la roquera hasta arriba. Escucho que la cajera me grita, aunque no consigo entender lo que dice. El sonido de su voz se confunde con el viento y con el barullo que entra desde la plaza.

«Te has marchado. Estoy convencida de que he visto tu cara antes y he escuchado tu voz, pero no recuerdo ni el momento ni el lugar. No te he preguntado el nombre y tú sí te has interesado por el mío. Adiós, morena».

Toma las empanadillas, anciano.

«Voy volando a por ti, Raquel. Pronto estaremos montadas en el coche, camino de la cena».

—Llego en cinco minutos, cari.

«Esta noche le apetece *pizza* a la marquesa. ¿Iremos a la avenida de los Naranjos o subiremos a la bodeguita? Las hornean muy ricas aquí enfrente, en el bar de los jubilados. ¡Veremos qué manda la señorita! Sé que aborreces venir con los viejos, pero aquí estaremos más tranquilas, hazme caso. Esta vez no me gustaría que nos empujaran para que dejáramos la mesa al poco de empezar, como nos ocurrió el viernes en la pizzería de la avenida.

»De hoy no pasa que hablemos un ratito, de mujer a mujer, Raquel. Me quieres y yo a ti, por eso tenemos que hablar más y discutir menos. Pides que ahorremos para el piso, de acuerdo, pero yo quiero salir más y tú también lo tienes que aceptar. A ver cómo lo arreglamos, cari».

—¡Está difícil la cosa!

III
La cabalgata de los Reyes Magos

«No puedo oírte. No puedo oír tu voz. Es como si me
bebiera una botella de anís y me durmiera en una
colcha de rosas. Y me arrastrara, y sé que me ahogo,
pero voy detrás».

FEDERICO GARCÍA LORCA: *BODAS DE SANGRE*

¿Por qué hay tanta gente en la plaza? Todos sonríen, parecen
tan felices. Huele a humo, perfume, manzana de caramelo, confites, palomitas, algodón de azúcar… Los niños juegan con los
regalos y con sus amigos. Unos padres están con sus hijos, com-
parten juegos o cargan con las cajas de los juguetes; otros solo
conversan, en varios corrillos.

Al fondo, a la derecha de la iglesia, un tenderete de venta am-
bulante está iluminado y el motorcillo del generador emite un sonido rugoso. El puesto es responsable de estos olores tan tiernos.

El barullo es un sonido global, especial y entrañable, que
me cautiva y me mantiene expectante. El suelo es un manto de
papel de regalo, confeti y caramelos machacados. En la misma
puerta de la iglesia, los tres Reyes Magos de Oriente presiden
la escena subidos a una pequeña tarima. Sus majestades, los
reyes Melchor, Gaspar y Baltasar, están sentados en tres grandes sillones. Los trajes son coloridos.

—¡¿Qué?! ¡Mecachis!

El rey Baltasar es un hombre blanco con la cara pintada, ¡qué postizo! Confío en que los niños no hayan notado este fallo.

Unas vallas delimitan el centro de la plaza, esconden algo.

—¡Trrriiit, trrriiit! ¡¡¡Trit-trit-trit!!! ¡Trrriiit, trrriiit! ¡¡¡Trit-trit-trit!!!…

¡¿Pitidos intermitentes y melódicos?! Viene de la callejuela. Una animadora silba en su entrada a la plaza. La mujer porta una bengala roja que mueve con la mano derecha, como si fuera un péndulo. Viste un mono azul de trabajo, con rayas blancas, y recoge su larga melena con unos cascos que la aíslan del ruido. Han cesado los juegos y las conversaciones.

¡Plas, plas! ¡¡¡Plas-plas-plas!!! ¡Plas, plas! ¡¡¡Plas-plas-plas!!!…

La mujer anda, salta y baila, siempre al compás del sonido que ella misma realiza. Su andar alocado logra el efecto previsto: atrae la atención de todo el público. El gentío da palmas y las acompasa a los pitidos y al baile.

Después de cruzar la plaza, la animadora rodea el vallado central. Un grupo de padres y niños la siguen y tratan de copiar sus movimientos. Los demás aplauden, tararean y ríen. Ahora se aparta del vallado central y, con toda la comitiva detrás, anda hacia sus majestades.

Es tanta y tan variada la gente que se divierte frente a mí. Varias generaciones, diferentes formas de pensar y vivir, incluso distintas religiones, todos juntos y en comunión.

—¡Y nadie consulta el móvil, joder!

¿Cómo es posible que ocurra aquí hoy, noche de Reyes? ¿Por qué? Ojalá pudiera robaros los pensamientos, siquiera unos segundos de vuestras vidas.

¿Luego se van los Reyes a su casa a por sus reyes, mamá? Has visto que tengo la bolsa llena de caramelos. El camión hace unos ruiditos muy chulos. ¿Por qué silba la mujer? ¡Te vas a quemar!

¡Joder, cuánta gente! Santi, ¿vienes al cine con nosotras? Me han regalado una mochila para el cole. El rey me ha traído un disfraz de pirata. Quiero jugar con las cajas. Mi móvil tiene más memoria que el de Mario. Te peino, muñeca. ¡Abraza a tu abuelito! ¡Cómprame algodón de azúcar, anda! ¡La muñeca se ha roto! Samuel se está meando, tío. Nos marcharemos después de desayunar. ¡Ja, ja, ja!

El coche no gira bien, papá. Pues a mí me han regalado un cine y lo tengo en mi habitación. El balón es de reglamento. He encontrado un euro. ¿Por qué papá y tú no os abrazáis, mamá? Ves a la mujer: las manos hacia arriba y mueves, y hacia abajo y mueves. He visto que mamá ha pagado mis regalos en la tienda: los Reyes Magos no existen. ¿Me dejas tu patinete? Os repartiré el premio de la lotería, pero solo con la condición de que adelantéis los pagos de vuestras hipotecas.

¡Estás bailando igualito que la animadora! Los regalos de mi hermana siempre son los mejores. ¿Por qué no hay churros en el puesto? Yo no puedo con el régimen, Andrea. ¡Ven a bailar conmigo detrás de la chica, papá! ¡Qué mofletes más rojos tienes! ¿Has comprado el roscón? Debes doblarte más, como la animadora. A las siete iré a pescar con mi padre. Me da miedo esa mujer con el fuego en la mano, papá. Tengo ganas de cenar. Qué guapos van tus hijos. ¡Esa tía está loca! ¿Recuerdas el beso que me diste en el baño, mientras tu mujer y mi marido nos esperaban en la mesa?

Búscate un trabajo, le estás sacando toda la pasta a la abuela. No he bajado a la perra a mear, ¡jolín! ¡Yo tengo cinco regalos y tú uno! Lleva tres meses sin pasarme la pensión de sus hijos. Nos han quitado la casa y empezamos de nuevo, Luis. Está un poco rechoncha la tía Salomé. ¡¡¡Hala!!! ¡Te digo que no nos podemos acercar con la bicicleta, Rubén! Me gustan mucho los libros de lectura que me han traído los Reyes a tu casa, tío Sergio. Tú díselo a Laura cuando quieras, amor. Tenemos que ir pensando en los exámenes de febrero.

¡Te has manchado toda la cara y el vestido que acabas de estrenar! ¡Menudo disgusto se van a llevar mis padres cuando les diga que me has dejado embarazada! No me gusta nada el peinado que me has hecho, Tatiana. Tu marido se conserva tan guapo como siempre. Los Reyes sí existen, y anoche los vi entrar en mi casa. Me he torcido el tobillo al pisar esa piedra. ¡Ji, ji, ji! Mi madre nos

45

ha regalado un viaje de fin de semana, para el catorce de febrero. ¿Este año te vas a apuntar a zumba conmigo? ¡Qué tetas tiene tu mujer! ¡A ver si remontas el curso, Jaime!

¿Habrán llegado ya los reyes a casa de la abuela? Qué bien se ha recuperado Lara del accidente. El rey negro es falso, tiene la cara pintada. Abuelo, quédate con nosotros aquí, en la ciudad. ¡La mujer se va a quemar! Mi regalo es que estéis los dos juntos. ¿Han tirado todos los caramelos? ¡A bailar, a bailar! Me han traído un perrito y lo llamaré Chano. ¡Uy, qué risa! A la iglesia no venís tanta gente como a la cabalgata. Tengo hambre, mamá. A mí me han regalado una autopista con coches. ¡Ja, ja, ja! Y yo he subido en la feria, ¡cinco veces!

Los Reyes me traen una bicicleta a casa de mi abuela Hortensia. Mis padres no quieren que vaya contigo, pero les he dicho que pasaré la noche en casa de Luisa. Por favor, dame una moneda. Tengo ganas de llegar a casa para conectar el ordenador portátil de la abuela. El tío Rubén me ha regalado la consola y los juegos. ¿Esto no se acaba? ¡Más cosquillas, papá! En mi habitación tengo una moto eléctrica que anda sola. Quiero hacer caca, tía. Yo tengo seis regalos. Te acompañamos a casa, Matilde. Me voy a la nieve con mi papá y mi mamá. Pues a mi hermana le han traído un coche así de grande.

Dos con cincuenta. Bailando detrás de esta mujer, estamos haciendo el ridículo. Dame un euro, papá. ¡Qué luz más bonita echa la bengala! Mi abuelo me ha dado cincuenta euros para que me compre lo que quiera. ¿Ves cómo bailo? Mamá quiere que mis regalos sean siempre de provecho, ¡estoy más harta! La mujer no está bien. Le he quitado un billete de veinte euros a mi madre de la cartera. Mañana iré al pueblo, a casa de los abuelos. Pasado mañana al insti. ¡El mes de marzo nos casamos, Ismael! ¿Por qué baila así la chica, mamá? ¿Dónde vais a ir a cenar?

¿Estás estudiando los exámenes del primer cuatrimestre? ¿Qué lleva en la mano la mujer, tío? Lo nuestro se arreglará, Fabián, ya verás. ¡Ja, ja, ja! En Francia los dulces de navidad son distintos. Me satisface veros a los tres otra vez juntos. Estoy cansado de que mis regalos siempre sean calcetines y calzoncillos. ¡Qué ganas tengo de marcharme al restaurante chino a cenar! Mi monopatín es de carreras. Yo tuve una familia y fui feliz. ¡Todos a mover el culo, venga! ¿Me das un caramelo? Veinte minutos de venta a tope y ahora tengo que recoger, ¡mierda!

¿Mañana vienes a caminar, Rogelio? Papá, te marchaste el mes de noviembre, aunque sé que estás viendo a tu nieta reír. Fernando Alonso es el mejor piloto de Fórmula Uno que hemos tenido en España. ¿Has visto la bici de montaña que me ha comprado Ricardo? ¡Baila conmigo detrás de la mujer! Te subo a mis hombros para que puedas verlo mejor. ¡Cuidado! ¿Por qué me miras con esa cara tan triste? Si juegas aquí con el coche teledirigido, te lo van a romper. Vamos, Marina, acaba el rollo de la animación y enciende la mecha, que se nos hace tarde. ¡Hostia, mañana a comer con la suegra!

¿Habéis reservado mesa? ¡Qué labios más bien pintados llevas! Dale un buen besote a tu madre, Paquito. ¿Me das un algodón de azúcar? Como siempre estás pensando en la bebida, nuestra relación tendrá que acabar pronto. No puedo gastar como tú, Elvira. ¿Y si vamos a por el segundo? Si no se llevan a Benítez y Carboni, el Valencia tiene para rato. Cuando pasen estas fiestas, te pediré el divorcio. La rodilla duele mucho. ¡Siempre me regalas juegos de pensar, mamá! ¿Habéis llamado a la tía Carmen? ¡Da palmas, hombre! Rosa, no les diré nada de mi cáncer a los niños hasta que pasen las fiestas.

A ver si este 2004 seguimos mejorando la economía y la gente gana más y puede vivir mejor. ¡Cómprame un peluche, porfi! ¡Qué bolsa más llena de caramelos! Al final, te compraré la motocicleta, Moisés. A mi edad, es difícil que vuelvan a cogerme de nuevo. No tengo frío. Están entrando a robar en las casas de los pueblos. Me han regalado un puzle de mil piezas y lo montaré con mi papá. Abriré la puerta grande de la iglesia para que la Virgen os escuche. ¡Qué bonita está la plaza de los Pescadores! ¿Viste el concierto de Navidad de este año?

Mañana cocinaré una paella para diecisiete. ¡Qué bien hemos cantado esta tarde en el coro! Un solo año falta para mi jubilación. Da lluvia, ¿sabes? ¿Te han cogido las naranjas? Claro que llegaré a las ocho. Tengo el dinero guardado para la comida en el bar de los jubilados. Adrián, si no quieres venir a la comida, no vengas. Gracias, Jesús, por darme un año más con todos mis hijos y nietos. El mejor regalo es que estemos todos juntos. Bajemos las persianas, que se nos puede meter algún cohete. Quiero que me llevéis al pueblo unos días para estar con mis primos Octavio y Domingo.

¿La mujer va a incendiar la plaza? Ojalá todo el mundo estuviera tan alegre como lo estáis vosotros. Ponle la chaqueta a

Naím. Sí, y me las pagan tarde y mal. ¿Le saco las trenzas a la muñeca? Por el sobrepeso, cada vez me cuesta más bailar.

Cuando la animadora llega frente a los reyes, cesan sus silbidos y el extraño baile. Ha quedado erguida, estática. La comitiva que la acompaña también queda quieta, expectante. Sus majestades se levantan de sus grandes tronos. La mujer realiza tres reverencias, una por cada rey, pidiéndoles algo que no llego a escuchar. Los saludos son copiados por niños y padres, entre risas, en un espectáculo que se siente infantil y familiar. Los ruegos quedan pronto resueltos con un gesto de aprobación por parte de los tres Reyes de Oriente.

La animadora da media vuelta y camina hacia el centro de la plaza. Su silbato produce un sonido estridente, ¿señal del fin del juego y de cambio de actividad? Entra en el vallado y se agacha, ya no la veo. El puesto de los confites apaga las luces y el motorcillo del generador deja de sonar.

¡¡¡Booom!!! ¡¡¡Ssssrrrhhh…!!! ¡¡¡Buuum!!!

En medio del vallado, un estruendo seco paraliza toda actividad en la plaza. Sigue a la explosión un silbido y una larga flecha de fuego hacia el cielo y, a unos doscientos metros, se apaga. Pasado un segundo, deviene una gran explosión que retumba en toda la ciudad. Los gorriones y otras aves urbanas, despavoridos, huyen de los árboles en todas direcciones. El ruido del ramaje y del piar de los pájaros es ensordecedor. La plácida estampa navideña de Reyes ha caducado.

Con rapidez, los padres buscan a sus hijos y los apartan a la periferia. La explosión en el cielo es un aviso del inminente castillo de fuegos artificiales que corona la fiesta. El centro de la plaza ha quedado deshabitado.

Una niña sentada en el suelo, de unos tres años, llora frente a mí. Lleva un vestido azul, tupido, con una chaqueta negra de terciopelo y una diadema roja que recoge su melenita rubia. Está sola y confundida, ansiosa.

—No llores.

Cruzamos la mirada.

—¡Mamáááá, mamáááá, mamáááá! ¿Dónde estás? ¡Jiii, jiii, jiii! ¡Papáááá, quiero ir contigo! ¡Buaaa, buaaa! ¡Me habéis dejado… solaaa!

¿Dónde están tus padres, niñita?

«¡No quiero tus ojos!».

—¡Tú no eres mi mamá!

Llegas, al fin, papá. Abrazada a tu padre, te sientes segura y dejas de llorar. ¡Qué guapita eres!

Varios estruendos secos en el suelo disparan flechas ígneas hacia el cielo…, y este responde con otras explosiones más amables. El cielo se inunda de colorido en las distintas formas representadas por los fuegos artificiales.

Ahora sonríes, llorona. Eres testigo del espectáculo, que solo disfrutas después de bien agarrada al cuello de tu padre.

—Mi Luna…

«No saques la lengua».

Se celebra la llegada de los Reyes y el final de la cabalgata aquí, en la plaza de la Iglesia. No formo parte del espectáculo infantil y me incomoda. Meto las manos en los bolsillos de la roquera y busco el callejón que me ha traído. Camino hacia mi casa, en mi mundo.

¿Por qué me observas, mendigo? Cómete las empanadillas.

«¡Qué espectáculo tan familiar y entrañable, señorita! Miras, y dejas de formar parte del lienzo al ver. Desde que perdí todo, yo también quedo fuera de la estampa. Como tú, veo, tumbado en mi cama de cartones, arropado con una manta vieja. Cuando entrabas, ni me has saludado. Mi sola presencia lastima los ojos de la gente, y, sin embargo, soy tan humano como tú. Gracias por darme las empanadillas. Esta es mi casa, desde donde *veo* y *siento,* apartado de todo cuanto acontece a mi alrededor, sin tomar más partido que mis pensamientos».

—¿Qué eres tú, que también *ves* y *sientes*?

IV
De vuelta a casa

«Dichoso el árbol que es apenas sensitivo,
y más la piedra dura, porque ésta ya no siente,
pues no hay dolor más grande que el dolor de ser vivo,
ni mayor pesadumbre que la vida consciente».

RUBÉN DARÍO: *LO FATAL*

Una familia disfruta del castillo de fuegos artificiales desde la esquina de la callejuela. Son un papá y una mamá, con sus dos hijos. Cruzo la mirada con el padre, que me examina por todas partes, sin ninguna vergüenza. ¿Cómo puede ojearme con tanto descaro, con su familia delante? ¿Por qué me sonríe?

Sus hijos y su mujer, con la cabeza encarando al cielo, están encantados con la pirotecnia. La niña es la mayor, ¿unos doce añitos? El niño, blanquito, no pasará de los ocho. La madre, también de piel clara y con una media melena castaña y lisa, abraza por la espalda a sus hijos.

Los cuatro gozáis el espectáculo de fuegos artificiales, aunque tú, papá, estás más pendiente de mí. Me curioseas como lo haría un neurocirujano antes de cortar con el bisturí. Tu sonrisa viene sin sorna, no como las que me dedican otros hombres y mujeres cada noche. Porque no la entiendo, la persistencia en el gesto me incomoda.

51

Las diez y cuatro minutos.

Qué extraño: según me acerco a la callejuela, siento cada vez más frías las manos y las piernas. Parece que el invierno me espere en la calle. Doblo la esquina y empiezo a bajar. Dirijo la vista al fondo del callejón y aligero el paso.

—¡Qué bien tallada has quedado, preciosa!

¿Me hablas a la espalda? No sé si te has dirigido a mí, así que continúo andando calle abajo. El frío viento me sube otra vez por la falda hasta el culo, y por el escote y los brazos hasta el pecho. Me estoy congelando.

La callejuela gira a la derecha y encaro la bajada hasta la avenida. Veo la bodeguita, que está a cien metros, y ando más deprisa. Si lo hago, además de entrar en calor, puedo ahogar el catarro. Me duele la cabeza y tengo la frente mojada, debo tener fiebre. Al menos, ha dejado de dolerme la espalda.

No hay ni un solo cliente, ni sentado ni de pie. Los borrachos ya no están en la puerta. Supongo que se habrán marchado a dormir la mona o seguirán ebrios en otro bar. Las seis mesas están abarrotadas de vasos de tubo y botellines de distintos colores y formas. Los ceniceros están a rebosar de colillas y papelitos. El suelo también está hecho una porqueriza: más colillas, cristales rotos y un líquido derramado que apesta. ¡Qué guarrada! Confío en no resbalar.

No he conseguido vencer al frío, aunque mi asma sí ha cesado. La respiración es correcta y me canso menos. ¡Cómo ha cambiado la cosa! Yo era de las niñas que más andaba: siempre estaba corriendo, calle arriba y calle abajo. Podía estar todo el día pateando por el pueblo sin cansarme.

—¡La fachada modernista!

Hola, naranjitas; hola, flores. ¡Qué hermosa eres! Seguro que los pescadores también se detenían y te observaban con celo, como hago yo. Antes no he visto el *trencadís* de las ventanas ni los dos medallones que tienen arriba. La realidad del dibujo está fragmentada, y las partes, rotas, conforman el todo decorativo. Qué bien trabajado está cada detalle. El cambio de perspectiva transforma la realidad, sí que es cierto. Vosotros dos sois los primeros dueños de la casa, ¿a que sí? ¡Qué fachada más bonita construisteis! Destaca en la calle.

El arte, inconformista, enfrenta la realidad y la vence, siempre hacia otro modelo más humano. Es un norte, como una estrella. ¿Tus singularidades decorativas obedecen a estos fines? Podrías haber sido construida con otros intereses, pero entonces dejarías de ser un arte tan «amigo». Creo que la ciencia y el arte son dos caras de una misma moneda: la ciencia se ocupa de construir la razón necesaria para suplir nuestras debilidades; el arte, que ahonda en la interioridad de las personas y de las sociedades, nos libera. En ti, fachada modernista, confluyen ambas caras: conocimiento y libertad. Con otros fines, ¡prefiero mil veces el arte naíf y marcharme a vivir a una cueva! Adiós.

Las diez y once minutos.

Andaré más deprisa, a ver si se me pasa el trancazo. No voy a coger un taxi en la avenida, caminaré hasta sentirme mejor.

¡¡¡Ta-ta-ta-taaal-tol-tal-tol-taaal-tul-groooool!!!

¿Qué ha sido ese ruido? Eres tú, enorme rascacielos gris.

—*¡Soy alto, fuerte y moderno!*

Te doblas y pretendes doblegarme.

—*¡Mi* statu quo *es el único de aquí en adelante!*

Los ventanales de las últimas plantas son más grandes, evidencia de esta inclinación intencionada. ¿Qué quieres de mí?

—*Tu presencia me amenaza, maldito pueblo de pescadores. ¡¡¡Te reto a muerte!!! Aguardaré en tu misma puerta, hasta que decidas bajar del cerro y enfrentarme. ¡No cejaré!*

La vieja callejuela, ya pueblo, está serena. Los años han alejado todo ánimo de venganza de una guerra sin vencedores.

—*No formo parte de tu cruzada, pequeña gran torre de cristal y pared estrecha. Yo entregué mis valores en el pasado. En adelante, ellos decidirán, libremente, qué senda tomar.*

Deben faltar trescientos metros hasta la avenida de los Naranjos. Conforme bajo, el aire es cada vez más helado y siento más fríos los pulmones. Más cerca del nivel del mar, ¿no tendría que hacer menos frío?

Cuando llegue al trabajo, hablaremos en serio, Carlos. ¡Me vas a oír! Yo salí de la disco antes de que se hiciera la caja. No he robado y lo sabes. Ainhoa tampoco es capaz, y también lo sabes. ¿Has contado las botellas que Lucas repartió? Seguro que has asignado a nuestra barra las de otra. Quedaban varias chicas cuando yo me fui, busca a ver quién ha sido. ¡Que hagas general la acusación, sabiendo que hay personas inocentes, me parece muy sucio! Demasiado bien conoces a todas las camareras. ¡Eres un hijo de…! ¿Se lo has contado a la jefa suprema? Es ella la que está detrás de todo, ¿verdad? A ver si me vais a echar por la cara.

—¡Necesito el sueldo, joder!

Algo grave ha tenido que ocurrir para que no abriéramos el primer fin de semana del año. No trago que la discoteca se cierre por culpa de un reventón en el equipo de sonido. ¿Te crees que me chupo el dedo? Esta noche lo sabremos.

Tantos años trabajando juntos, desde que llegaste hace ya seis años. Tenías veintiséis, lo recuerdo. Qué inocente eras, Carlos. Te ayudé; eras sincero y te ayudé. ¿Qué queda de esa inocencia? Me llamabas «mi hermanita», ¿lo recuerdas? Hasta que te atrapó la serpiente… Y ahora, a la que giro la cabeza, me jodes bien. ¡Mira, niñato, no te perdono que pases por encima de mí por tu puta ambición! Renuncié a la propuesta de Lucía por ti, pensé que lo estabas deseando con más fuerzas que yo. Te dejé correr para arriba, ¿y así me lo pagas? «Para arriba», vaya mentira tiene montada la víbora.

—La jefa me conoce y sabe que no soy una choriza, embustero.

Cálmate y deja de comerte el coco. Estas sacando las cosas de quicio.

—¡Las pescadoras!

Me detengo frente a la placa de metal que da nombre a la callejuela: «Calle de los Pescadores». En el mosaico nada ha cambiado: las pescadoras siguen tejiendo y los hombres, sus esposos, descargan los peces de las barcas. Todos trabajan felices en su presente y me saludan en mi época. Pero las mujeres estabais sometidas en ese tiempo, ¿no? Las barcas y el mar son testigos, y el conjunto es armónico. ¡Qué memoria hemos dedicado a estos pescadores y al pueblecito! ¿Esto?, ¿el nombre de una calle que ya no llega al mar, con un mosaico que dibuja una escena que no existe? ¡Pues menudo homenaje!

Empiezo a tiritar de frío. Debo llegar a casa rápido o me congelaré. ¡Adiós, pescadoras, adiós! Ando a la izquierda, por la acera de la avenida pegada al cerro, hacia el norte.

Estoy en la ciudad, en mi mundo. Quedan dos kilómetros y medio hasta casa. Si estiro bien las piernas en cada zancada, puedo andar casi ocho kilómetros por hora. Una hora, ocho kilómetros; media hora, cuatro, y quince minutos, dos. En veinte minutos, en casa. Aunque serán más, ya que no he contado las veces que estaré detenida en los pasos de cebra. Llegaré al portal a las diez y treinta y cinco, más o menos.

Veintidós días sin verte, Luna. La campaña de navidad nos ha separado, pero pronto acabará, ten paciencia. Quince días enferma, pobrecita. Mañana por la tarde estaremos las dos juntitas, abrazadas junto a la chimenea. Quiero escucharte más; va siendo hora de que empiece a cerrar la boca.

—Sofía, eres una gran escuchadora.

Y tienes palabras que, con el tiempo, han tomado todo su sentido.

—*¡Calla, calla, calla! No es para tanto, me vas a ruborizar. Solo soy una maestra en un pueblecito entre montañas.*

Recuerdo tus palabras en cada clase del mes de diciembre: «La Navidad ha de vivirse en familia, y también el resto del año».

—*Sí, aunque siempre digo esas palabras. No tan a menudo como en navidad, pero sí las repito. Si no las usara con frecuencia, dejarían de tener la fuerza que pretendo con ellas.*

Ahora lo sé. ¡Cuánto tiempo ha pasado, maestra!

—*¡Me encanta ver cómo crecen mis niños! Me jubilé y viví en el pueblo, hasta que el de arriba me llamó y tuve que marcharme con lo puesto.*

Mi madre me lo dijo.

—*Crucé al otro lado un par de meses antes que Anita.*

Recuerdo cuando te enfadabas porque hacíamos lo que nos venía en gana. Tu gesto cambiaba y ya no estabas, te habíamos perdido. Todos empezábamos a sentirnos solos, sin un rumbo. Era una sensación extraña.

—*Salgo al patio y observo el valle, como si no me interesaran mis alumnos. Claro que me importan, ¡y mucho!*

Callados, asomábamos la cabecita a la ventana. Sabíamos que obrábamos mal y tú estabas padeciendo, sentada en el jardín, con la mirada ausente y llorando. Luego enviábamos a un emisario, que te pedía perdón y tú, con una enorme sonrisa en la cara, volvías al aula.

—*Mi vida sois vosotros y vuestra educación. No quiero que nadie os enrede.*

Cada día, tus palabras vuelven a mi mente y las entiendo mejor.

—*Si es cierto que hay un cielo, será verdad que existe un infierno. ¡Busquemos al demonio en la ausencia de estos consejos y de su acompañamiento! Todos los niños del mundo deberían tener estas y otras palabras, aunque nunca han de quedar muertas en la boca.*

»*María Victoria, un gorrión me ha dicho que tienes dos años de Filología. ¿Es cierto eso? Qué satisfactorio tiene que ser estudiar literatura y sentir en el corazón las palabras de Rosalía de Castro, Pablo Neruda, Antonio Machado,*

*Carmen Laforet, Ana María Matute, Carmen Martín Gaite…
o Federico García Lorca, con su caballo, la sangre, la luna,
la noche… ¡Qué envidia me das!*

Te prometo que algún día retomaré y acabaré Filología.

—¡Pfff!

Más propuestas de futuro…

—*Las palabras que no se riegan, marchitan. ¿Vienes
conmigo a podar las flores del jardín? Se acerca el mes de
mayo.*

—Claro que voy contigo. ¡Joder, mierda! ¡Snif!

Palabras… Tu padre, Luna, tenía palabras, ¡menudo em-
baucador! Trabajabas en el restaurante de enfrente del hotel.
Cada sábado, cuando cerrabais, pasabas a la disco y venías a
mi barrita. ¿Sigues trabajando de camarero, Óscar? A los dos
nos mola la música electrónica y coincidimos en nuestros gustos más concretos. Axel solía entrar en el juego y pinchaba las
canciones que le pedía, aun sabiendo que los jefes podían lla-
marle la atención por ello. Nos encanta Sonique.

—¡Qué voz y qué entrega!

A ti te gusta la canción *It feels so good;* crees que es mágica.
Yo prefiero *Sky;* es más bailable. La voz de Sonique también
es mágica en *Sky,* ¡no me digas que no! ¿Te acuerdas? Pronto
congeniamos y fuimos más que amigos. Tus ojos claros, el
pelo liso y castaño, la voz suave y tu ilusión me enamoraron.
Carlos se enfadó conmigo, ni me dirigía la palabra. Estaba
celoso todo el tiempo que pasabas en mi barra.

¿Recuerdas cuando hicimos coincidir una semana de nuestras vacaciones y viajamos a la Costa Brava?

—*Lo recuerdo cada día como si hubiera ocurrido ayer.
¡Fue el mejor viaje que he hecho en mi vida, bomboncito!*

Íbamos en tu pequeño todoterreno.

—¡No corras tanto! ¡Ja, ja, ja!

—*¿Llegaremos algún día? ¡Qué a gusto se quedó el que
me vendió el coche!*

Dos trabajadores de la hostelería de playa, de vacaciones a un hotel de playa, a más de cuatrocientos kilómetros de distancia. Parece el anuncio de una película cómica.

—*Vaya aventura.*

¡Qué seis días pasamos!

—*Comimos de* buffet *hasta empacharnos.*

También follamos de *buffet* donde, como y cuando nos daba la gana. ¿Lo recuerdas?

—*¡Cómo eres!*

—¿Y reír, Óscar?

Me dolían las mandíbulas y todos los músculos de la cara.

—*Reímos a placer, caramelito. ¿Recuerdas cuando alquilamos un patinete y lo metimos en una zona acotada para buceadores?*

¡Cómo no lo iba a recordar! Un señor chocó la cabeza contra el casco y se cabreó un montón.

—*El buzo nos dijo, enfadado, que debíamos haberle visto.*

Y tú replicaste, sereno y sin argumentos, que el patinete era más grande y que tendría que habernos visto él antes a nosotros.

—¡Ja, ja, ja! ¡Ay, qué guasa!

Podríamos haberle hecho mucho daño al hombre, ¿eh?

—*Qué risa cada vez que lo recuerdo.*

Decías que habíamos conseguido ser algo en la vida, pues teníamos un yate y nuestro trabajo era solo navegar, de puerto en puerto.

—¡Qué aventura!

Por la tarde paseábamos y por la noche soñábamos.

—*Eres una gran soñadora.*

Después de la cenita, tomábamos unas cervezas, paseábamos hasta la playa y nos tumbábamos en la arena.

—*Y nos sincerábamos con las estrellas, ¡qué placer! ¿Recuerdas que buscábamos las constelaciones, las repasábamos con los dedos y descubríamos sus historias? A ti te gusta Orión: un valiente cazador guerrero que levanta y tensa su arco.*

Ojalá pudiéramos realizar otra vez ese viaje con nuestra hija. ¡No sé lo que daría por repetirlo! Oye, Óscar, si no quieres dirigirme la palabra, es tu decisión, pero acércate más por el pueblo.

—La niña pregunta por ti, te echa de menos. Dialoguemos todo esto, por favor.

—*No te puedo quitar la razón, Victoria.*

Y yo quiero tener tu maldito móvil.

—¿Cómo hemos acabado así?

Me convenciste para salir del hotel. Dejamos el trabajo en la noche, alquilamos un local en la avenida y abrimos una pequeña cafetería.

—*Trabajaremos hasta las cinco de la tarde: desde los desayunos hasta los cafés de después de comer.*

Suenan tan bien tus palabras.

—*Se escuchan como son, tú no te preocupes. Hemos trabajado demasiadas noches y fines de semana. ¡Vivamos nuestra vida! Te quiero tanto, morena.*

—Yo también te quiero, marinerito mío.

Me dejé llevar. «De ilusión también se vive». Yo estaba dispuesta y me dejé llevar por tus ilusiones, que pronto hice mías. Abrimos en agosto de 2001, lo recuerdo perfectamente. Tú sirviendo las mesas y tomando los pedidos para la cocina.

—*Y tú atendiendo la barra y cobrando a los clientes. Vamos a amasar una fortuna. ¡Pero no me sises!*

Sabes que eso no lo haría nunca, Óscar. A los pocos días de planificarlo todo, se convirtió en nuestro negocio, nuestra ilusión y nuestra vida. Confieso que las dos primeras semanas tras abrir la cafetería fueron las más felices de mi existencia, y mi barriga empezó a hincharse.

—*No hubo hombre en todo el mundo más afortunado que yo.*

—¡Quiji-quiji!

Te esfumaste al poco de empezar a acumular deudas, desapareciste de mi vida. Catorce mil euros se fueron por no sé dónde, en tan solo dos meses. Dos años de mis ahorros echados al viento, ¡joder, Óscar! ¡Tú no los perdiste porque estabas sin blanca, listo! Menos mal que Carlos movió cielo y tierra, y te supo localizar y traerte. Lucía me ayudo con la liquidación del negocio y volvió a cogerme en el hotel. Tú callaste cuando las abogadas de Lucía te preguntaban una vez…, y otra vez…, y por tercera vez… Quise cambiar mi vida. Me dejé cegar por tus ilusiones y yo misma me equivoqué, lo reconozco. Pero… ¿sabes qué es lo que más remueve mi conciencia con el paso del tiempo?

—*¿Qué?*

Fue el negocio quien destruyó nuestra relación, fue la maldita cafetería la que le arrancó el padre a mi niña. ¡Nuestra ilusión nos jodió!

—¡Snif!

La madre tampoco está muy agarrada a su hija, lo confieso.

—*Victoria, llevémonos mejor en beneficio de la hija que tenemos en común. Me gustaría abrazarla. Si me lo permitieras, también a ti…*

A mí me gustaría ver cómo lo haces, y yo le devolvería el abrazo al papá de mi hija. No, yo te abrazaría a ti, Óscar.

—Fue la ciudad, joder.

Nos arrancó un proyecto que, lo reconozco, estaba mal pensado. Pero nos robó muchísimo más a cada uno de los tres.

—*Y a los tres.*

—¡Quiji-quiji!

Son las diez y dieciséis, y arreglándome estaré casi una hora. Tengo que caminar más deprisa o no llegaré a tiempo al trabajo.

Estaré contigo sobre las siete de la tarde, Luna. Vamos a disfrutar de un par de semanas las dos juntas. Prepararemos chocolate, que sé que te gusta, granuja.

—*Quiero darte un beso.*

Y yo tenerte en mis brazos, amor. ¡Este año cumples tres añitos!

—*¿La tía Omi hará una tarta?*

Claro que sí.

—*Tengo tres amigos en la plaza: Aurelio, María y Pepa. María me da besos, ¡es mi amiga!*

En septiembre empiezas en el cole.

—*¡Con mis amigos de la plaza! ¡Ji, ji, ji!*

¡Van a flipar cuando te vean con el regalo del rey Baltasar!

—*Yo quiero estar contigo.*

—Joder…

El semáforo del paso de cebra se pone en verde y empiezo a cruzar la calle. Adelanto a un anciano. A la izquierda, tres coches aguardan la señal para entrar en la avenida. Los vehículos rugen, están inquietos. Paso por delante del negro y restalla bruscamente. Giro la cabeza y busco al conductor. Agarras el volante con las manos, como preparándote para la salida. Eres jovencito, ¿unos dieciocho o diecinueve años? Con una sonrisa de oreja a oreja, te muestro el dedo corazón y te mando a la mierda, solo vocalizando. Otro viandante, también joven, cruza a mi lado y sonríe el gesto. Eres guapo y tienes un buen culo debajo de la *bomber*. Mi semáforo cambia al color ámbar.

¡¡¡Brrrooom!!!¡¡¡Iiiihhh…!!!

El coche negro derrapa en su entrada a la avenida de los Naranjos. ¡Todavía lo tienes en rojo, tío!

—¡Párate! ¡¡¡Vas a atropellar al viejo!!!

Detrás de mí, el joven le dedica un «gilipollas» bien alto al conductor. El vehículo sale a todo gas, rozando la espalda del anciano. El conductor contesta al insulto con un pitido largo y estridente de su claxon.

—¡¡¡Acelera a tope, niñato de mierda!!!

¡Otro sobresalto más! Tengo un nudo en el estómago. El anciano no se ha dado cuenta del trance que acaba de acecharle, y mejor así. ¡Mira lo tranquilo que va el viejo con su bastón! Anda despacio, con pasos cortos y frecuentes. ¡A saber lo que estará pensando en su mundo!

«Catalina, quiero salir a la calle cuando me dé la gana, y tú no me lo *pues* impedir. Lo tienes que entender, hija. Con lo a gustito que estaba en el pueblo, con mis olivos y mi chimenea *pa* torrarme. ¡Me habéis *traío* aquí a empujones! Vivimos *tos* juntos en un pisito allá arriba que no tiene ni *aonde* quedarse uno quieto. ¡Y *pío* permiso hasta *pa* echarme un cuesco!

»Me da igual si es tarde *pa* salir o si llueve. Yo bajo a la calle *pa* mover las piernas, que las tengo *entumecías* de estar *sentao*. Devuelve a tu padre al pueblo, hija. Qué más te da si me agarra una angustia y me marcho solo. Con noventa y siete años, si me da, ¡pues es hora de que me dé, leñe! Estoy *mu* viejo *pa* tonterías de estas. Quiero irme con mi hija Pura, con mi hermano Abelardo y con mi padre y mi madre.

»Con el café de achicoria que tengo *bebío,* los gatos que me he *comío* y la cáscara de patata que tengo *fumá*... ¡Me faltaba a mí esto! ¡Y a ver si *marregulas* las gafas, que no veo un pimiento y me *puen* atropellar algún día, rediez!».

Faltan trescientos metros hasta el siguiente paso peatonal.

¿Quieres que regrese al pueblo, papá? No funcionaría. ¡Cuánto tenemos discutido, siempre por tonterías! La última vez fue en noviembre, ¿por la cena que te preparé?

—*Está* demasiao *hecha la carne. Hablas todo el tiempo por teléfono y descuidas la cocina. Organízate mejor, hija.*

¿Y tú qué?, ¿por qué no giraste la pechuga?

—*Estaba tendiendo la ropa en el corral y puse otra lavadora.*

—¡Anda, papá!

Tú siempre tienes la razón y yo todo lo hago mal.

—*Buscaremos una ocupación para ti en el pueblo.*

Sé que habrá trabajo, ¿cuidando ancianos, quizás? Otra cosa, lo dudo.

—*La tía Domitila y yo nos estamos haciendo mayores, y aquí tienes una hija que te espera. María Victoria, la vida es como un péndulo: «Quien de casa se va, a casa vuelve». Te fuiste del pueblo y tendrás que volver algún día.*

Soy consciente, ¡no sabes cuánto!

—*A mí me importa poco envejecer, hija. No he* tenío *grandes temores en mi vida, y lo sabes.*

Lo sé muy bien, papá. Tú has sido el cabeza de familia y la mamá un cero a la izquierda a tu lado, ¿verdad?

—*¡Ya estamos otra vez! Tu madre se marchó, la pobre. Déjala en paz en su merecido descanso.*

—¡Anda, anda!

—*Sí me asusta una cosa, hija, y quiero que la escuches: me inquieta que mañana yo no despierte y que la niña esté aquí, a mi* lao, *y tú allá, lejos, en la gran ciudad de costa en que trabajas.*

—Joder, papá.

—*Todos* recogíos *estaremos mejor.*

Sí, hasta que llegan las discusiones por cualquier tontería.

—*«La unión hace la fuerza».*

Vas cargado de razón, ya que nuestra relación empeoró cuando se marchó mamá. A partir de entonces, creció la discordia.

—*El mes de marzo cumpliremos diez años sin tu madre.*

¡Que si vas con este o con aquel!, ¡que a qué hora llegas!, ¡que qué será de mí y de mi hija! Ya soy mayorcita. Pasar tanto tiempo sin ver a mi hija está fatal, lo sé, pero debo buscarme las castañas como sea.

—Llevo casi media vida laboral aquí, papá.

—*Detente un momento. No te das cuenta de una palabra importante que has dicho.*

¿Qué, papá?

—*Eso mismo que acabas de decir, hija mía... ¡Que soy tu padre!*

—...

Otra bocanada de viento golpea mi cara. Tengo los brazos entumecidos, el frío entra por las mangas de la roquera.

Las diez y veintitrés.

¡Un asiento! Desde que he salido de la calle de los Pescadores, juraría que es el primer banco que veo en toda la acera. Como en la avenida de los Naranjos camina tan poca gente, ¿por qué malgastar el dinero?

¡¡¡Brrrooom!!! ¡¡¡Iiiihhh…!!! ¡¡¡Brrrooom!!!

¡¡¡Pi, pi, piii!!!

¡Dale fuerte, más fuerte!

—¡Pfff! ¡Qué locura de noche, Dios!

Otro gallito kamikaze derrapa con su coche detrás de mí, cruza a la calzada de enfrente y toma mi sentido, hacia el norte. Lleva la música alta y las ventanillas bajadas, ¡con el frío que hace! El vehículo va a rebosar de chicos y chicas, todos gritando. El ritmo de la canción es frenético, imposible entender la música. Frenaréis en el semáforo, a cuarenta metros. No vais a…

—¡Os lo habéis saltado en rojo!

Recuerdo, tía Marcela, cuando me dabas clases de piano. Repetías, casi en cada lección, que la música es un conjunto de tres componentes bien relacionados: melodía, armonía y ritmo.

—*Así es, sobrina. Esto guarda poca relación con la música: no hay armonía ni melodía, el ritmo acelerado las ha destrozado, pobrecitas.*

Queda menos para… ¡Se traspasa esta tienda de ropa! ¿Otra vez? Aquí trabajaba Ruth, la hija de Silvia. En un año han pasado por el local cuatro comercios: un establecimiento de comida rápida, una licorería, una tienda de ropa de deporte y, desde octubre, el comercio de ropa donde trabajaba Ruth. Si el mes pasado dijo Silvia que el negocio funcionaba, ¿cómo se explica el cierre? No iría tan bien. La misma tarde que la inauguraron, compré una falda para mí y una chaqueta vaquera para Carlos.

Silvia estaba muy contenta con el primer trabajo de la niña. Mañana te llamaré y me contarás qué ha pasado con el cierre. Confío en que tu hija esté trabajando en otra tienda del grupo.

Seguro que tengo algún mensaje y ni me he dado cuenta. ¿A ver el móvil? A cero. Ni uno, tampoco llamadas. ¡Mi mundo ha padecido un infarto! Me preocupáis, Ainhoa y Evita. Sigo sin saber nada de vosotras en todo el fin de semana.

Voy a enviarte un mensaje, Lucas. Es posible que sepas dónde están o qué ha pasado con ellas. ¡No, no, no! Mala idea. A ver si vas a pensar que quiero rollo contigo. ¡Si eres una coma a mi lado, hijo mío! Estás recién divorciadito y con ganitas de guerra, ¿eh?

—¡Eres un baboso!

No le dices nada a ninguna chica, y yo tengo la pena de aguantarte cada sesión detrás de mí. ¡Descansas solo en mi barra, joder! Mira, si me pides salir otra vez, iremos al parque y te daré la merienda. Oye, Lucas, compra pantalones de tu talla, que pareces un torerín, siempre marcando paquete.

—¡Vete por ahí!

Esta mañana me has dicho que hoy estaríamos la plantilla al completo, Carlos. Esperaré a la noche y sabré si os ha tragado la tierra o si habéis sido abducidas por alguna nave de la galaxia Andrómeda.

El alquiler es caro en la avenida de los Naranjos. Luego vienen los permisos, el papeleo y el resto de pagos. La gente se echa de cabeza a lo que sea, ¡hala, ya soy empresaria! La ficción dura poco, pronto la hiere la tremenda realidad. Cuando todavía la clientela está por fidelizar, los gastos se comen más del doble de los ingresos, y, cada día que pasa, el balance se descuadra, más y más, y la sangría es mayor. Y como crees que la cosa mejorará, aguantas y te desangras durante varios meses, mientras los números van arañando y desgarrando la ilusión con que emprendiste. Finalmente, quiebras. Con muchas deudas, no te queda otra opción que echar el cierre.

—Qué contradicción.

Nos pasó con la cafetería, Óscar, y menos mal que pude salirme a tiempo. Lucía, recuerdo tus palabras de «ánimo» cuando bajé la persiana: «En la avenida de los Naranjos solo quedarán los mejores». He aprendido que yo no formo parte de «el club de los mejores» al que tú perteneces, con reconocido mérito. Eres una trabajadora incansable y una gran empresaria, nunca lo he puesto en duda. Te vendría mejor la etiqueta de «mejor empresaria de la ciudad». El resto de los humanos, por mucho que lo intentemos, seremos expulsados a los suburbios. En la cúspide de la pirámide solo cabe una persona: tú. Así es esta ciudad: te toma, te adula en el presente y, cuando no le das todo lo que te pide, te escupe a un pasado vacío.

—¡Estás maldita!

Las diez y veintiocho.

Veo mi finca de hierro detrás del restaurante oriental. Jacinto me dijo que se construyó a principios de los sesenta, con el primer turismo. Tendrá cuarenta años largos. Matilde compró uno de los primeros pisos que se vendieron. El edificio no es alto. Ocho pisitos por nivel, por siete: cincuenta y seis viviendas. ¡Cincuenta y seis y solo un ascensor!

—¡Ufff!

Menos mal que tengo buenas piernas, de momento. A mi derecha, el semáforo de peatones cambia a verde. ¿Cruzo a mi acera? No, mejor en el otro paso. En este lado de la avenida, pegado al cerro, el viento es menos intenso. Además, prefiero alejarme de la puerta del restaurante oriental.

Seis kilómetros de caminata: tres de ida y tres de vuelta. Tengo las piernas y el pecho congelados, aunque me siento mejor que antes. Veo mi casa en la última planta, el apartamento central a la izquierda. A la derecha está el piso de mi vecina Matilde. No sé si dejar la luz encendida para disuadir a los ladrones es una gran idea, porque luego me roban en la factura de la luz. Desde el comedor tengo buenas vistas: veo el pueblo a la izquierda. La ladera, a la derecha, está menos urbanizada. Subido al segundo cerro, detrás del pueblo y más alto, está el cementerio, siempre iluminado.

Catorce años de mi vida aquí, excepto los dos últimos meses de embarazo y el permiso de maternidad. El tiempo ha pasado como un suspiro.

¡Plic!

¿Llueve? Acaba de caerme una gota de agua en la cabeza.

Plic… Plic, plic… Plic, plic, plic…

Sí, se está cogiendo. Miles de gotitas de agua chiquitinas marcan la acera. Qué curiosa es la lluvia en el suelo: las gotas dejan siempre el mismo espacio sin mojar entre ellas. ¿Cómo es posible este orden al final de la caída desde las nubes? ¿Qué o quién es el responsable? El agua empieza a empaparme la cabeza y la roquera, pero no voy a guarecerme. Me da igual mojarme, estoy enfrente de casa. En la calzada, el confeti y las serpentinas se están empapando. Cómo cambia el color y la textura del papel cuando se moja. Aprovechando que no viene ningún coche, cruzaré por aquí.

Luna, estás enfermita, constipada. La tía habrá cocinado un caldo y te estará dando las medicinas. ¡Cuando abras el «regalito» que te llevo, vas a flipar! Papá, la habrás acostado, pero sé que la granuja va a pedirte un cuento.

V
Lobos

«Habién y grand abondo   de buenas arboledas,
          milgranos e figueras,   peros e mazanedas,
    e muchas otras fructas   de diversas monedas,
    mas non habié ningunas   podridas ni acedas».

GONZALO DE BERCEO: *MILAGROS DE NUESTRA SEÑORA*

—Estás arropada y caliente, niña. ¿Te han *gustao* los regalos que han *traío* los Reyes? ¡Qué triciclo tan bonito! ¡La muñeca es grande! Aprende a dar gracias al de arriba por todo lo que tienes.

—¿Dónde está la mami, *buelito*?

—A tu madre se le ha roto el coche y no puede venir. Tu mamá llegará mañana por la tarde. Dime, ¿te has *portao* bien todo el año?

—He sido buena.

—Por eso vas a tener otro regalo de Reyes que tu madre traerá mañana. Ahora tienes que dormir para coger fuerzas y crecer.

—Yo quiero que venga mi mamá.

—Tienes que aprender a ser paciente. El día de Reyes es mañana, no hoy. Después de comer, llegará tu madre.

—Mi cuento…

—Es tarde.

—¡Quiero uno, *buelito*!

—Está bien, niña. ¿Te leo el de los patitos?

—¡Uno tuyo, anda!

—Te contaría el que me pasa por la cabeza, pero eres pequeña para escucharlo.

Algún día te contaré la historia de los lobos; pero no hoy, porque si tu tía nos escucha, luego me reprende. Todavía eres pequeña para oírla. ¡Eso sí que es un cuento! Y ha *ocurrío* aquí, en el pueblo.

—Anda, hermano, cuéntaselo a la niña. ¡Si lo estás deseando con todas tus fuerzas! Lo veo en tus ojos.

—¿Estabas escuchando lo que pensaba? No, hermana, la niña es *demasiao* joven para que lo sepa.

—Tú cuéntalo. Luego, cuando se haga grande y te pida que le digas lo que pasó de verdad, lo explicas igual y le dices que no había cuento.

—Cuando ella sea una mujer hecha y derecha, ni tú ni yo estaremos aquí.

—¡O sí! En el pueblo comemos como Dios manda. Mira la Emiliana con sus noventa y ocho años, y a comprar el pan va todos los días. Su madre murió con más de cien. Cuenta la historia de los lobos, anda, que yo también quiero escuchártela. Hace años que no hablamos tú y yo de aquello, jolines.

—¡Quiero un cuento, *buelito*!

—Está bien, niña. Prepárate, que empiezo. Vas a *escucharme* lo que le sucedió a tu madre el día de Nochebuena del año 1969. ¡Será el mejor cuento de tu vida! Han *pasao* treinta y cuatro años, y siento todo lo que sucedió como si hubiera *ocurrío* ayer. Tu madre tenía dos años.

—¡Suelta la lengua, Vicente!

—La mañana del veinticuatro de diciembre de 1969, tu mamá, tu abuela, que está en el cielo, y yo nos levantamos pronto. Teníamos que sacrificar unas gallinas y recoger los huevos para la cena de Nochebuena y la comida de Navidad. Contando los vecinos y sus familias, ese día éramos casi treinta bocas que alimentar. Como en ese tiempo casi no había televisores, vivíamos las fiestas todos los vecinos juntos, en cuatro casas. Cada familia traía lo que tenía, y lo nuestro eran los huevos y las gallinas. Pasábamos todo el día comiendo, cantando, tocando la zambomba o la pandereta, riendo, contando cuentos o recordando a la gente que nos había *dejao*.

—Algún traguito de vino dulce también tomábamos, hermano. Y cuando caía el sol, todos juntos a cenar. Luego nos acercábamos al hogar y comíamos mazapanes, polvorones y fruta seca.

«¡Qué tiempos aquellos!».

—También torrábamos castañas y hacíamos palomitas de maíz, ¡que los niños quieren lo suyo!

—¡Qué felices éramos todos *arrejuntaos,* Vicente! Aquello terminó cuando los vecinos empezaron a marcharse a la ciudad. Desde que naciste, nuestra felicidad eres tú, niña. ¡No te rías, granuja!

—¡Quiero el cuento, *buelito*!

—Vamos… Los tres salimos de casa a las ocho en punto. A tu abuela le dolía la cabeza y pronto supe la razón. Al llegar a la granja, dejamos a tu mamá en el corral de la matanza, con unos juguetes viejos. Tu abuela y yo entramos a por las gallinas que íbamos a sacrificar, cogimos cuatro y tu abuela las sacó. Yo me quedé dentro del gallinero buscando otras cuatro o cinco más.

—«¡María Victoriaaa! ¿Dónde estás, niñaaa?».

—¡Qué bien pronuncias las palabras de mi Anita, hermana!

—¿Eso es lo que piensas de mí? ¡Ni que yo fuera tu mujer!

—A ver si te vas a enfadar por tonterías.

—Quiero el cuento.

—Ten paciencia, María Victoria.

—Me has llamado como mi mamá.

—Estoy *metío,* y como tu madre es la protagonista, pues me he *equivocao…* Al oír los gritos, salgo al corral como una centella. Tu abuela y tu mamá han *desaparecío,* la puerta de hierro está abierta y se han *escapao* las cuatro gallinas que andaban sueltas. «¿Qué pasa aquí?», me dije. Otra vez escucho a tu abuela gritar, aunque fuera, en el camino.

—«¡María Victoriaaa! ¿Dónde estááás?».

—Bien *gritao,* hermana. Yo también empiezo a dar voces. Tu mamá ha *desaparecío,* Luna, y la abuela está muy disgustada. ¡Hemos *perdío* a tu mamá! Deja de llorar, niña. Seguiré con la historia cuando estés más crecida. ¡A dormir!

—Quiero el cuento de mamá.

—¡Qué valiente eres! Tu abuela y yo buscamos a tu madre. No puede haberse *marchao* lejos en tan poco tiempo y con unas piernitas tan chicas. Rodeamos la granja hasta tres veces, sin rastro de…

—¿Vas a llorar, *buelito*?

—¿Cómo pudo una niña tan pequeña haberse *alejao* tanto, hermano?

—Pensé que podía haber *caío* en la acequia de enfrente, pero el agua era poca y no corría. Pasada media hora de buscar, dejé a tu abuela dando *bramíos* cerca de la granja y corrí al pueblo para pedir auxilio. Recuerdo que entré al pueblo chillando…

—«¡Socooorrooo! ¡He *perdío* a mi hijaaa! ¡Ayudadme a encontrar a mi María Victoriaaa!».

—Qué bien me imitas, Domitila. Llegué a la casa del alcalde y le conté lo que había *sucedío.* Rocío, la verdadera alcaldesa…

—¡Deja de llorar y cuenta!

—La alcaldesa pasó un bando al alguacil y, en menos que canta un gallo, llenó la plaza de voluntarios y los organizó. Todos los vecinos del pueblo con buenas piernas fuimos a buscar a tu madre por los alrededores de la granja.

—Pepe, el alcalde, corrió al ayuntamiento para telefonear al cuerpo de la Guardia Civil.

—En un santiamén, llegaron más de cien guardias civiles y se pusieron a buscar con nosotros. Me acuerdo de que el mando golpeó con fuerza el capó de un vehículo, mientras gritaba…

—«¡De aquí no se mueve ni Cristo hasta que encontremos a la niña! ¡Hoy no habrá ni Nochebuena ni Dios sin la niña!».

—Con qué fuerza gritas, hermana. Chillas igualito que el guardia civil. ¡Nunca en la vida olvidaré esas palabras! Sigues llorando, Luna. ¡Se acabó el cuento!

—Mi mamá vendrá mañana con un regalo.

—Qué despierta eres, niña. Todo el pueblo y más de cien guardias civiles estuvimos buscando a tu madre por el monte. Rastreando en círculos, nos alejamos más de dos kilómetros de la granja. Cuando empezaba a anochecer, pensé que alguien se la había… ¡Me han *robao* a mi hija! ¡Quiji-quiji!

—No llores, *buelito.*

—Alguien ha *venío,* ha visto a la niña y se la ha *llevao.* Regreso a la granja para preguntar.

—Si tu pensaste que os la habían *robao,* la Guardia Civil, puesta a investigar, lo habría *sospechao* antes que tú, hermano.

—Eso mismo creo yo, y por eso quiero hablar con el mando. Al llegar al puesto, lo veo menos *animao* que esta mañana. En sus ojos leo que no encontraremos a la niña, que me la han…

—¿Le dijisteis a Anita que pensabais que os habían *quitao* a la niña?

—No. Volvió al pueblo antes de mediodía, las vecinas la acostaron y le dieron Agua del Carmen.

—¿Dónde está mi mamá?

—No lo sé, niña. Cuando cayó la noche, la gente se recogió en la granja. El guardia civil al mando les dijo que volvieran a sus casas y que el día después, Navidad, seguirían con la búsqueda a las ocho en punto. En la granja solo quedaron unos pocos guardias civiles conmigo.

»Les pregunté qué podía hacer, y ellos me dijeron que debía tener paciencia y me mandaron para el pueblo. Pero, estando mi hija en el monte, yo no debía meterme en casa. María Victoria podía estar malherida y morir de frío en la *madrugá*.

—¡Busca a mi mamá, *buelito*!

—Sí, quiero que vuelva a casa.

Vendería mi alma al diablo por ella; lo mismo me da que siempre estemos discutiendo. María Victoria, eres mi hija. Subiría la piedra más grande del pueblo a la cima más alta, la dejaría caer, la recogería del valle o del río, la volvería a subir y la echaría de nuevo. Y lo haría eternamente, solo con la esperanza de encontrarte algún día.

—Tranquilízate, hermano.

—Con la cabeza gacha, dejé a los guardias civiles y volví a casa. Tu abuela estaba en la cama, llorando, y las vecinas la consolaban.

—Os daban Agua del Carmen y rezaban todo el tiempo, pero tú no la bebiste.

—¡¡¡Las fieras!!! ¡Las fieras, Luna mía! En un segundo, una *corazoná* saca todo el cansancio de dentro de mí. ¡Han sido las fieras! Me habéis *robao* a mi hija.

—¿Se comen a mi mamá? Tengo miedo.

—¡Sal de dentro de la manta, que te vas a asfixiar! Esta tarde has *hablao* con tu madre.

—Mañana traerá un regalo.

—Continúa, Vicente. ¡Nunca te había *escuchao* contar la historia con tanto interés!

—Por estos montes, tres son las fieras que comen carne y pueden sacrificar a un perro o a un niño: los zorros, las águilas y los lobos. Los zorros tienen sus madrigueras *escondías,* y atacan y matan antes de llevarse la carne. No hemos *encontrao* sangre en toda la jornada, y somos casi todos los vecinos del pueblo buscando.

»Las águilas podrían haber *cogío* a María Victoria y habérsela *llevao* por el aire, sin dejar ningún rastro, aunque no se ven por el cielo en estos días de tanto frío. Los lobos tienen su… Todos sabemos dónde tienen los lobos su guarida en estas tierras. ¡Tengo que buscarlos, hermana!

—Esos animales primero matan, igualito que los zorros. No vimos sangre cerca de la granja, lo has dicho tú.

—Una *corazoná* me dice que tengo que buscar en la guarida de los lobos. Me calzo las botas y me abrigo. Salgo al establo y agarro la maleta chica, unas cuerdas, la hoz y una manta. De la cocina cojo una botella de agua y pan. Cierro la maleta y me la ato a la espalda. Andaré hasta el Peñasco de los Lobos, en lo alto del Monte Viejo. La luna me acompañará y me dará lumbre. Son las siete de la tarde. Debo ponerme en camino, porque subir me llevará tres horas largas o más.

»Unos vecinos, que saben de mis intenciones, me agarran de los brazos. Yo empujo con todas las fuerzas; pero me retienen, no quieren que vaya a por mi hija. «¡Por favor…!».

—«¡… soltadme! Quiero ir a por ella. ¡María Victoria tiene frío, pobrecita!».

—Bien *gritao,* hermana. Hasta que llegó la Emiliana, madre de la Emiliana de hoy, y les gritó a todos que me dejaran ir para arriba. Recuerdo la sentencia de la anciana.

—Quieto. ¡Ejem, ejem! Lo digo yo: «¡Es una *corazoná* de padre! ¡Dejadle ir a por su hija!».

—¡Qué bien imitas a la Emiliana! Todos obedecen a la voz más vieja del pueblo, me sueltan y dejan que ande a por mi hija. Anita se asoma a la ventana y grita. ¿Sabes las palabras que dijo mi mujer?

—¡Hombre, estaba a tu *lao*! Además, los vecinos me las recuerdan cada semana: «¡Vicente, espera! ¡Quiero ir contigo a buscar a nuestra hija!».

—«No sé de dónde has *sacao* las fuerzas para levantarte de la cama. Vamos a andar toda la noche. ¿Aguantarás, Anita?». ¿Respondes, hermana?

—Voy: «¡Lo mismo es una mujer que un hombre! ¡Y si me falta la fuerza que tienes en los brazos, entonces sacaré a la mujer y a la madre que llevo dentro!».

—Algunas vecinas agarran a mi Anita y la retienen con sus razones. Pero la Emiliana saca los dientes, rompe la garrota contra el poyete de la puerta y se enfrenta a todas con saña. Las vecinas sueltan a mi mujer.

—La garrota corrió cerca de mi cara, hermano. ¡Hizo sonar el aire que no se ve!

—Si te pilla el bastón, te descalabra.

—Es curioso que la mujer más vieja del pueblo fue también la más valiente. «A Dios rogando y con la garrota dando».

—Es «… y con el mazo dando», Domitila.

—Qué más da lo uno que lo otro. Si llega a arrearme con la garrota, no estaba yo ahora en este mundo. Cuenta la historia, anda.

—«Anita, agarra mi mano y vayamos juntos a por nuestra hija». Cuando empezamos a subir, sentí una felicidad muy grande en el corazón.

—*Cogíos* de la mano, andabais hacia el Monte Viejo. Los vecinos quedamos quietos, en medio de la calle, viendo cómo desaparecíais en la noche.

—La niña se ha *dormío*. Vamos a cenar, que ya va siendo hora.

—¡Ni hablar, Vicente! Vas a decirme lo que pasó hasta que volviste con mi sobrina. ¡Uay, ay, ay!

—¿Por qué lloras tú también?

—¡Quiji-quiji! ¡Snif! Suéltame todito lo que ocurrió.

—Está bien, tranquilízate, que te va a dar un patatús. Te lo contaré, hermana. Antes de llegar a la granja, nos alcanzan seis valientes: Cipriano, Gregoria, Saturnino, Primitivo, Antonio y

Eusebia. Cuatro hombres y dos mujeres, puede que las personas más atrevidas de todo el pueblo. Nos abrazan y piden acompañarnos al Monte Viejo. Todos andamos para arriba, *callaos,* solo con el ruido de las piedras que arrastran nuestras botas.

»Cada paso de estos valientes me empuja aquí, en el corazón. La mano que Anita me da es como una gran esperanza que me ayuda a seguir para arriba. Con Cipriano tuve unas palabras en primavera, por el riego de los naranjos, y juramos no hablarnos más. Recuerdo su sentencia: «Arrieros somos, y en el camino nos encontraremos». Ahora me abraza y anda conmigo a por mi hija.

—No te vayas por las ramas y regresa al tronco.

—Lo intentaré, Domitila. El Cipriano lleva una horca, Primitivo ha *cogío* una azada, la Gregoria trae una faca, Antonio ha *colgao* un mazo a su espalda, Saturnino también trae una horca y la Eusebia viene con una hoz más grande que la mía. Anita solo lleva mi mano, y yo siento la suya muy caliente. ¡Snif!

—La Gregoria era forzuda.

—¡Más que un toro de lidia! La noche es clara y nos acompaña la luna llena. ¡Qué frío siento! Sé que Saturnino, que siempre ha *sío* beato, habla solo, reza. Al cabo de una hora de andar, llegamos al pie del Monte Viejo. El Cipriano, *aficionao* de siempre al monte, nos dirige por una senda que sube hasta el Peñasco de los Lobos. Anita y yo vamos detrás.

—¡Qué bravo eres, hermano! ¡Y qué valiente fue mi Anita!

—Te has *confundío*. Los vecinos son los valientes; piensa que ellos no tienen a su hija perdida por el monte.

—Llevas toda la razón.

—Veo el Peñasco a lo lejos y escucho los aullidos de los lobos. A quinientos pasos de la cueva, aprovechando la espesura de unos matojos y de una encina, nos detenemos para descansar. Cipriano saca un catalejo de su zurrón y observa la guarida. Anita toma la lente, echa un ojo y llora.

»Agarro yo el catalejo y… solo veo cómo entran y salen los animales de la cueva. Son más de cincuenta lobos y están inquietos, aúllan todo el tiempo, aunque no hay rastro de María Victoria. Seguro que han *olío* a la cuadrilla y saborean la cena antes de echársela a las fauces.

—¿Por qué ningún animal ataca?

—No lo sé… La Eusebia propone bajar al pueblo. No podemos avanzar, es un suicidio.

—Los vecinos de la partida aceptan regresar al pueblo, pero Anita y tú pedís que os dejen seguir viendo la cueva.

—Todos nos observan *extrañaos*. Por mucho que tratan de convencernos para que bajemos con ellos, ni Anita ni yo atendemos sus razones. Los vecinos se cuelgan los macutos a las espaldas, nos abrazan y empiezan a bajar la montaña.

—El Cipriano y la Gregoria se quedan; no pueden irse si vosotros resistís.

—Tienes razón, ¡qué valientes! Al girarme hacia los lobos, echo en falta a mi Anita. ¿Dónde estás, mujer? Levanto la vista y la veo andar con los lobos, llega hasta el pie de la cueva y entra en la guarida.

—¡¿Por qué se ha *metío*?!

—Busca a María Victoria dentro de la montaña. Puede que encuentre a la niña o algún rastro de su ropa, o qué se yo con lo que se va a topar. Los lobos la… ¡Uuuaaay, ay, ay! La madre que llevas dentro…

—Cuéntame lo que pasó esa noche, anda.

—Corro todo lo que pueden mis piernas. Me siguen la Gregoria y el Cipriano.

—Nunca se quedarían atrás. Si hay sangre, morirán derramando la suya.

—La horca de Cipriano, la faca de la Gregoria y mi hoz son las únicas armas que traemos. Puede que tengamos que pelear a muerte con más de medio centenar de lobos, que nos aguardan, inquietos, en la entrada de la guarida. «Gregoria,

Cipriano, por favor, marchaos ahora que todavía estáis a tiempo, volved al pueblo. Os vais a quitar la vida con Anita y conmigo».

—«¡Trota para arriba, Vicente!».

—Justo así grita la Gregoria. Antes de que puedan vernos los lobos, nos detenemos. Cipriano saca de su petate tres antorchas elaboradas con neumáticos y cubiertas viejas de bicicleta, y las encendemos. Con la herramienta en la mano derecha y el fuego en la izquierda, llegamos a la cueva. Anita ha *desaparecío*. Quizás las fieras la estén devorando dentro de la guarida. Pero no sacan ni un pedazo de carne. Los lobos nos ven y…

—Deja de llorar, hermano. Los lobos se os echan encima, ¿verdad?

—Si nos enfrentan, entre los tres solo podríamos haber *matao* a una decena de bestias. Los animales hubieran *desgarrao* nuestros cuerpos en poco tiempo. ¿Tú sabes los lobos que había? No nos atacan, solo nos miran de reojo, están inquietos por alguna razón que desconozco. Los animales levantan la cabeza hacia a la luna, se mueven y aúllan todo el tiempo.

—¡Auuu! ¡Auuu, au, auuu!

—No eches esas voces, hermana, que la niña se ha *dormío*.

—Quiero sentir lo mismo que tú. Debí subir contigo a por mi sobrina y eso no me lo perdonaré nunca.

—Yo ando mucho tiempo contigo, Domitila… ¡Qué extraño! Parece que los animales esperan y, en vez de atacar, guían nuestro paso hasta la cueva. Alguien, o algo, les ha *robao* los instintos.

»Con mucho temor, el Cipriano, hombre más bueno que valiente, me pide que volvamos al pueblo. Tenemos que bajar antes de que despierten los instintos de los animales. La Gregoria mira a Cipriano y después a mí, y con los ojos *encendíos* nos empuja a seguir adelante.

—¡Qué mujer!

—Al llegar a la guarida, Gregoria agarra mi hombro y me dice unas palabras al oído, que tampoco olvidaré jamás. Escucha, hermana, que no conoces estas…

—«¡Es tu hija, solo tú tienes la fuerza! ¡Entra, Vicente, por el amor de Dios!».

—Sí las conoces bien. Pero yo no te las he dicho nunca.

—De higos a brevas, las pronuncias en tus sueños.

—¿…? Empiezo a andar. El Cipriano y la Gregoria quedan quietos, con los lobos como perrillos falderos a su alrededor.

—La Gregoria era muy valiente, hermano.

—¡Más que todos los lobos de este mundo! Con la hoz y la antorcha en las manos, entro en la montaña. Unos leños arden al fondo de la cueva y siento el cuerpo más caliente a cada paso. Anita está de pie hacia el fuego, quieta. ¡Qué demonios! Descubro a un gran lobo blanco muerto. La bestia está *tendía* en el suelo de piedra, al lado de la hoguera. Otras dos bestias lamen al animal, lo adoran.

—¿El cadáver es del líder de la manada?

—No lo sé, Domitila.

—¿Por qué los lobos están tan dóciles?

—Eso mismo me pregunto yo.

—¿Y por qué Anita está tan callada, frente al fuego y el lobo?

—Tampoco lo sé, aunque no hay rastro de mi hija. Tenemos que volver al pueblo; no ha sido una buena idea venir con los lobos. ¡Maldita *corazoná* la que ha guiado nuestros pasos hasta aquí arriba! Si no nos comen las fieras, volvemos a casa. ¿Dónde estará la niña en este momento? Tomo el brazo de mi Anita y estiro, pero no me atiende, está como en otro lugar. Con una mirada dulce hacia el fuego, mi mujer contempla al animal.

—«¿Qué te ocurre?».

Miro otra vez al lobo y… ¡¡¡Dios santo!!! Una mano pequeña acaricia el hocico y la cabeza del lobo muerto. ¡Quiji-quiji-quiji!

—Continúa, Vicente. Ya cenaremos otro día, ¡que estamos muy rechonchos los dos!

—La lumbre ilumina el cuerpo que hay detrás de la manita… «¡¡¡María Victoria!!!». ¡Uaaa, ay, ay, ay…!

—Cuenta, hermano.

—Quiero agarrar a mi hija y a su madre, pero los lobos me enseñan los colmillos y quedo quieto. María Victoria me ve y no me habla, está como en otro mundo. «¿Qué te está pasando, hija?». Sacas unos sonidos extraños de tu boca. «¿Por qué acaricias la cabeza del lobo muerto?». Cuando acabas de pronunciar tus palabras, un gran lobo te empuja con el hocico y tú, sonriente, caminas hacia tu madre. ¡Snif!

—Sácate las lágrimas, anda.

—Anita toma a su hija y los tres nos abrazamos. ¡Hija mía! ¡Uuuaaay!

—¡Llora, pero al tajo!

—Los tres salimos de la montaña *cogíos* de la mano, como madre, padre e hija pasean por el campo. Los lobos se mueven a nuestro *lao,* sin ninguna ansia de saciar su hambre.

—Esto último, lo que ocurrió dentro de la cueva, nadie lo ha *oío* nunca. ¿Tú lo has *contao*?

—Solo te lo cuento a ti, Domitila. Nadie más lo ha *escuchao* y confío en que se mantenga en secreto. No lo cuentes jamás, hermana. Tú sí lo tenías que saber algún día, porque los dos cuidamos a la hija de María Victoria. Los vecinos conocen lo que quisieron decir el Cipriano y la Gregoria: que mi hija, mi mujer y yo salimos de la cueva *cogíos* de la mano y que los lobos se comportaban como ovejas.

—La Gregoria tuvo el accidente con el tractor en el setenta y tres, joven, y el Cipriano murió del corazón en el ochenta, también *demasiao* pronto para marcharse.

—La historia se detuvo para transformarse en otra cosa que nunca se ha quedado quieta. Yo no quise desmentir ni al Cipriano ni a la Gregoria, tampoco a sus familias.

—¿Los lobos os persiguieron monte abajo?

—Cuando salimos de la cueva, Anita le dio agua y pan a María Victoria, la abrigó con una manta y la atamos a mis espaldas. Los lobos aullaban a la niña, sabían que nos marchábamos. Después me enteré de que los aullidos se escucharon desde el pueblo.

—Vuestros primeros acompañantes nos dijeron que las fieras os iban a…

—Los vecinos creían que los lobos comían nuestra carne.

—Don Hermenegildo nos convenció para que os aguardáramos en la puerta de vuestra casa. El padre suspendió la misa de gallo y todos rezamos, medio *congelaos,* enfrente de vuestro portal. El cura dijo que el pueblo nunca debe perder la esperanza, y cantó y rezó sin descanso.

—El Cipriano venía todo el tiempo llorando detrás de mi Anita. La Gregoria lo agarró de la mano hasta que llegamos a la cruz. Todos cantabais en la calle.

—Siempre recordaré los gritos de felicidad y los aplausos cuando os vimos llegar con la niña montada a tu espalda. La granujilla sonreía dentro de su mantita y comía pan. Tú, cojeando, te sostenías *apuntalao* a la espalda de Anita.

—Mi mujer siempre me sostuvo, hasta que el de arriba la llamó y se tuvo que marchar. Hoy mi apoyo eres tú, hermana.

—*Metíos* todos en casa, el resto de la noche fue la más feliz de mi vida, Vicente. Hasta la Emiliana brindó con sidra, ¡y sin haber *cenao* nada aún! La niña no tenía ni un solo raspón. Anita y yo le dimos un plato de sopa, la lavamos y le pusimos un camisón nuevo que le habíamos *comprao* para Reyes. Después nos sentamos las tres al *lao* del hogar y torramos castañas. Anita se durmió en la mecedora, con cara de satisfacción.

—Cuando me agaché y quise sacarme las botas, me dolía a rabiar la pierna derecha: la tenía rota.

—Recuerdo que estabas *acostao* y la médica te vendaba. En la calle, los vecinos cantaron villancicos hasta el alba. ¡Menudo era don Hermenegildo!

—El día de Navidad, temprano, el guardia civil al mando se acercó a casa con su mujer y con su hija, una niña de la misma edad que mi María Victoria. Las niñas jugaron en el corral y se hicieron amigas. Todos nos abrazamos y lloramos. El Cipriano les cogió un capazo de naranjas y sacrificó un par de gallinas para caldo.

—Qué historia, Vicente.

—Pero la maleta se quedó arriba, con los lobos.

—¡Anda, anda, anda! Vamos a llenar el buche y a la cama. Esta noche cenaremos sobras.

—Esa maleta ha *venío* conmigo a Francia, a la vendimia. Siempre *abarrotá* de conservas, la pobre.

VI
Matilde

«Iba pensando y discurriendo un día
a cuántos bienes alargó la mano
el que de la amistad mostró el camino;
y luego vos, de la amistad ejemplo,
os me ofrecéis en estos pensamientos.
[…]
las honras y los gustos que me vienen
desta vuestra amistad que en tanto tengo,
ninguna cosa en mayor precio estimo…».

GARCILASO DE LA VEGA: *EPÍSTOLA* (A BOSCÁN)

Las diez y treinta y dos. Al fin, tres minutos antes de lo que había calculado, llego a mi casa. Estoy congelada y me duelen los brazos y las articulaciones de los codos. Aunque la lluvia ha rebajado el frío, ya se me había colado antes por las mangas, la falda y el escote. No sé si habré ahogado el catarro, pero he dejado de sudar.

¿Dónde está el maldito llavero? ¿A ver en este bolsillo?

—No está.

¿Y en este otro?

—¡Tampoco, joder!

Aquí están las llaves, en el bolsillo alto de la roquera, con el móvil. ¿A ver?

—¡Ni mensajes ni llamadas, mierda!

La llave del portal es… ¡Al suelo el manojo!

«Victoria, ¿por qué estás tan encorvada? Vas fresca para salir. Cuidado, que este año los resfriados vienen fuertes. Te daré un sustito y entrarás en calor».

—¿Uy?

Alguien da dos toques en mi espalda.

—¡Qué susto me has dado, Matilde! Llevo demasiados sobresaltos esta tarde, vecina.

Como si no te importara mi inquietud, tu cara permanece sonriente.

—Esa era la idea, joven. ¿Cómo estás? ¿Qué haces por aquí? ¿Que no has ido al pueblo? —Tu voz es tenue, firme y musical.

Me sorprende lo arreglada que sales siempre, Mati. Qué bien te veo con casi ochenta años. El chaquetón negro hasta los pies te sienta genial y te has pintado los morritos con un labial rojo granate oscuro que te favorece. ¿Te has echado colorete? Sí, eres más blanca sin pintar. Llevas el cabello en un moño, detrás de la cabeza. Tu bastón, negro y con un ribete dorado, es muy elegante.

—Cuando despierte, arreglaré la casa y me marcharé al pueblo. ¡Tengo unas ganas enormes de estar con mi Luna! El hotel me da diez días de vacaciones y volveré a finales de enero, para los viajes de los jubilados.

—¡Los viajes del Imserso, que tan de moda están! No me hagas reír, joven, a mi edad. —Tu sonrisa, altiva, esta vez sí llega a carcajada.

—Sin la ayuda de esos viajes, los hoteles tendrían que cerrar durante más de medio año y no aguantarían. Luego no podrían abrir para la campaña estival. Cuando vinieran los turistas que gastan a manos llenas, tendrían que alojarse en tiendas de campaña. ¡No habría hoteles, deja de reír!

—Pues bendito Imserso. Oye, Victoria, que digo yo que tendrás ganas de ver a tu hija. Estará crecida la niña. ¿Has ido estas fiestas a tu casa? —hablas con voz melódica.

Te haces de querer, pero eres demasiado impertinente. Sueles sumar contenidos graves a otros más triviales. ¡Qué lista eres, Matilde!

—La verdad, no he podido. En Navidad, toda la plantilla trabajamos cada día hasta la noche de Reyes. Los turnos vendrán a partir de mediados de enero y hasta el mes de mayo.

¿A ti qué te importa si voy a mi pueblo o dejo de ir?

—Abre y entramos. Nos estamos quedando aquí las dos más tiesas que un palo.

Métete en tus asuntos. ¡Estoy harta de que se entrometan en mi vida, joder! Yo iré con mi hija cuando me dé la gana. Las tuyas solo vienen de fiesta en fiesta, dos o tres veces al año, ¿y me preguntas a mí si he vuelto al pueblo?

—¿Y tú has estado con tus hijas, Matilde? Te veo muy sola —replico con un volumen justo, pero la voz retrata mi ansiedad.

No te alertas ante mi ataque: tu actitud es distante, tu cabeza parece estar en otro lugar. Con la mirada, manifiestas un profundo respeto hacia mí que me incomoda.

—Mis hijas estuvieron aquí en Nochebuena y los tres días de Navidad. —La voz no presenta un ápice de sorna que evidencie inquietud o defensión—. ¿Lo recuerdas? Viniste a tomar café en Nochebuena, antes de marcharte a trabajar. Cociné pollo al horno con patatas y me salió riquísimo. —En señal de agrado, te besas las puntas de los dedos—. No quisiste venir a cenar con nosotros y eso no tiene perdón. ¡Recuerda que vivimos pared con pared! —Yergues el dedo índice en señal de enfado.

Nunca te he visto enojada; tu gesto es un farol. ¿Qué pinto yo en tu casa, con tus hijas, yernos y nietos? Y además en la cena de Nochebuena. Yo tengo mi familia en el pueblo. Si me marcho a casa, pues bien; si no puedo, porque estoy trabajando, pues ya iré. ¡Es mi problema! ¡Métete en tus asuntos y déjame en paz!

—Pero ¿cómo iba yo a cenar a tu casa en Nochebuena, mujer? Solo soy tu vecina.

He perdido la guerra emocional. Pero no sé por qué me preocupo, ya que siempre me pasa contigo. Tienes toda la razón: «Más sabe el diablo por viejo que por diablo». Eres lista y, cuando te lo propones, me hieres. Una lágrima se escapa de mis ojos, la limpio rápido y con disimulo.

—¿Recuerdas que jugaste con mis nietos? Estuvieron tres días más y se marcharon. Ahora todos están en sus ciudades, con sus otras familias, ¡qué sé yo por dónde andarán! —Con un aleteo en la mano indicas, despreocupada, que no te importa—. Estarán con sus hijos en alguna cabalgata, tomándose un aperitivo por ahí, abriendo regalos…

Con tanta suposición, sí te preocupa que no están, Matilde. ¡Te pillé!

—Bah, son grandecitos todos. Cuando suba a casa, telefonearé a mis dos hijas. Quiero hablar un poquito con mis nietos para averiguar si les he acertado con el regalo de Reyes. Victoria, ayuda a esta vieja a subir las escaleras.

—Claro. —Te ofrezco el brazo y lo coges con fuerza. Me miras y sonríes.

Resoplas al llegar al último escalón. Sin soltarte de mí, andamos hasta el ascensor. Tu contacto me apacigua.

—Si no les han gustado mis regalos, que se los cambien. Esa rampa está muy empinada, la construyeron pensando solo en cumplir las normas. A Jacinto y a mí nos cuesta subir estas escaleras, pero subiríamos mejor por una rampita con poca pendiente. ¡No podemos por esa, que es como una pared! ¡Me echas en silla de ruedas por ahí y acabo en medio de la avenida!

—¡Ja, ja, ja…! ¡Qué ocurrencias tienes, Mati!

—Vivimos puerta con puerta y te conozco bien. Si te pido que me eches una mano, tú siempre estás, Victoria. ¿Y no eres mi familia?

Tu halago me provoca una sonrisa.

—Me refería a que no sé qué pinto yo en la cena de Nochebuena con una familia que no es la mía.

Tu gesto permanece inmune a mis palabras, incluso más sereno que antes de pronunciarlas.

—Subamos al ascensor, joven.

No me he dado cuenta de que ha estado aquí todo el tiempo, en nuestra misma planta. Cincuenta y seis pisos en la maldita finca de hierro, ocho por nivel, y un solo ascensor, que está parado aquí abajo, aguardando. Subamos antes de que se arrepienta de esperar.

Por el hueco de la escalera se escuchan unos golpes en las plantas más altas. Me conmueves cada vez que hablas, Matilde. Estás todo el año sola y a ti no te duele la distancia con tus hijos. Yo cada día sufro más esta separación con mi Luna.

Son las once menos cuarto. Hoy llegaré otra vez tarde al trabajo.

Abro el ascensor, entramos y pulso el número siete. La puerta de seguridad cae. Un chirrido estridente a nuestros pies acompaña el cierre de la cabina. Una sacudida, como un estirón en las piernas, indica que empezamos a elevarnos. Huele a hierro y a cable quemado.

Observas la puerta del ascensor, como queriendo entrever por los cristales. Eres un palmo más baja que yo y tu pelo está todo cano. Tu gesto es firme, los ojos no parpadean; pero mantienes una ligera sonrisa en tu cara, tu seña de identidad. La mano derecha, asida al bastón, presenta un ligero temblor que continúa levemente en la cabeza. El silencio es interrumpido por un ruido intermitente y rugoso al pasar por cada planta.

—No han arreglado el ascensor, Mati. ¿Has escuchado los ruidos? Este trasto tendrá más de cuarenta años. Un día de estos vamos a tener un accidente, ya verás.

Me atiendes, aunque tu gesto se mantiene sereno.

—Claro que he escuchado los ruidos, ¿cómo no los voy a oír? ¿Y cuarenta años es mucho? ¡Pues sí que soy vieja yo, con casi ochenta! Los cumpliré el trece de marzo. Lo celebraremos las dos juntas; pero esta vez compraré la tarta, vecina, que no tengo ganas de tanto trote.

»Bah, al ascensor no le ocurre nada. Solo eso, que lleva años de sube y baja. La semana pasada vino el técnico, cambió unas ruedecillas y, de momento, funciona bien. —Afirmas con la cabeza una verdad que no se relaciona con la experiencia.

—Sigue con los tirones, Mati. ¿No has notado el empujón al empezar a subir? Este trasto se ha roto.

—No se ha estropeado, es viejo.

—Una máquina no envejece. Eso les ocurre a las personas y al resto de los seres vivos, pero no a las máquinas. O va bien o se ha roto y lo tenemos que arreglar. ¡Que lo apañen de una vez o que lo cambien por otro nuevo, que para eso pagamos todos los meses!

—Y otra derrama más… Claro, como tú vives alquilada —hablas con seguridad. Como siempre, robas toda la verdad a nuestra conversación.

—Al menos, espero no quedarme encerrada.

Formas una mueca en la cara y niegas con la cabeza y la mano derecha asida al bastón.

—Es verdad que de viejo no muere nadie, pero todo envejece, créeme. En el último par de años, mis piernas han perdido fuerza, aunque siguen caminando a su ritmo. Además, las reparaciones de viejo son menos costosas y las ves venir. Yo tomo un par de pastillas hoy y estoy aliviada hasta las que tomaré mañana, que me mantendrán sana hasta pasado mañana.

—¡Ja, ja, ja…! Tienes unas salidas, Mati.

Con mis últimas palabras, tu gesto vuelve a serenarse.

—Vivimos solas, Victoria, y las dos tenemos la cabeza lejos de aquí.

«Te lo voy a decir, hija. Las amigas de verdad se dicen las cosas como son. Me sobran conocidas de parchís. Además, dice el refrán: "Quien bien te quiere, te hará llorar"».

El cambio brusco de conversación me pone otra vez en alerta. Sé por dónde andas, vieja: como si fueras mi madre, te vas a meter en mi vida privada. No lo hagas hoy, por favor, que tengo el ánimo bajo. Puede que la mejor defensa sea un buen ataque.

—Así es, Matilde, ¿por qué mentir? No ganamos nada. Tú y yo estamos aquí más solas que la una. —Mi voz es firme y clara, pero no despierto, ni espero, ningún cambio en tu gesto.

—Llevas razón, vecina. Estamos solas, sí que es verdad. —Tu voz, pausada, es señal de una falsa derrota.

Qué lento sube el ascensor.

«Tu soledad y la mía son distintas, Victoria. Dentro de unos años, la energía que tienes se marchará para siempre. "De los cuarenta *parriba,* no te mojes la barriga". ¡Pero qué joven y hermosa eres todavía! Hazme caso y no dejes tu vida aquí, sola. No le hagas eso, ni a la madre ni a la hija.

»Tengo ganas de llevarme algo a la boca, ¿qué ceno? Bah, cualquier cosa pasada por la sartén, el pan que ha sobrado de mediodía y una manzana pocha que anda por la nevera».

—No es la misma soledad, Victoria, la tuya que la mía. No es la misma soledad, la de esta vieja arrugada, con casi ochenta años, que la de una joven con treinta y pocos. —Con la mano izquierda, distribuyes las diferencias en el sentimiento.

—¿A qué te refieres? Las dos tenemos a nuestras familias lejos todo el año —contesto con un ritmo acelerado y tonos altos.

—¿Te conté que vine joven a esta ciudad? Con dieciocho, mi madre me mandó a trabajar a casa de un médico. En la posguerra todos huíamos del hambre en este país. Al poco tiempo de servir, conocí a un chico, que era el jardinero de la finca y se llamaba Pedro. Después de un larguísimo tiempo, casi sin cogernos… ¡Antes era así la cosa! —Mueves la mano, como sacudiéndote el pasado, y sonríes—. Digo que, después de varios años, por fin nos casamos y pudimos… eso. —Otra vez,

91

tu gesto, las palabras y el tono que las transporta me provocan una carcajada.

»Los dos seguimos trabajando en casa del pediatra y me quedé embarazada, ¡qué justo! Con la dictadura para abajo, llegó el turismo. Pedro me convenció para que viniéramos a la costa y empezáramos una nueva vida. No fue mal la aventura. Hasta mi jubilación, estuve al cargo de la tienda de caramelos del paseo marítimo. ¿Has ido alguna vez? —Levantas el bastón y tratas de orientarme, imposible dentro del ascensor.

—Claro que la conozco. Compro allí mis chuches cuando voy a trabajar por la playa.

—¿Sabes lo mejor que tienen los caramelos?

—Que están buenos.

—¡Casi aciertas! Sí, están ricos, aunque hay algo en ellos que sabe incluso mejor. Los hay de diversos olores, tamaños, texturas, sabores… Y todos, en sus diferencias, son deliciosos.

Has perdido el hilo de la conversación.

—Y criaste a tus hijas en la tienda. Lo has contado mil veces, Mati. —Me embarga una ligera sonrisa.

—Deja de reír. Ya sé que estoy como una pasa y repito todo, pero me encanta observar y ver el pasado. Pruébalo algún día, Victoria. Es un placer ver cómo todas las piececitas de la vida se mueven, paso a paso, hacia el espacio que les corresponde. ¡Deja que lo cuente otra vez y ten algo más de paciencia con esta anciana que con el ascensor! —También sonríes, vencida por la gracia de tus palabras.

»Y crie a mis hijas en la tienda, sí. No ha sido una vida fácil, aunque tampoco ha ido mal. El turismo llega en junio y se va en septiembre, y tú te quedas y tienes que pagar las facturas todos los meses del año. —Golpeas dos veces el suelo del ascensor con el bastón—. Pedro iba y venía, tomaba empleos por aquí y por allá, siempre cerca de casa y esa era la única condición que se daba. Trabajó de albañil, de fontanero, de jardinero, de…

—Mal negocio, Mati, el de-jar di-ne-ro, sobre todo si no trabajas en un banco. ¡Ja, ja, ja…!

—¡¿Quieres hacer el favor de tomarme serio?! —protestas, aunque tu gesto evidencia que agradeces el chascarrillo—. En aquella época… ¡Escúchame y deja de reír, caramba! En aquel tiempo, le era más fácil al hombre ganarse la vida y ganaba más. Por eso me quedé en la tienda. Hoy saldría yo de casa, no me quedaría encerrada. ¡Ni hablar! ¡No, no, no! Puede que hubiera estudiado, sí. ¡Claro que habría cogido los libros! Siempre hemos estado los cuatro juntitos: mis dos hijas, mi Pedro y yo. Todos unidos, hasta que el ascensor empezó a chirriar y a dar tirones. ¡Ja, ja, ja…!

Las dos reímos el chascarrillo, este más astuto e inteligente que el mío. Estos cambios bruscos de tema en la conversación y las metáforas imprevistas son muy tuyos, Matilde. ¡Qué lista eres!

—Hasta que tus hijas se hicieron mayores y se casaron, ¿verdad, Mati? Lo has contado tropecientas veces. Sin exagerar, más de veinte, seguro. —Acompaño mis palabras con un gesto de comprensión.

—Pues lo cuento una vez más y se acabó, hasta que te lo cuente la próxima vez. ¡Y te aguantas, vecina! Se marcharon mis dos hijas, sí. Se fueron y nos dejaron solos a mi Pedro y a mí. Cada vez que una niña tomaba la puerta, por la noche, cuando apagábamos la luz, Pedro y yo… —Realizas una mueca en tu cara, signo de sufrimiento—. Varios años después, también se marchó mi Pedrito. Mi Pedro se fue, sí, Victoria. Y yo volví a llorar, pero esta vez sola, frente a la pared…

»No has conocido a mi marido. Han pasado dieciséis años desde que subió al cielo. —Tu voz y tu gesto han quedado débiles—. ¡¡¡No se marcharon, rediez!!! —Golpeas el suelo dos veces con el bastón—. ¡Nadie se ha marchado de mi casa! Todos viven conmigo y arriba están, cada uno en su habitación. —Tu gesto y el volumen de la voz languidecen, otra vez, en las últimas palabras.

—¿Qué me quieres decir, Matilde? Cuando regrese del pueblo, que tendré más tiempo, hablaremos de todo lo que haga falta. Trabajaré a turnos hasta el mes de junio.

Estás envejeciendo mucho. Tengo los móviles de tus hijas en la mesita, por si acaso. Vivir sola no sé si es lo mejor para ti. Desde finales del verano, te cuesta subir las escaleras y tiemblas más.

—Hay un tiempo para estar todos juntos, cerquita los unos de los otros. Y claro que a veces nos alejamos. Pero hay algo en nosotros que duele y nos quema con la distancia. Ese «algo» nos empuja con fuerza para que nos recojamos con nuestros hijos. Los padres han de estar siempre cerca de los suyos, ¡es ley de vida!

—Mira, Matilde, ni tú ni yo vivimos con nuestros hijos. ¡Ya nos puede quemar esa circunstancia a las dos hasta quedarnos fritas! A ti te achicharrará más, pues estás sola desde que te conozco, excepto en algunas fiestas en las que tus hijas vienen, te ven y se marchan como una centella.

—Yo quiero decir el tiempo en que nuestros hijos son pequeños, ese en el que los papás y las mamás vamos siempre corriendo. Vive y saborea esa etapa, ¡es tuya! Ese tiempo pasará y quedará. En mi vida, esa etapa se mantiene en el presente. Y, si me veo a través del espejo, no me reconozco, ¡no soy yo con tantas arrugas!

Ese es el problema de la gente como tú: los ancianos no le dais a vuestro presente la importancia que merece. El pasado se marchó. ¡Olvídate y camina al frente! ¡Vive lo mejor que puedas y sé feliz, joder!

—Mati, el pasado se marchó.

—Oye, ¿algún día vas a traer a tu hija? Solo la he visto en las fotografías que me enseñaste, y la he tenido tan cerca durante tu embarazo. Si me dices cuando viene, le preparé un bizcocho. ¿Te acuerdas que untábamos tu barriga con aceite de oliva? Quiero conocer a tu hija y jugar un ratito con ella.

—Llegamos a la séptima planta. —Una sacudida en el ascensor y el chirriar de las puertas de seguridad lo corroboran.

—Pues ya era hora. Pensaba que estábamos de viaje con los abuelitos de tu Imserso. —Ríes, aunque tu gesto se enfría en las últimas palabras.

Empujo la puerta de seguridad y…

—¡¿Uy?!

Tomas mi mano izquierda y me retienes.

—¡Ufff, Matilde! ¿Qué quieres ahora?

—No es la misma soledad la mía que la tuya. —Con un ligero movimiento de cabeza, refuerzas la negación—. Mis hijas están crecidas, hacen su vida; tu niña está, como si dijéramos, acabada de nacer. Has de estar con tu hija, es malo para ti vivir a medias. Ya está, te lo he dicho. ¡Me importa un pimiento que te enfades conmigo!

—¡¡¡Vieja del demonio!!!

«De un zarpazo, sueltas mi mano y sales del ascensor. Me miras, dolida, y caminas rápido hacia tu casa».

—¡Victoria, no te marches! ¡Ven a hablar conmigo!

Ya estamos otra vez con la misma serenata.

—¡Qué te importará a ti mi vida!

Hay miles de mujeres igual que yo en el mundo. ¡Miles no, millones! ¡Y todas están buscándose las castañas como pueden!

—¡Las mujeres tienen que salir a ganarse el pan!

Llego a mi piso, abro la puerta y entro, cerrando de un portazo que resuena en el ventanal del comedor. Lanzo la bolsa de plástico con los perfiladores a la mesita del recibidor, con tal fuerza que se desplaza un par de metros atrás y cae justo al pie de la puerta de la cocina. Me siento en el suelo y apoyo la cabeza en la pared.

—¡Quiji-quiji! ¡¡¡No eres mi madre, joder!!!

Tus palabras resuenan en mi cabeza: «¡Has de estar con tu hija!». Lo sé, Matilde. Los miembros de una familia deben estar siempre juntos, y más cuando los niños son todavía pequeños. ¡Lo sé, mierda! Mi familia es un caos. Perdóname, Luna.

«¡He vuelto a meterme donde no me llaman, leñe! Hago mal en querer cambiar el mundo a mi manera. A mí ni me va ni me viene lo que haga mi vecina, es su vida. Soy una bocazas metomentodo, Pedro».

—Nací bocazas y moriré bocazas.

«¡Qué fin de fiesta, Jesús! Tengo un vacío aquí, en el pecho. He roto una relación tan bonita».

—Perdóname, María Victoria. ¡Qué pena!

«Antes de que vuelvas con tu niña, esta vieja te pedirá perdón. Quiero que hagamos las paces. En adelante, Pedro, intentaré aguantarme.

»No voy a cenar, solo veré la televisión hasta que coja sueño».

VII
Sueños

Huele fatal… Viene de la cocina. Algún alimento se habrá echado a perder y estará en proceso de putrefacción. Me levanto, recojo los perfiladores y compruebo el estado de las cajitas. Están intactas. El hedor es más intenso ahora. Abro la puerta de la cocina y enciendo la luz.

—¡Ufff, el tufo es insoportable!

Me cubro la nariz y la boca con la mano, y abro la ventana de la galería de par en par. ¡Que los gases se vayan pronto, joder! Salgo al pasillo y cierro la puerta. ¡Qué desastre y guarrada de cocina!

Estoy afectada y compungida. Ando hasta el comedor y me siento en el viejo sofá de escay. Incorporo la espalda y me llevo las manos a la cara.

97

—¡Quiji-quiji! ¡Uaaay, ay, ay…!

Debo tranquilizarme. Cierro los ojos e intento dejar la mente en blanco…

Estoy más calmada. Me levanto y ando hacia la cocina. Quizá los hedores se hayan disipado. El frío no ha evacuado los malos olores, aunque persisten muy tenues. La encimera está sucia desde anteayer, cuando tomé mi último caldo de sobre. Encima de los fogones, los cacharros también están pringosos. Cuando me levante, limpiaré y ordenaré el apartamento.

—¡Qué bien prometes, Victoria!

El olor fétido viene del fregadero. La vajilla de toda la semana está sin limpiar; algún resto orgánico debe de haberse podrido en el fondo de la pila. No lo puedo saber, ya que está a tope de platos, cubiertos, sartenes…

—¡Qué mierda!

Tomo un vaso del escurridor, el último vaso limpio, y lo enjuago. Vierto en él dos dedos de agua del grifo. Abro la puertecilla más alta del armario, bajo la caja de los medicamentos y extraigo una cajita de pastillas para el resfriado. Escarbo en los bolsillos superiores de mi roquera, saco una goma y me recojo el pelo. Abro la cajita y cojo el único blíster que queda. ¡Solo hay un comprimido! Uno necesito. Si me acuerdo, cogeré del hotel. Suelto la pastilla en el vaso de agua, cae al fondo y empieza un suave baile, movida por la efervescencia.

Tomo el vaso, apago la luz y regreso al comedor. La casa está desangelada y fría. Voy a encender el pequeño convector. Bajo el cierre de la roquera, me la quito y la tiendo en una silla.

—¿A ver estas?

Sigo sin ninguna llamada ni mensaje, ni de Ainhoa ni de Evita. No me echáis en falta. A mí sí me inquieta vuestra ausencia desde que salimos de la disco. Confío en que esto no guarde relación con el robo que anunció Carlos. Vosotras no sois capaces de meter la mano, ¿verdad?

—Jamás en la vida, por favor.

¿Y si llamo a Rafa? Él es el portero y, además de estar bien relacionado, es diligente. Seguro que sabe qué ha pasado con mis amigas. ¡No, no! Esperaré a la noche, culturista, hijo de… Crees que todas pertenecemos a tu rebaño y tú eres el pastor, nuestro chulo. ¡Sácate ese porte altivo, imbécil! Todos somos personas igual que tú. Ainhoa me dijo que te divorciaste en octubre. Claro, a ver quién te aguanta.

—La avenida de los Naranjos…

Veo la avenida a través de las palmeras del bulevar y los naranjos de enfrente. El tráfico rodado ha disminuido; sin embargo, y aun con la lluvia, las aceras se mantienen transitadas de gente que pasea de vuelta a sus hogares. Los niños corren felices con sus regalos. Ese papá lleva a su hija subida a hombros, el niño de detrás pedalea montado en una pequeña bicicleta con ruedines. A ti, Luna, te gusta montar en triciclo y que el *buelito* empuje, ¿eh? ¡Qué pillina eres!

Las burbujitas estáis por toda el agua. Pastillita, me gusta cómo mueves tus caderas, eres una bailarina.

—Me has hecho daño, Matilde.

No consigo inhalar suficiente, me cuesta respirar. Este maldito convector calienta rápido, pero también roba mi oxígeno. Abro una lama del ventanal.

—Aire… ¡Qué bueno!

Un sonido particular entra por la ventana acompañado por el fresco. Qué peculiar es el rugido de la ciudad: es un murmullo tenue, fricativo y grave, denso y constante, que toma forma en la distancia y que condensa el resto de los ruidos menores.

La pastilla solo danza… Estoy más tranquila. Matilde, supongo que me das consejos como se los darías a tus hijas, y eso me apacigua. Pero yo no soy hija tuya, aunque tú no puedas dejar de sentirte madre. El pasado quedó atrás, hazte a la idea.

—¡Me da igual que no quieras entenderlo así!

Estaría toda la velada aquí, contemplando la avenida desde la ventana. Algo no va bien en ti, Victoria. Algo empieza a funcionar de una manera extraña en tu interior.

—*Eres una mirona, hija.*

Como si te tuviera aquí mismo, Anita, a mi lado. A veces me recordabas que era observadora. Era uno de los halagos con que tratabas de restañar las heridas emocionales producidas por las discusiones con papá. Qué cabezotas somos los dos, ¿a que sí, mamá?

A mi izquierda, subido al cerro, está el casco antiguo de la ciudad. Las luces que lo envuelven y ambientan tienen otra tonalidad más amarilla, casi anaranjada, como más cálida que la luminaria de la avenida de los Naranjos. Prefiero llamarlo «pueblecito», la palabra es más entrañable y me recuerda mucho al nuestro, mamá.

—*Eres muy observadora, María Victoria. Estudia, que seguro que sacarás provecho. Estudia y márchate a la ciudad.*

Sí, aunque lo de estudiar no…

—¡Qué mal!

Quise sacarme una carrera, mamá. Me matriculé en la UNED y llegué hasta tercero de Filología. Me faltan dos cursos para acabar. Empecé en el noventa y nueve, y lo tuve que dejar cuando me quedé embarazada. Algún día retomaré los estudios.

—Más promesas.

Ya me ves, mamá. Carezco de tus virtudes: no soy fuerte, no soy paciente y no soy constante.

—Snif.

Salí del pueblo en la navidad del noventa, con veintitrés años. Tú subiste al cielo en el mes de marzo del noventa y cuatro.

Aun con tus circunstancias y el tiempo que te tocó vivir, tú sí empujaste para adelante. Viviste a la sombra de un hombre, en una sociedad de hombres. ¡Cuánta mano izquierda! ¿Cuál fue tu oficio, mujer? Fuiste ama de casa y te ocupaste de tus labores, pero esas «labores» siempre fueron de otros.

—«Ama de casa…».

Qué mal suenan las palabras y el conjunto. El silencio y la mirada te ordenaban qué hacer, y tú siempre obedecías. Nunca te escuché una protesta, un «no me da la gana».

—*En esos tiempos, el silencio y la mirada sometieron a todo el mundo. María Victoria, hija, no te esclavices tú también: perdona a tu padre y pídele perdón. Levanta la cabeza y camina.*

—¡Snif! Acertaste, mamá.

La gente prefiere bajar a vivir a la ciudad, se cree que hay más oportunidades aquí. Después de catorce años, no lo tengo tan claro. Las viviendas del pueblo se ven más grandes que los apartamentos de la ciudad.

—*Gran ciudad, casita chica; pequeño pueblo, casa grande. ¿No es una paradoja, María Victoria?*

La iglesia y su campanario coronan el cerro. Desde allí arriba, son testigos de todo cuanto ocurre hasta el mar. Ninguno de los rascacielos de la ciudad es más alto que el campanario, por mucho que se empeñen en crecer, y crecer, y crecer… A la derecha, el segundo cerro, más alto, alberga el primer cementerio del pueblo. Desde las últimas viviendas, una calle iluminada se torna camino y sube, en zigzag, hasta el camposanto.

He encargado una docena de claveles, mamá. El miércoles te cambiaré las flores y hablaremos un ratito las dos. ¡Qué ganas tengo de estar contigo!

—*Qué curioso, María Victoria: si el pueblo, elevado sobre el cerro, observa la ciudad, el cementerio, todavía más alto, ve al pueblecito que mira la ciudad.*

Y yo veo el camposanto… Qué hermosos son tus cipreses, ¡qué árboles más majestuosos! No me había dado cuenta antes de esta belleza. Vuestras delgadas copas se estiran y acaban en un filo estrechísimo. Sois como espadas, sobre todo los que

101

estáis dentro del recinto. Los cipreses ocupáis toda la vida en crecer, pero… ¿qué buscáis? La oscuridad de vuestras estrechas copas contrasta con el blanco de los muros, casetas y panteones. Parece que tomáis la luz y os la lleváis con vosotros hasta el cielo.

Leí una poesía sobre los cipreses, sobre su naturaleza y el porqué de la forma tan punzante de las copas. Puede que encontréis los nutrientes en las ramas más altas, antes incluso que en las raíces. Esta sería la razón por la que crecéis y os estiráis sin parar, y sin los cuidados que sí necesitan otros árboles. ¿Quién ha plantado los cipreses en los cementerios? ¿Por qué?

La pastilla continúa hirviendo. Vuelvo a sentarme en el sillón, recuesto la cabeza y cierro los ojos. Estoy cansada y una quietud se apodera de mí.

Siento el frío en los brazos y en las piernas, y me encuentro débil. Abro los ojos… Una espesa niebla de más de un metro de altura dificulta mi visión. En mi cabeza escucho una suave melodía, que prosigue *in crescendo*. Reconozco la bellísima música de la guitarra: es el *Concierto de Aranjuez,* del maestro Joaquín Rodrigo.

Alborea… Estoy tumbada en el suelo, justo enfrente de un viejo banco de piedra de color blanco, mohoso y con la pintura descascarillada. En mi estado, prefiero quedarme quieta. Qué bien se sienten la guitarra española y su acompañamiento. El instrumento canta la verdad, como un ruego.

Mi ropaje es solo una delgada túnica de lino. Trato de levantar la cabeza, pero la angustia me lo impide. Me cuesta y me duele mover las articulaciones, sobre todo los hombros. ¿Qué me está pasando? Siempre he sido una chica activa y fuerte. Alcanzo a ver mis pies, descalzos y sucios. Debo tener alguna herida sangrante, pues están justo encima de un charco de sangre espesa, cuajada. Un barro rojizo sube hasta más arriba de los tobillos. Con mucho esfuerzo, consigo levantar la cabeza.

—¡¿Qué es eso?!

Encima del banco hay dos grandísimas alas blancas, ensangrentadas justo donde han sido segadas del tronco del animal. Estoy mareada, tengo náuseas. Alguien, o algo, ha cortado las alas al ave, que seguro yace muerta cerca de aquí. Las amputaciones no le habrán permitido marcharse lejos al pobre animal. La sangre ha cuajado y su color rojo intenso se combina con un granate oscuro. El banco está empapado de sangre, que rebosa y gotea, formando varios charcos en el suelo. Huele extraño. El contraste entre el blanco luminoso de las alas y los rojos causan en mí una profunda angustia. ¿Quién habrá sido el carnicero matarife que ha hecho esto?

La sangre de las alas y el extraño olor avivan un trágico recuerdo de la infancia. Tendría cuatro años cuando un domingo de verano, pronto, acompañé a mi madre a nuestra pequeña granja familiar de gallinas ponedoras. Tumbo la cabeza en el suelo y me tranquilizo. La música se atenúa hasta quedar silenciada.

Las dos andamos cogidas de la mano. Mamá lleva un capazo de esparto con un bulto dentro enrollado con un trapo.

—¿Qué traes ahí, mamá?

Cuando llegamos a la granja, nos recibe papá y los tres pasamos al corral. Cinco gallinas andan sueltas: picotean el suelo y cacarean a su antojo. Yo me pongo a jugar con las aves; juego a pillar y la llevo yo siempre.

—Las gallinitas corren y vuelan. ¡No puedo cogerlas!

—Déjalas en paz, hija.

—Ayúdame a coger la roja, anda.

—Te he dicho que las dejes tranquilas.

Atas un delantal blanco a la cintura.

—Quiero una gallinita, mamá.

—¡Déjalas, niña! No las hagas padecer, pobrecitas, que luego ya sufrirán bastante. Y no te acerques a la cazuela, que tiene agua caliente.

Papá entra en el corral y persigue a las gallinas. Con la ayuda de una escoba, las dirige a la esquina. Se agacha, atrapa a la roja y me la da. ¡Tengo mi gallinita! El ave aletea y cae al suelo. Papá la vuelve a cazar, le ata las patas con una hebra de esparto, le acaricia el pescuezo y me la devuelve. La gallina aletea otra vez, hasta que solo me ve y dice sus palabras: «Coc, coc, coc».

Mamá se acerca al hogar, deja el capazo en el banco de piedra y comprueba que el agua de la olla empieza a hervir.

—¡No te acerques al fuego, hija! Anda con cuidado, que puedes quemarte con el agua. —Tu voz es firme, aunque el tono es amable.

Sacas del capazo el bulto envuelto con un trapo, lo dejas encima del banco y lo descubres: ¡es una gran faca negra! La hoja es ancha y el filo es de color plata brillante. ¿Por qué traes eso, mamá?

Papá sale al corral y viene hacia mí. Lleva unas hebras de esparto en la boca, las muerde. Me mira con ternura y acaricia mi cabeza. Con la ayuda de mamá, intenta atrapar a una gallina, pero yerra el intento. Las gallinas corren y revolotean, más que en mis juegos.

Te ha cambiado la cara, tus ojos están demasiado abiertos. Una a una, cazas a las cuatro aves, les anudas las patas y las dejas en el suelo, impedidas. Los animales cacarean inmóviles. ¿Por qué jadeas, papá? Tienes la espalda de la camisa sudada. Estás furioso, ¿por qué? No pueden correr las gallinas.

—¡Suéltalas, anda!

Mamá, ¿por qué sonríes? Papá es malo con las gallinitas. Me llevas a una esquina, lejos del agua hirviendo. ¿Por qué me apartas?

Permanezco quieta y asustada, con la gallina roja en brazos.

Papá se acerca a mí, acaricia otra vez mi cabeza y entra en la granja. ¿Qué está pasando? Mamá se agacha para hablarme.

—Quédate en la esquina, María Victoria.

—¿Qué les vas a hacer a las gallinas?

—Tú no te muevas de ahí.

Vas al banco de piedra, coges la faca y caminas hasta la gallina más cercana. Con el cuchillo en la mano, quedas quieta frente al animal. ¿Por qué me sonríes?

—Ella no ha hecho nada, la pobrecita.

Te agachas, agarras la cabecita del animal y la decantas hacia atrás. La mano derecha acerca el filo al cuello y, con un vaivén de muñeca, lo sierra.

—¡Ahhh! ¿Por qué le haces sangre, mamá?

Siento un dolor intenso en el cuerpo, como un pinchazo. La gallina, herida de muerte y con las patas trabadas, revolotea con furia. El espeso líquido chorrea a borbotones por el cuello del animal y ensucia el plumaje blanco.

Reanudas la matanza con las otras tres gallinas. El patio se tiñe de rojo intenso, junto con otras tonalidades opacas. La sangre se escurre hasta el desagüe a través de un chorro espeso y gelatinoso. Los animales empiezan a calmarse y fenecen. Un olor nauseabundo lo inunda todo.

—¿Por qué les has hecho eso a las gallinitas, mamá? Cúralas, anda, que las pobrecitas están sufriendo.

Con la faca bien agarrada, te acercas a mí. ¿También estás enfadada conmigo?

—Dame tu gallina.

Abrazo muy muy fuerte al animal, lo estrecho contra la cabeza.

In crescendo, escucho el *Concierto de Aranjuez.* La guitarra española es menos melodiosa, está como enfadada.

Saco fuerzas de flaqueza y me incorporo. Qué extraño: detrás del banco yace un hombre tumbado en el suelo, boca abajo, con los brazos y las manos ensangrentados. ¿Eres el asesino y estás muerto? No, estás vivo: los hombros tienen un ligero movimiento y tus ojos me encaran. El rostro está pálido y grasiento. Detrás, tu mente está en otro lugar. Un hilo de saliva seca y viscosa rodea tu boca. Estás afligido. Alguien debería reanimarte y llamar a una ambulancia.

—¡Soco…!

No tengo fuerzas.

En la mano derecha empuñas una espada dorada, con la que habrás segado las alas del animal. El arma, empapada de sangre, resplandece en las partes limpias. ¡Qué espada más preciosa! La empuñadura lleva una labrada lámina de metal con tres brillantes de distintos colores. Con la mano izquierda, agarras un colgante dorado. Abres la boca y balbuceas unas palabras que no entiendo y que representan tu delirio.

El sol brilla con fuerza y la niebla empieza a remitir. Siento pesada, densa y húmeda la tela en la espalda. Con un ligero movimiento de hombros, advierto que el tejido no es tan suave como en el pecho. Con la mano izquierda, acerco la tela de la espalda a los ojos. El lino está empapado por completo. La sangre, todavía caliente, ha cuajado y se ha pegado a mi túnica. Un dolor agudo y punzante despierta y se intensifica a la altura de las escápulas.

—¡¡¡Aaah!!!

Quiero gritar más, pero no alcanzo las fuerzas suficientes. Una sensación de mareo y debilidad me arrebata la energía.

¡Qué dolor de cabeza! Una sirena chilla en la avenida y los edificios multiplican el sonido hasta mí. Tengo la boca seca y la frente sudada.

—¡Qué pesadilla, Dios mío!

Son las once y veinte, demasiado tarde. No llegaré al hotel, ni de coña. Voy a arreglarme corriendo e iré directa a la disco. No quiero que me llame la atención Carlos cuando llegue a deshora, por eso debo pensar en una excusa convincente.

Me levanto del sillón, tomo el vaso y bebo el agua de un trago. ¡Sabe fatal! Ando hasta el baño, enciendo la luz y entro. Desato y me quito las botas, desabrocho y saco la falda, bajo las medias, subo la blusa y suelto el sujetador.

—¡Aaau! ¡Qué mal!

Enciendo la luz del espejo. Me ha dolido la mama derecha al sacarme el sostén. Una costura queda marcada debajo, justo al lado del brazo. Me lastima la presión que ejerce el aro. Cuando venga del pueblo, que tendré más tiempo, compraré sujetadores y bragas.

Retiro la cortinilla de la ducha y abro la llave del agua caliente. Vuelvo a encararme frente al espejo. Me veo bien, aunque la cara está pálida. ¿Será por el resfriado o por el frío? El cristal muestra lo que ve: son treinta y seis años, y todavía sin cambios. El pecho está firme, incluso la barriga y las nalgas.

—¿Eso es una estría?

¡No, joder! Es la marca de la costura. ¿Y los detalles en la cara, Victoria? Quizás, los ojos sí van siendo testigos de mi edad, aunque no tengo patas de gallo. Una cremita y arreglado. El borde del iris está más marcado esta noche, pero siempre lo he tenido resaltado. Ya sale el agua caliente.

—¡Casi me achicharro la mano!

El anillo… No me he quitado tu sortija desde que te marchaste, mamá. Reluce menos en mi dedo.

—*Mi oro ha de brillar más en tu mano que en la mía. ¡Y no digas palabrotas, hija! Si vuelves a hablar así, te voy a cerrar la boca con pegamento.*

Templo un poquito el agua caliente.

—¡Aaahora, ahooora está buena!

107

Cuelgo el teléfono de la ducha y me meto, primero la cabeza y luego todo el cuerpo. Agua en el pecho, en la cara y cabello, en la espalda.

—Agua…

No hay nada mejor que una ducha.

—*Si te gusta tanto el agua, aprende a nadar con tu padre.*

Practicaré, te lo prometo. La sensación del líquido recorriendo todo el cuerpo es lo mejor. Ojalá pudiera ducharme con agua más caliente todavía, pero les va fatal a mis rizos.

—*¿Te doy la crema exfoliante?*

Pónmela, pero no aprietes.

—*¿Ves? Con la manopla rugosa es más fácil: círculo, círculo, círculo…*

Abro el grifo. Empapo la esponja redonda, la escurro y le echo gel.

—*Otra vez, la paso por todo el cuerpecito. ¡No eches el agua fuera del barreño! Cuando acabemos, merendaremos pan con tomate y jamón. A mi niña le gusta el bañito, ¿a que sí?*

Sí, mucho. ¡Qué joven y guapa estás, mamá! ¿Has visto lo suaves que tengo las piernas? Gloria ha hecho un buen trabajo.

—*A ver cuánto duran.*

Enjuago el cuerpo. La barriguita está tensa, sin ejercicio, la verdad.

—*Será porque no comes bien y a deshoras.*

Vamos con lo difícil: el champú. Desde niña, el lavado de cabeza siempre ha sido delicado. ¡Qué pena, Dios!

—*¿Por qué dices eso? Tu rizado es bonito y delicado. Cuando una naturaleza es tan bella, también es frágil. Recuerda que la hermosura es hija de la delicadeza.*

¿Te acuerdas que siempre me comprabas el champú de bebé? Era el único que le iba bien a mi pelo. Lo usé hasta los dieciséis o más. Después lo seguíamos utilizando y lo alternábamos con otros más fuertes.

—*Tienes que limpiarte bien la cabeza.*

Empiezo mal el lavado; no he desenredado el cabello en seco. Con las prisas, suele pasarme. Cierro el grifo. Echo un chorro, lo distribuyo en las manos y las llevo a la cabeza, a la raíz del cabello.

—¡A mi nena le gusta que le lave la cabecita, desde las raíces para fuera, hasta las puntitas! Piensa, hija, que tienes que buscar un champú que hidrate bien el cabello y que no tenga porquería, y también lo tienes que aplicar correctamente. Recuerda cómo te enseñé: siempre desde las raíces hasta las puntitas.

¿Qué tiempo he de aguardar? Debería indicarse en la etiqueta. Aquí está: «… de tres a cinco minutos, en función del cabello».

—Con la cantidad de tirabuzones que tienes, esperaremos cinco minutitos. ¡Vas a ver qué limpia va a quedar mi niña!

¿Puedo retirar el champú, mamá?

—Sí, ha pasado el tiempo suficiente.

Abro los grifos, más el del agua fría.

—Enjuaguemos esa cabeza. Te peino con el cepillo que tiene menos pinchos. Recuerda que debes desenredar desde la raíz, siempre desde el nacimiento del pelo. Esperemos que no se líe.

Vamos con la mascarilla. ¿Dónde está escrito? Aquí: «Efecto antiencrespamiento». Cojo con tres dedos y unto las puntas del cabello y un poquito más, sin llegar a la raíz. Dejaré pasar un par de minutos antes de aclarar.

Podemos sacar la mascarilla.

—María Victoria, ahora usaré este otro cepillo que tiene los pinchos más espesos.

Cierro las llaves de paso, salgo de la ducha y me enrollo. Recojo el pelo con otra toalla, sin presionar, y la retiro. He quitado bastante de agua de la cabeza.

—Toca seguir con el peinado, no nos despistemos. Usaré otra vez el cepillo de madera con los pinchitos más espesos.

Enciendo el secador y lo cambio al modo difusor. Pronto, el cabello se va devolviendo a su volumen. Acabará de secarse y el rizo quedará limpio y renovado.

—*¡Como los chorros del oro! Qué caracoles más bonitos tienes. Cómo han llegado a tu cabeza es un misterio. Nadie en la familia tiene el pelo así, ni por la parte de tu padre ni por la mía. ¿De dónde has sacado ese pelo tan precioso, hija?*

—No sé.

Desato el pliegue y me quito la toalla del cuerpo. Cojo el bote de leche hidratante.

—*Te la doy yo. Echo en la palma izquierda y, con la mano derecha, reparto suavemente la crema por todo el cuerpecito. Ahora con las dos manos.*

Anda, crema, sécate pronto, que vienen tus hermanitas. Dejaré pasar cinco minutos antes de darme la crema anticelulítica y la reafirmante del pecho.

De vez en cuando, me pican los brazos, el pecho y la espalda. Si me rasco, la piel se pone roja y me escuece. Suele ocurrirme en las fiestas, sobre todo cuando estoy ansiosa. ¿Sabes por qué tengo estos picores, mamá? Temo que mi piel empiece a estropearse.

—*Eres solo una niña, tu piel se mantendrá joven muchos años. Déjate llevar, María Victoria.*

Pediré cita con la médica del pueblo y se lo comentaré. Seguro que me recetará una cremita que me alivie. Aprovecharé la consulta y le diré lo de los mareos y las náuseas. La causa debe estar en el resfriado y los nervios acumulados.

—*Será una tontería, pero mejor que se lo consultes a la doctora.*

Confieso, mamá, que me preocupa más algo que está pasando dentro de mí y que no sé qué es. Cada día pienso más en todo lo que ocurre a mi alrededor y me siento apartada, sin un rumbo. Es como si caminara por una senda que me lleva hacia otro sitio que desconozco.

—*Cuando vuelvas al pueblo, cocinaré un caldito con unos espinazos y así coges fuerza. Prepararé de más y te lo llevas. Si lo congelas, puedes comer bien durante un mes.*

Mamá, no quiero nada que lleve gallina.

—¡Las once y cuarenta y seis!

Debería estar en el hotel, a las órdenes de Lucía y Carlos, y todavía ni me he maquillado.

VIII
Una visita inesperada

«Ojos bellos, mientras viva,
yo vuestro esclavo seré.
Esta es mi mano y mi fe».

José Zorrilla: *Don Juan Tenorio*

¡Clin, clon! ¡Clin, clon!

¡¿Suena el timbre de la calle?! ¿Quién será a estas horas? Y yo en pelotas, joder. Me enrollo con la toalla y voy a ver quién es el pesado y qué quiere de mí tan tarde. Corro hasta el telefonillo.

¡¡¡Catacrac!!!

—Al suelo el telefonillo.

Esta noche, todo se me va de las manos.

—¡Uy!

¡Casi se cae la toalla también! No te pongas nerviosa, Victoria.

—¡Hola! ¿Hay alguien ahí?

No hay nadie, falsa alarma. ¿Habré imaginado que llamaban?

Un ligero pitido en el auricular adelanta que alguien va a hablar.

—Sí, soy yo, Carlos. Pensaba que te habías marchado al hotel y le estaba quitando la pinza a la rueda de la moto. —Tu voz es ronca y con gallos, inconfundible.

113

¿Carlos?, ¿mi compañero?, ¿el gerente de la discoteca? Una sensación conjunta de frío y calor me corre por el cuerpo. ¿Qué pintas tú aquí, joder?

—Carlos, ¿por qué estás en la puerta de mi casa? Son las doce menos diez. ¿No deberías estar organizando el trabajo en el hotel?

—Victoria, abre, que quiero hablar contigo. ¿Puedo subir, Victoria? —repites mi nombre dos veces, más de lo habitual en ti.

—Bueno, sube. Iba a meterme en la ducha, todavía sigo en el baño. Te dejo la puerta abierta.

¿Qué me tienes que decir con tanta prisa que no puedas soltarme en el trabajo? Será algo importante. Aunque al venir tú a mi casa, el hotel se ha desplazado contigo. Esta noche sí ficharé a tiempo, «amigo».

—¿Qué planta y puerta es? Tu nombre no está rotulado en el portero automático.

Me quedo de piedra. Demasiado bien conoces mi piso y mi habitación.

—¿No sabes donde vivo, Carlos? Piso séptimo, puerta setenta y seis.

Igual que en los hospitales y hoteles. ¡Claro que conoces mi apartamento! A ciegas llegarías a la habitación y a la cama antes que yo, joder. Pulso la llave del portal.

«Me han llamado de la empresa de sonido, Lucía. ¿Has encargado que instalen un par de altavoces mirando al mar? ¡Pero si las barras están aquí, en la terraza!».

No te has enfadado conmigo por llegar tarde, porque, aunque es evidente que llegaré tarde, todavía no he llegado tarde. ¡Qué lío!

¿Qué ocurrirá que vienes a contarme, Dios mío? ¿Será por la sisa que anunciaste? ¿Pensarás que fui yo quien metió la mano y vendrás a comunicarme alguna decisión de Lucía? ¿Y por qué hemos cerrado este fin de semana? Habréis perdido

114

mucho *money*. Ha pasado casi un mes desde la última vez que quedamos, y, justo hoy, en uno de los días con más trabajo de navidad, vienes a mi casa y quieres hablar conmigo.

Corro al baño. De pasada, cierro la puerta de la cocina, ¡qué asco! Dejaremos las cremitas que faltan para otro día, así que llevo los botes a sus estantes. Quito la toalla del cuerpo, me doy perfume y vuelvo a echármela. ¿De qué color pinto los labios?

—Rojo intenso, sí. ¡Los pintaré de color rojo pasión!

«No podemos seguir con lo nuestro. Te lo digo y me largo, que me espera la jefa para empezar con los balances. ¿Vibra el móvil? No, nada, todavía está en el limbo. Me hubiera llamado; no escribe ni un puto mensajito, la tía».

—¡Bufff!

«De una a dos veces al mes vamos al cine. ¡Vaya nombre que le has puesto al sexo! Justo después de que tuvieras a tu hija, empezamos a ir al cine. Después de chingar, hablas tanto de ella que la he sentido casi mi propia hija».

—¡Pero no llevas mi sangre, niña!

«He dejado la puerta abierta demasiado tiempo y ahora tenemos que cortar de cuajo la relación.

»¡No me jodas, Álvaro! Como no me envíes las marcas que he pedido, te vas a enterar de quién es Carlos, colega. Por favor, vuelve a equivocarte, ¡joder, hazlo! ¡A que no tienes huevos! No firmaré tus putos talones y te quedarás sin cobrar. ¡Quedas avisado! Si quieres seguir con tu rollito y jugar conmigo, adelante.

»Te lo habrán comentado tus amigas, que son unas alcahuetas. Ella vino conmigo el viernes al hotel y se quedó en el restaurante mientras realicé las entrevistas. Desde que conocí a Esther, mi circunstancia es distinta. Ha llegado el momento de que salgas de mi vida. Por mi parte, te agradezco el tiempo que has estado conmigo. La vida se abrirá camino, verás que todo irá bien».

—¡Qué postizas suenan estas putas palabras!

«¿Habrá bastantes botellines de agua? En fin de año nos quedamos cortos y he pedido la misma cantidad para esta noche: mil botellines. ¡Mierda! Si falta agua para aclarar, no se puede seguir tragando el puto alcohol. ¡Me juego el puesto!

»Este viejo ascensor está seco: tiene marcado el piso siete y no le da la gana subir».

—Si te meto una hostia, sí que tirarás para arriba.

«Debería haber subido por la escalera: hace rato que te lo habría largado y estaría montado en la moto, libre, de vuelta al hotel.

»¿Cómo te lo digo? ¡O me marcho y te enterarás por tu cuenta! No lo mereces, amiga».

—¡Ahora arrancas! Tienes un buen par de huevos.

«¡¿Qué ruidos echas, trasto viejo?!».

—*El pasado está muerto, Carlos. No camines hacia atrás ni para coger carrerilla.*

«Lo repites cada vez que estamos juntos. Lo sé, jefa, pero es mi amiga. ¡Joder, qué ansiedad!».

Mi cara, ¿a ver? ¿Más perfume y barra de labios? El pecho está chafado con la toalla y eso no puede ser. ¿Cómo las subo? Arriba y arriba. Aguantaos ahí, que es Carlos quien viene a veros. ¡No me he puesto ni bragas, mierda!

—¡Pfff!

¿La toalla estará bien cogida con el pliegue debajo del brazo? Aguantará, creo, o la sujetaré con la mano.

—¡Uy, no me he quitado la toalla de la cabeza!

¡Joder, con las prisas! ¡Rizos, salid, salid! Desenredaos, rápido. Os ayudo con las manos. ¡Sois libres! Bajo y subo la cabeza, dos veces.

—¡Qué mareo!

Me encuentro debilucha, pero pasará.

Oigo un estruendo en el rellano y las puertas correderas chirrían: el ascensor acaba de llegar a esta planta. ¡Ya estás aquí! Escucho la puerta de seguridad y los pasos serenos y se-cos de unas botas camperas. ¡Son las tuyas, Carlos! Este labio no ha quedado bien, se ha corrido el labial. Lo repaso. Pulsas el timbre del apartamento y abres la puerta. Estás dentro del piso, mierda.

—¡Hola! ¿Dónde estás? ¡Victoria! —Tus palabras suenan lánguidas, les falta la tensión habitual en tu voz grave.

«¡Qué tarde! Sal, te lo digo y me largo. No habrá más cine en adelante, ¡se acabó! ¿Cómo te afectará, joder? Si te hubie-ran finiquitado, me habría marchado yo, ¡y a la mierda la bruja y el puto hotel!».

—¡Sí, sí, Carlos, ya salgo! Me has pillado en la ducha. —Sa-co la cabeza al pasillo, finjo que me seco el cabello y vuelvo al baño.

«Si de verdad estabas en la ducha, no deberías llevar los labios tan bien pintados, jodida. ¡Qué buena estás solo con la toalla!».

—Victoria, he venido para hablar contigo. Son tres los asuntos que te quiero comunicar. ¿Vienes? —Tu voz es apa-gada, continúa la penumbra del recibidor.

¿«Comunicar»? Esa palabra no es habitual en ti cuando te diriges a mí. ¿Qué pasa? Estás afectado. ¿Por qué?

Me asomo al pasillo. Mientras finjo secarme el pelo, te des-cubro y sonrío. Cuéntame qué ocurre. Qué te juegas a que la guarra de Sonia te ha dicho que soy yo la choriza. Ya, me im-porta una mierda lo guapa que esté.

Entro al baño, dejo la toalla de la cabeza y salgo. Evitas cruzar la mirada. ¿Qué pasa, Carlos?

—¿Por qué estás a oscuras, tío?

Enciendo la luz del pasillo y ando hacia el recibidor. Me detengo a dos metros de ti. Pareces tenso. Has venido con la moto, llevas el casco en la mano. Vas vestido con los vaqueros acampanados que te compré por tu cumpleaños. La chaqueta de motero con dos rayas blancas es un regalo de Lucía. ¡Qué guapo estás con las gafas redondas y la media melenita! En verdad, las botas camperas y la camisa blanca son tus auténticas señas de identidad. Siempre has sido un niño bien, Carlos.

Me dijo Mónica que las botas y las camisas también son de la jefa. ¿Es cierto eso, Carlos?, ¿Lucía te acicala con sus regalos? Todas en la disco sabemos que la motocicleta nueva es otro «regalito». Recuerda que no todo lo que brilla es oro. Ten cuidado con la serpiente, o acabará enroscándose a tu cuello. Luego, con paciencia, se enroscará, más y más, hasta que no puedas respirar.

—¿Qué has venido a decirme?

Te veo cabizbajo, con lo orgulloso que has sido siempre.

—No tengamos prisa por ir al hotel —pronuncias las palabras despacio.

Dejas el casco encima del mueble recibidor, llevas la mano izquierda a la frente y desenredas la media melena con los dedos, dos veces. Bajas la vista al suelo, cerca de mis chanclas. Tu rostro está compungido. Levantas la vista y me miras a través de las gafas negras de pasta. Siento cómo se iluminan tus ojos.

—Quiero tratar contigo tres asuntos y lo haré con calma. No te preocupes, en cinco minutos acabamos. —Tu voz, lenta y clara, me preocupa—. Primero, quiero decirte que lo nuestro… Victoria, no… —Bajas la cabeza y la mueves en señal de negación—. No podemos seguir, no vamos a estar juntos más tiempo. —Tu afirmación acaba en un silencio que se confunde con nuestras miradas.

Lucía te ha prohibido acercarte a mí, a la clase baja. La zorra te quiere para su uso y disfrute, como un usufructo. No veo otra explicación, pues ni tú ni yo estamos comprometidos y podemos ir al cine cuando nos apetezca, las veces que nos dé la gana. ¿Vale la pena esto, don «gerente» de la discoteca?

«Una toalla y los labios tan rojos como la sangre viva. No sales de la ducha. ¿Te crees que me engañas? Mi trabajo es evitar que me mientan, amiga.

»Cuando estamos a solas, ocurre algo extraño dentro de mí que me transporta a la juventud. No he conocido mujer más hermosa: tu piel, los rizos, tus ojos… Joder, me hechizas cada día y en este mismo instante. No será lo mismo sin ti, pero esto tiene que acabar».

—Tienes toda la razón, Carlos. No podemos seguir así. —Mi voz es suave y pausada.

«Te estoy dejando, Victoria; no me lances tus redes otra vez».

Ando hacia ti y quedo pegada a tu cuerpo. Me sacas una cabeza.

«Joder, ¿por qué te acercas tanto? Llevas el dedo índice a tu boca, y los labios y lengua juegan con él. Lo introduces y lo chupas».

¿Qué querías decirme, Carlos? Permaneces inmóvil, expectante. Escucho y siento cómo respiras.

—¡Ahhh, Victoria!

—Tú solo calla.

«Levantas el brazo y desatas el pliegue de la toalla, que cae al suelo deslizándose por tu cuerpo. Estás completamente desnuda».

—¡Uau! Victoria… ¡Auhhh! ¡Qué ricura!

«Me cuesta respirar. No puedo resistir y no sé por dónde empezar. ¿Por qué me miras así? El dedo índice sale de tu boca y busca la mía. Juegas con el costado interior de mis labios».

Tu lengua acepta el juego y chupa mi dedo. Cierra los ojos y relájate, amor.

«Coges mi mano derecha, la llevas a tu cadera y la acompañas hasta tu barriga. Mis dedos quedan… ¿hacia abajo?».

Yo te acompaño, amor.

—Hemos ido al jardinero, Carlos. Ahora es un césped bien segado… y está regadito.

—¡Ahhh! Carlos, ya, por favor.

Subo tu mano hasta mi pecho izquierdo. Mis pezones están empezando a sentir el frío, yo no.

«Sacas el dedo de mi boca, agarras el cuello y me giras la cabeza. Acercas los labios, siento cómo respiras. Mis pulmones trabajan lentamente, aunque el volumen de aire que bombean es mucho. Tu lengua repasa el contorno de mis labios: primero por el borde y luego por dentro. Me pides que abra la puta boca».

Tus labios abren una puerta y aprovecho para entrar.

«¡Coño, qué lengüetazos!».

—Agárrame bien. Acércate más, anda.

«Aprietas mi mano derecha contra tu teta y tus dedos cierran los míos. Me sueltas, llevas la mano hasta mi hombro y lo acercas. Acaricias la espalda hasta el culo y lo agarras con fuerza».

Abres los ojos. A ver ese culo… Tu mano izquierda despierta. ¿Dónde estabas, tímida? Coges mi muslo, lo acaricias, y continúas hasta la nalga.

«Tu pezón está duro y turgente».

—Me transformas, es como si dejara de ser yo.

«Quiero acariciar tus tetas y chuparte los pezones. ¿Por qué me empujas a esto? No puedo resistirme».

Sacas la lengua y lames y me muerdes los labios. Bajas a mi barbilla y sigues hasta el cuello.

—¡Aaahhh, ah, aaah…!

«¡Joder, qué gritos!».

Tu lengua recorre un camino hasta mi pecho, llegas al pezón y lo chupas.

«Te estremeces y gritas. El tacto de tus tetas me trastorna. ¿Esto acabará aquí mismo, en el recibidor?».

—No las trabajas bien. Ellas quieren conocerte, ¿sabes?

Suelto tus manos del pecho y de mis nalgas. Giro ciento ochenta grados y me pongo de culo. De espaldas, me acerco a ti y empujo. Me agarras por las caderas. Estás dispuesto, te siento. Tomo tus manos por la parte dorsal, las llevo a mis pechos e inclino el cuerpo hacia adelante.

—Ahora sí las conoces. Son tuyas, solo mímalas.

«Joder, son tus tetas las que vienen a mis manos. Las siento más…».

—¡Auhhh, Victoria! ¿Cómo se te ha ocurrido esto?

—Acércame esa boquita, anda.

—Me vuelves loco. Tus… tienen un tacto que no había sentido antes. Joder, no puedo más. —Tu voz, lenta y tenue, está vencida.

Sueltas mi pecho. ¿Dónde vas con la mano?

«¡Puto cierre de los huevos!».

Intentas desabrochar el pantalón, pero no aciertas. No vas a poder con una mano.

—Ven conmigo, Carlos. Vamos a la habitación… —Te llevo, sin ninguna resistencia por tu parte.

¿Dónde está el radiocasete? Da igual, sin música.

«¿Hoy nos quedamos sin escuchar las notas suspendidas y la guitarrita, María Victoria? Eso no puede ser, querida».

—Victoria, ¿esta es la cocina? Tengo la boca seca, ¿puedo coger un botellín de agua?

—No abras la puerta; hay una botella de agua en mi cuarto. —Mi voz es un susurro que expresa una mentira con total seguridad.

El tufo de la cocina es insoportable. ¿«Botellín»? ¿Te crees que estás en la disco? ¿A quién le has pedido el «botellín» de agua, cabronazo? Saldré de la habitación y traeré la jodida botella de agua, tamaño familiar, y porque no tengo un botijo de diez litros.

Llegamos al dormitorio. Entre besos, agarrones y lengüetazos, te quito la ropa. La cama parece una leonera; aunque, en tu estado, no creo que caigas en la cuenta.

—¡Ja, ja, ja!

—¿Por qué te ríes, amiga?

—Nada, déjalo.

«Serán cosas del sexo».

Te acuesto en la cama, en sentido contrario. Tampoco has caído en la cuenta.

—Quédate tumbado y sácate esa llave del cuello, por favor.

Voy a por tu agua y a por algo más. Al pedir que te quitaras la llave, me he sentido como Nosferatu.

—¡Ja, ja, ja!

«¿Por qué ríes otra vez? ¡Coño, qué lámpara más antigua! Este piso es viejo para ti. ¿Has considerado la posibilidad de que pueda caerte la finca encima? Si le buscamos el lado positivo, puedes rodar una serie de los sesenta aquí y ganar una pasta gansa».

—¡Ja, ja, ja…!

¿Por qué esa carcajada?, ¿has leído mi pensamiento? Parecía que era Nosferatu quien hablaba, ¿a que sí? Aquí traigo tu «botellón».

«Si vieras el piso que me paga el hotel, fliparías por un tubo.

»Te lo digo, me visto, lloramos un ratito, nos abrazamos y me abro. Lucía tiene que haberse dado cuenta de que no estoy en mi puesto. ¡Me la juego! En cinco minutos llego al hotel.

»Entras en la habitación con una botella grande de agua en la mano. Estás completamente desnuda. ¡Qué cuerpazo tienes!».

—Victoria…

«Con un gesto, me pides que beba. Tienes la boca cerrada. ¿Qué llevas ahí? Aniquilas mi libertad y quedo a tu antojo. Me embaucas».

Estoy pensando en cómo estás tumbado y en una forma particular de echarte el agua a la boca. Mejor no lo hago, dejaríamos la cama y la habitación hecha una mierda. Además, no quiero mojarme el cuerpo, que bastante resfriada ando. Me lo callo. ¡Pero qué cochina soy!

«Joder, qué rica estás. Claro que beberé lo que me eches».

Te incorporas, lo justo para echar un trago de agua. Me devuelves la botella de plástico y te tumbas otra vez. Tu vista está perdida en el cielo de la habitación.

«¿Por qué te levantas?, ¿te vas? Vienes detrás de mí. ¿Por qué te pones en cuclillas? Besas mi frente, el entrecejo, la nariz… ¿Qué tienes en la boca?».

Tengo la lengua fría, me quema. Abre la boquita, amor.

«Una gota de agua fresca sale de tus labios y atraviesa los míos. Abro la boca y dejas caer un cubito de hielo. Tu lengua juega con la mía y con el hielo.

»Con un lengüetazo, dejas mi boca. Te diriges a la barbilla y la muerdes. Tus labios acompañan a los dientes y refrescan la mordida».

La lengua, empapada y fría, alivia el tenue mordisco a tu barbilla. Continúo para abajo. Llego a tu cuello y lo muerdo, lo beso…

—¡Auhhh, ihhh, auhhh…!

Exhalas gran volumen de oxígeno en cada respiración. Los pezones han llegado a tu cara. ¡Te ahogaré, mamonazo!

«Tus tetas me abordan. Los pezones, turgentes, otra vez me piden que los chupe».

—Victoria, me falta el aire.

«Déjame respirar».

—Carlos, ¿has comido fruta hoy? Debes comer varias piezas al día.

«Susúrrame, así me gusta más».

—¿A qué te refieres? ¡Ahhh! Sí, creo que sí. ¡Naranjas! ¡Ahhh! He comido un par de naranjas a media tarde. A ver si suben… los precios y los agricultores pueden… vivir de sus cosechas.

«¡A quién le importan los agricultores y sus putas cosechas! ¡Qué tontada acabo de soltar! Es como si alguien, desde fuera de mí, hubiera puesto esta estupidez en mi boca».

—Te lo digo, Carlos, porque podrías comerte una «perita», o dos. Son ricas y te van a sentar bien.

«Tu susurro es convincente, pero a mí siempre me han gustado más los "melones" que las "peras". No sé yo si podría comer cinco al día, porque van de dos en dos. Pero intentarlo…».

—¡Ja, ja, ja! Eres una fresca. Claro que me gustan las «peras». ¡Ahhh! Y también los… buenos «melones».

¡Te ha hecho gracia mi chascarrillo, gañán! Desgraciado, mis tetas son naturales, y no las pienso promocionar al grado de «melones».

«Me cuesta hablar con el hielo en la boca. Uno de los pezones rodea mis labios, abro la boca y trato de alcanzarlo. Joder, soy un mamífero. Tu "perita" me esquiva y prosigue con su juego. Abro de nuevo la mandíbula y quedo quieto. La mejor fórmula para la caza es la paciencia, ¿no, jefa? El pezón encuentra mi boca y decide meterse hasta el fondo. Lo chupo y relamo. No sé yo esto con mi chica…

»¿Qué es ese olor? Tus pechos huelen como a ¿humedad?, ¿sal?, ¿hierba? Hay algo más que no sé qué es. Quizás sea una de tus cremas, que todavía no ha tenido tiempo de agarrarse a ti tanto como mis dientes».

Mis tetas se encastran en tu cara. Te van a ahogar, te lo advierto. Tomas aire, lento, y lo expulsas. La frecuencia con que inspiras es baja, la cantidad de oxígeno inhalado es muchísima. Tu pecho me levanta la cabeza e impide que la lengua siga con sus juegos, hasta que aterrizo otra vez en tu torso. Tus dientes cercan el pezón izquierdo.

—¡Ay! ¡Me has mordido, cabronazo!

—…

Tus brazos acarician mis caderas y suben hasta las tetas. No dejaré que te recrees tanto.

«Estiras el pecho, pero yo lo retengo con mi succión. Tu fuerza arranca el pezón de mi boca. ¡Joder, ahora eres tú quien me trabaja las tetillas! El hielo me está congelando la boca. ¿Esto dónde acaba?».

¿Te gusta lo que hago? Luego seguiré hacia abajo, ten paciencia. Guarda el hielito, te hará falta pronto. Vamos al cine una vez más, así que escoge la película. Y esta vez invito yo.

Qué bien estamos aquí los dos, tumbados, después de echar un buen polvo. Y como tengo al jefe al lado, yo he fichado a las once y media. Tú dirás si nos vamos a la disco o nos metemos otro viaje. Las chicas del este y mis amigas se apañarán en las barras. Lucía cogerá a una rusita, la colocará con Ainhoa y asunto resuelto. Yo he tenido un «percance» y no podré estar en mi puesto.

El pañuelo estará empapadito. No me muevo, por si acaso.

«Te lo digo y me largo. Este es el momento. Como una amiga de verdad, tú siempre has estado a mi lado. Sé que el sentimiento es mutuo. ¡Coño, si lo sé! Me has ayudado mucho desde que nos conocimos, pero lo nuestro tiene que acabar».

—Victoria, te conozco desde hace más de seis años. —Tu tono de voz es formal, joder.

—Sí, llegaste con veintiséis. Yo vine más joven que tú, con veintitrés ya estaba sirviendo copas.

—Sabes lo a gusto que estoy contigo, aunque las circunstancias no nos han llevado por el camino de una relación más estable. Te fuiste con otro tío y me dejaste aparcado en la cuneta. Lo vuestro salió mal y tienes una hija. ¡Joder, y me sigues atrayendo!

No sé qué tiene que ver mi hija aquí.

—Bueno, sí. Quise algo más que un follamigo, lo intenté y fracasé. No sé de qué «circunstancias» hablas al referirte a mí. Nunca he sentido en ti nada más que amistad y respeto hacia mi persona. Y luego me buscas para…

—Tienes razón. Nunca ha nacido en mí la necesidad de una relación más estable. Jamás hasta hoy. —Tu voz es apagada y triste.

¿Ahora, Carlos? ¿Ahora vas a pedirme que salgamos?

—¡Pfff!

Tengo treinta y seis años y una niña de dos en el pueblo, con mi tía en el papel de la madre que la parió. No sé… No estoy dispuesta para «una relación más estable». Me siento a medias, entre mujer y madre, y esta ciudad empieza a no pasarme bien por la garganta. Tampoco mi cuerpo me pide nada más formal, ni tengo ninguna pista de tu propósito hasta tus palabras. ¿Quieres que empecemos una nueva «relación más estable»? Lo tengo que pensar con calma, no sé qué decir en estos momentos.

—Victoria, he conocido a una chica y tenemos que dejar lo nuestro. —Tu voz, aunque ronca y llena de gallos, es clara como el agua.

¡Menudo *shock*!

—Carlos…

«Incorporas el cuerpo y lo apoyas en un brazo. Me escudriñas, sin pestañear. Tu gesto es serio y mueves la cabeza, niegas. Desvío la mirada a la lámpara del techo. Te he fallado, amiga. Soy un cabronazo, un grandísimo hijo de puta. Di lo que quieras, porque lo merezco».

Me has dejado helada. No he podido esquivar el golpe. Prosigue tu viaje a la periferia de la ciudad. Recuerdo tus palabras, Lucía, como si me las estuvieras diciendo ahora mismo al oído: «En la avenida de los Naranjos solo quedarán los mejores».

No somos pareja, aunque siempre nos hemos buscado. Algo semejante sí hemos sido, ¿o no, Carlos? ¿Y me dejas así? «He conocido a una chica…». La palabra *chica* es cercana a *jovencita,* seguro que será una yogurina.

«¡Joder, qué silencio!».

—¡Bufff!

Mi vida ha dado un paso de gigante. El tiempo no transcurre despacio, segundo a segundo, sino según la propia percepción que tengamos de él. Y la impresión viene a palos, a golpes.

—¿Querías pruebas, bonita?

—¿…?

Me he hecho mayor de repente y empiezo a quedarme sola, ¡maldita sea!

«No estás sola, María Victoria».

Márchate, Carlos. Vete de mi casa y sienta la cabeza. No me haces daño tú, es la circunstancia la que me lastima. Te quiero y te respeto, eso seguirá igual. Nos hemos hecho demasiado bien el uno al otro, dentro y fuera del trabajo. Es la situación la que me ahoga, y no sé ni cómo, ni por dónde, empezar a gestionarla.

—Por cómo hablas, sí estás colado. —Lleno los pulmones con mucho oxígeno—. Inténtalo, Carlos, vale la pena. Aunque fuera mal la relación, prueba. No tengas miedo al fracaso. ¡Snif! Lo digo por experiencia, sabes… a qué me refiero. —Se me seca la boca—. Me voy al baño para acabar de arreglarme. Esta noche llegaré… otra vez tarde, perdóname.

—Victoria, vamos a hablarlo.

—Dame un beso.

«¿Por qué me besas? Acabo de cortar contigo».

—¡Por favor, márchate! En una hora estaré en el hotel, en mi trabajo. Discúlpame también… ante la jefa, por favor.

—¡Victoria, no te vayas así!

Intentas cogerme del brazo, pero lo aparto con un rápido ademán.

—Ven, tranquilízate. ¡Por favor, vamos a hablarlo!

—Está todo dicho.

—Deja de llorar, hostia.

—¡No me sigas, imbécil!

Mientras me dirijo al baño, oigo cómo gritas. Vete con tu media naranja, anda.

«Entras al baño, cierras la puerta y tiras el pestillo».

¡Toc, toc!

—¡Victoria, abre la puerta, por favor!

¡Toc, toc, toc!

—¡Abre la maldita puerta y hablemos!

Acurrucada en el suelo, lloro callada. ¡Qué rabia siento! Me pides que salga, pero cierro la boca y aguanto.

Pasados cinco minutos de silencio, escucho los pasos de tus botas y el cierre de la puerta del apartamento.

—¡Mi vida es una mierda!

Que te vaya bien con tu chica, Carlos.

—¡Vete al cine con tu yogurina y déjame en paz!

IX
Acicalándome para ir al trabajo

«Un cuerpo tan débil como el nuestro, agitado por tantos humores, compuesto de tantas partes invisibles, sujeto a tan frecuentes movimientos, lleno de tantas inmundicias, dañado por nuestros desórdenes y, lo que es más, movido por un alma ambiciosa, envidiosa, vengativa, iracunda, cobarde y esclava de tantos tiranos… ¿qué puede durar?, ¿cómo puede durar? No sé cómo vivimos. No suena campana que no me parezca tocar a muerto… A ser yo ciego, creería que el color negro era el único de que se visten…».

José Cadalso: *Noches lúgubres*

Carlos, ahora formas parte de mi pasado, ¿y sabes qué? Me da igual que se esté produciendo un cambio de etapa en mi vida. Voy a ponerme guapa y me planto en el hotel.

¡La una menos veinte, joder! Voy a mi habitación. Debo darme prisa, alguien está realizando mi trabajo. Lucía se va a enfadar conmigo, y con razón. Carlos, tú puedes inventar la excusa que quieras, eres el gerente de la disco. Yo solo soy una simple camarera del montón, una empleada más.

¿A ver qué ropita me pongo? ¡Qué memoria! La tengo echada en la cama de la segunda habitación.

Recojo el radiocasete del baño y ando hasta la habitación de invitados. Esta noche toca lencería negra, muy muy

129

sexi. Casi sesenta eurazos me han clavado por el conjuntito. ¡Menudo sablazo! ¿Me lo saco por fuera? Has acertado en la diana, Victoria. Se dice que la ropa interior sexi es el arma secreta de las mujeres. ¡Si es secreta, no me interesa! Con el vestido que llevaré, esta lencería no tendrá donde esconderse.

Trato de pasar el sujetador, pero es difícil engancharlo. Lo he pillado: no te abrochas en la espalda, jodido. Va un brazo, va el otro y lo paso por delante. ¿A ver ahora?

—¡Sí!

El diseño deja las tetas sueltas por encima del pezón, se estrecha mucho arriba. El encaje y las transparencias son bonitos y sugerentes, la verdad. Subo la braguita. También es mona y, aunque deja medio culo al aire, no llega a meterse tanto como un tanga. Creo que en el insinuar está la gracia.

—¿Vosotros cómo me veis?

Si muestras tanto la carne, pues eres una carnicera, ¿no? El encaje tapa las nalguitas y creo que resulta más sensual así. ¿Estoy todavía bien buena o qué? ¿A ver el espejo?

—¡¡¡Je-sús!!!

Este sujetador no deja las tetas tan en secreto… ¡Pero falta la musiquita, esta noche imprescindible! Meto tu CD, Evita. ¿A ver qué música le mola a la niña? Dentro y *play.*

—¡Qué gustazo de canción!

Sing it back, de Moloko, ¡qué guay! Me encanta el ritmo discotequero y la vocecita tierna de la cantante. ¡Qué pasada de canción! ¡Vale, a mover el esqueleto! Subo un hombro, subo el otro, meneo la cadera en redondo, levanto los brazos y doy una vuelta.

Mira, te sirvo la copa en ropa interior, don cliente. ¿Has visto cómo muevo las caderas? ¿Qué bebes, amigo?

—*¡Qué tía! Ponme un* gin-tonic, *morena.*

¡Marchando!

Con las yemas de los dedos pulgar y corazón, coges un vaso de tubo y lo dejas enfrente de mí. Tomas las pinzas de la cubitera, llevas un par de hielos al vaso y echas ginebra. Te agachas; creo que hay un refrigerador debajo de la barra. Abres la tónica, echas al vaso y el hielo sube con el licor. Dejas el botellín al lado del vaso y sonríes. Qué bonita es la fina piel de tu cara. ¿Vale que beba la copa de un trago para que me sirvas otra rápido?

—Te falta una rodajita de limón, vas a ver.

Le dará un toque ácido, un ligero sabor a cítricos. Ahí va. Te guiño el ojo, cliente, para que bebas a gusto.

—*¡Claro que sí, preciosa!*

Me veo en el espejo del viejo armario. El conjunto me va genial, sí. Solo se verá el sujetador, por arriba, y las tetas que este quiera mostrar. Por entre las cuerdecillas del vestido, asomará la braguita.

—*Me gusta tu ropa interior. Muestras todo lo que nos gusta ver a los hombres y a muchas mujeres; aunque lo que tú eres lo insinúas con la voz y, sobre todo, con tu mirada. Eres un ángel.*

El baile no me ha quitado el frío. Me echo la bata y regreso al baño.

—¡Toca maquillaje, Luna!

Gloria, ¿me has aplicado los siete tratamientos que he pagado? ¡Cobrármelos sí me los has cobrado, peseterilla!

—*Por supuesto que hago mi trabajo, Victoria. ¡Cómo eres! Repasa conmigo, desconfiada. Primero, he limpiado bien la carita con un gel fresquito. ¿Lo recuerdas, nena?*

Olía suave, como a flores.

—*Luego, he pintado la cara con una mascarilla exfoliante muy terrosa y la he restregado un poquito. ¿Recuerdas que decías que te rascaba la carita?*

—¡Ufff, qué daño!

Ese tratamiento es el que peor llevo.

—*En tercer lugar, te he refrescado la piel con un tónico.*

¡Uy, sí, qué fresquito!

—*El cuarto tratamiento que te he aplicado es la cura hidratante. He roto una ampolla y la he repartido por toda la cara.*

Así me gusta. La carita bien hidratada, que quiero que me dure toda la vida.

—*El siguiente tratamiento, el quinto, es el suero antiarrugas.*

Ya estamos… ¡Será para prevenir, digo yo! No creo que me haga falta el suerito de las narices, ¿sabes, Gloria?

—*¡Cállate y sigo! Victoria, eres la clienta más presumida que tengo. El sexto y penúltimo tratamiento es la crema del contorno de los ojos, contra las bolsas y las ojeras. ¿Recuerdas que te escocía, nena? No me digas que no necesitas la cremita, que te doy una bofetada. Aunque no lo notes, vas cogiendo años. Hay que ir previniendo.*

Bien, prevengamos pues. Esta vez cerraré la boca, hija.

—*El último tratamiento es una crema de día contra las manchas y los rayos ultravioleta.*

¡¿Otra vez?! ¡Si yo no tengo manchas!

—*¡Qué malpensada eres! Todo lo dices para tirarme de la lengua, lo sé.*

¿Ahora te das cuenta?

—*¡Ja, ja, ja!*

Gracias por tu trabajo. Estás bien cobrada, Gloria. Me has dejado las piernas muy suavecitas también.

—*¡Hala, ya me has mareado un ratito! Un beso, cari. ¡Y a ver cuándo salimos a caminar las dos juntas y hablamos de nuestras cositas, que siempre vas con las mismas!*

Lo tendré en cuenta, amiga.

¡Vamos con el maquillaje, Victoria! Subo el maletín encima del zapatero, giro la llavecita y abro la tapa. Recojo el pelo con una diadema, acerco el taburete y me siento frente al espejo.

—¿Quieres ver cómo me maquillo, Luna?

¡Ven, corre, granuja, que ya eres una mujercita! Te enseñaré cómo tienes que pintarte.

—¡Sííí, mami!

Con una brochita, aplicas la base del maquillaje por toda la cara.

—*Quiero música. Me gusta la canción de Julieta.*

¿Andar conmigo? Está aquí mismo. Te encanta la guitarra y la vocecita de Julieta, ¿eh? La voz es esponjosa y llega adentro, ¿a que sí, Luna?

—Nos la cantamos las dos: tú a mí y yo a ti, ¿vale?

Debes aprender a maquillarte. Eres muy guapa, ¿sabes? Primero, tomas un par de cintitas adhesivas y las pegas al final de cada ojo. Mira cómo lo hago: siempre desde el vértice y hacia arriba. Con la misma brocha que has usado antes para la base, aplicas corrector en los párpados. Luego, con un pincelito fino, coges un color ladrillito y le das a las cuencas de los ojitos. ¿Me estás escuchando?

—*Tus ojos son bonitos, mami. ¿Ya estás maquillada?*

Todavía estamos empezando. Aprende a tener un poco de paciencia, hija. Ahora tomas un color marroncillo oscuro, casi vino, y lo aplicas en la mitad exterior del párpado. Le estamos dando más profundidad al ojo, ¿lo notas?

Vamos a dar una sombrita con brillo en la parte interior del párpado. La zona del hueso de la ceja la pintaremos con un tono mate. ¿Ves cómo hemos iluminado los ojitos?

—¡Muac!

—*¡Halaaa, qué guapa!*

—¿Sí, morenita?, ¿tu mamá está guapa?

Con un pincel estrecho, aplicas gel delineador en la base de las pestañas: muy finito en el interior y con más grosor al final del ojo. Debes llegar hasta por encima de las cintitas adhesivas.

—*Me gustan las bolitas de tus ojos.*

Quitas la cinta y repasas con el delineador en la zona del lagrimal. ¿Ves la sombrita que vamos dejando en la línea de agua? A continuación, aplicas mascarilla a tus pestañas y así parecerán más largas.

—*¿Qué haces con los ojos?*

Coges un pincel y repasas las zonas de la cara que quieras iluminar: debajo de los ojos, en el mentón, en el centro de la nariz, en los pómulos… ¿Has visto cómo lo hago, Lunita?

—*¿Ya está?*

Casi, amor. Solo faltan los labios y habremos acabado.

—*¿Me pintas?*

Esta noche tengo prisa. Mañana, cuando llegue al pueblo, te pintaré. ¡Y le daremos un sustito a la tía *Omi*!

—¡Ja, ja, ja…!

Atiende, no te despistes. ¿Ves la letrita uve ahí, en lo más alto de los labios? Ahora coges el perfilador color vino, la repasas y continúas por el vértice exterior de los labios. Busca siempre una línea redondeada, y así tus labios resaltarán y quedarán preciosos.

—*¡Píntame, andaaa!*

Mañana te maquillaré, lo prometo. Solo queda aplicar el labial, también tono vino oscuro. Con el pincelito es más fácil y rápido. En dos brochazos, labios pintados.

—*¡Qué guapa estás!*

—¿Sí? ¿Tu mamá está guapa? ¡Ba, ba, ba!

—*¿Qué haces con la boca?*

Qué curioso, Luna: el labial es lo último y más fácil de aplicar, y armoniza todo el maquillaje de la cara. Pero tiene que estar lo «primero» antes, para que luego venga lo «último» y quedes bien guapa, ¿eh, morenita? Y no me pidas más el maletín del maquillaje, porque no te lo pienso dejar. ¡A ver si acabas como con los macarrones!

—¡Nooo!

Tengo que marcharme al trabajo. ¡Falta el perfume! Ya me había echado antes de follar contigo, Carlos. Porque… ahora sé que solo jodíamos como animales, «amigo». En adelante, hazte a la idea, solo irás al cine con tu yogurina.

—¡Vete a la mierda con tu chica «chica»!

Un poquito de desodorante en las axilas, cuerpo y para abajo… Me quito la diadema de la cabeza. ¿Estoy lista?

—¡No!

Me faltan los anillos, mis pulseras, la crucecita…

—¡Muac!

Ya es la una y cinco, joder. Cojo el radiocasete y ando hasta la habitación de los invitados…

Le doy al *play* y paso las canciones del CD.

—¡Uy, qué buena!

Aquí me quedo. Es… Es *If you could read my mind,* de Stars on 54. No quiero pensar ni «dónde», ni «cuándo», ni «con quién» has escuchado y bailado esta musiquita tan pegadiza.

Tengo la ropa tendida; me visto corriendo y me marcho. Primero subo el panti y le saco las arruguitas. Te has pasado con el vestidito, Victoria. Son dos telas de color negro, toma-das por los lados con cintas. Esto no me lo echo yo encima porque…

—¡Qué vergüenza!

Con esta ropa iré demasiado cruda a trabajar. Sí, claro que sí. ¡No, no, no, no!

—¡Que se joda Carlos!

Esta noche quiero que me miren todos en el hotel, sobre todo las niñatas rusas. Ainhoa, te va a encantar el vestidito y me lo vas a pedir, pero lo siento, chica.

—¡Ja, ja, ja!

¡En la vida lo vas a poder lucir igual, bonita! ¿Dónde están tus «lolas», hija? ¡Anda, que vaya nombrecito les has puesto a las tetas de toda la vida!

A ver si puedo meterme dentro, porque esto… Lo cojo por abajo, lo abro y remango. Meto la cabeza, paso un brazo y paso el otro. Lo dejo caer… Estoy dentro.

—¡Madre de Dios! Voy desnuda a ambos lados, casi me cabe la mano entre las tiras. ¡Llevo medio culo al aire! Y esta-mos en el mes de enero, Victoria.

Las cintitas le dan un toque sexi. Va ajustado el vestidito, sí, como un guante. En la zona del pecho, el sujetador está demasiado expuesto. ¿Y si me agacho? La tela es negra y la braga igual, y soy morena. *No problem.*

—¡Ja, ja, ja! ¡Qué fresca! ¡Como el vestido!

¡Madre mía! ¿Voy echa una pilingui? Sí, claro que sí. ¡No, no, no!

—¡Qué vergüenza! Voy… casi desnuda.

¡Adelante! Si creéis que me hago mayor, esta noche tendréis la oportunidad de comprobarlo. Me encanta cómo quedan el par de cintas más anchas que aguantan el vestido a los hombros, también la puntilla del escote y la malla hasta abajo. Me pondré una faldita encima, al menos hasta que llegue a la disco.

—Creerán que soy una mujer de la vida.

Vamos con las botitas de caña alta, hasta más arriba de la rodilla. A ver cómo me las calzo, porque puedo caer de allá arriba y romperme una pierna. Me siento en la silla, estiro la bota y meto el pie… ¡No entra! Soltaré los cordones de detrás y así subirá. Aflojando… ¿Puedo ahora? Sí, pasa, y la puedo acompañar hasta arriba. Ajusto la bota a la pierna y ato los cordones. ¡Guay! Voy con la otra…

¿Y levantarme? Me agarro del armario y… ¡arriba! Estoy de pie, como la Torre Eiffel. Camino un par de pasos adelante y atrás. Ando bien. ¿Cómo me van, espejito?

—¡Mola!

Vaya, creo que me falta una fusta, ¿no? ¡Bien, bien!

—Qué vergüenza.

Las botas me sientan de fábula. Las piernas están enfundadas hasta más arriba de la rodilla. La última vez que intenté calzármelas me costó más, aunque valió la pena. Los clientes se quedan con mis botas y luego ojean para arriba. ¡Y consumen un montón!

—Esta noche vas a reventar el hotel, Victoria.

Toca la roquerita. Cogeré la granate: le va al negro y es la más nueva que tengo. Creo que está colgada en el armario de mi habitación. Buscaré, además, un bolso que le pegue al conjuntito.

—Andando…

Una chaqueta, otra, una sudadera… ¡Aquí estáis! Las chupas me sientan de maravilla, aunque solo tengo tres: la negra, la verde y esta, la roja granate. La negra es la mejor. Evita, la usas más que yo, jodida. Todas las mujeres del mundo deberían tener una. Los cierres, el corte… ¡Me va genial! Y con tanta cremallera por todas partes, puedo usarla como un bolso. Quizás deja el pecho muy descubierto, pero eso va para bien, creo. Bueno, antes casi cojo una pulmonía. Saco el pelo, la abrocho y subo el cierre. La hebilla tiene que estar ajustadita y queda mejor.

—¡Así!

¿A ver qué dice el espejo? Creo que voy mona, ¿o no? Hoy quiero que miren con lupa.

Tomo la faldita negra de la silla. ¡Estás viejuna tú! Bajo la cremallera, la abro y para dentro… ¿Me va postiza? Forma alguna bolsa por aquí y por allá. Da igual, al llegar al trabajo me la voy a quitar.

Cojo el bolso gris metalizado. ¿Rompe el conjuntito? Sí, no tiene nada que ver. Lo guardaré con la faldita, así que… Meto los pañuelos, la base, el labial, el bloc, maquillaje… Guardo también una compresa, por si acaso, aunque creo que todavía no va a bajarme la regla. Las llaves y el móvil, mejor en los bolsillos de la roquera.

¡Hoy es tu día, Victoria! Si es cierto que el tiempo pasa a golpes, pues a golpes le vas a devolver a la vida tu resistencia.

—¡Ay, Dios mío!

¿Qué sorpresa me aguarda esta velada? ¿El convector está apagado?

—Sí.

Esta ansiedad, este respirar que se me sube a la garganta, la inquietud o miedo al azar, al destino que se cumple cada noche. Es como la primera vez y no baja la fisiología. Cierro el ventanal y me marcho corriendo.

¿Cuál será la experiencia que quedará por la mañana? Mira, chica, es tiempo de soñar y de enamorarte de la vida. Eso mismo pienso hacer esta noche: trataré de disfrutar cada momento como si fuera el último. Esta vez será distinto, como la Noche de San Juan, por favor. ¡Ya habrá tiempo mañana para llorar!

¿Y las llaves? Las he dejado en el bolso… ¡No las encuentro, joder! ¿A ver en los bolsillos de la roquerita? El ascensor no está. Va quedando lejos la Noche de San Juan. Estoy emocionada: siento unas hormiguitas en la barriga y mi pecho sube y baja. Debería ser una noche más provechosa en lo económico. Necesito ganar dinerito, propinitas.

—¡Aquí está el llavero!

¿Cuánto me va a durar este trabajo? Las jovencitas rusas pegan fuerte. Cierro con llave. Puede que esta noche conozca a alguien interesante y guapo. Lo probaste y te salió mal. ¡Salió bien, tengo a mi Luna! Quién sabe si hoy es mi día. Son muchos años trabajando en la noche.

—Mujer de la vida…

X
El regalo de Matilde

«E estando la Mentira tan bien andante, la lazdrada et
despreçiada de la Verdat estava ascondida so tierra,
et omne del mundo non sabía della parte…».

DON JUAN MANUEL: *EL CONDE LUCANOR*

La una y dieciséis minutos.

El ascensor está abajo. ¡Maldita sea, otra vez llegaré tarde
al trabajo! Y este jodido cacharro siempre está ocupado o en
la planta baja. Huele fresco, ¿es a pino? No sé, no es tan fuerte
y lleva flores.

¿Por qué está ese papel en el pomo? Es una nota atada con
una cinta al tirador. La puerta de Mati está abierta. Me acerco
a ver. Espero que no le haya ocurrido nada malo, joder.

Hola, Victoria:

Esta vieja vecina tuya te pide mil disculpas. En adelante,
dejaré de corregir el mundo a mi manera; no es una buena
forma de enmendar. Soy una bocazas y te pido perdón por ello.
La puerta de mi casa está abierta, entra. He dejado un
detalle para ti encima de la mesita del recibidor, es una colonia.
Compré tres frascos: dos para mis hijas y uno para ti. Como

139

te marchaste tan rápido en Nochebuena, no te lo pude dar. Esperaba la ocasión, pero siempre andas muy atareada. Coge tu regalo de Reyes y márchate. Cuando despierte, asomaré mi narizota a la escalera.

Puedes tomar tu detalle y no perdonarme, aunque sé lo piadosa que eres en el fondo y estoy convencida de que eso no va a ocurrir. No quiero perder a mi mejor amiga por un puñadito de palabras mal dichas. A mi edad, las buenas amistades que se van no suelen volver.

Una cosa más: no me importa un pimiento que te enfades conmigo.

Un abrazo,
Matilde Martín Mayo

Pero yo no te he comprado nada…

Voy a entrar y te abrazaré, vecina. No sé por qué has dejado la puerta abierta, tengo llaves de tu casa. Esa memoria… Una sensación de felicidad sube desde el estómago y me conmueve.

He perdido las prisas al entrar en tu casa, qué extraño. Escucho una pieza clásica, tierna y emocional, interpretada solo con el piano. Recuerdo la melodía de cuando me dabas clases, Marcelina. Ya sé, es *Mariage d'amour,* del compositor francés Paul de Senneville. Seguro que Mati está durmiendo en el sofá y se ha olvidado de apagar la tele.

¿Dónde está la llave de la luz? En esta casa todo es igual que en la mía, aunque puesto al revés. ¡Aquí está! La entrada se ilumina y descubro la mesa del recibidor y el espejo.

Encima del mantelito de ganchillo hay un paquete, justo después del tercer marco. Las instantáneas captan los momentos más felices de tu vida, Matilde. En la primera fotografía, besas a tu marido. Los dos sois jóvenes y llevas el pelo recogido con un gran pañuelo. ¡Qué ropas, Mati!

—¡Ja, ja, ja!

En la segunda instantánea, abrazas a tu marido y a vuestras dos hijas. Las niñas tendrán de cinco a ocho años. Todos reís, ¡sois tan felices! En la última fotografía, más reciente, te acompañan tus hijas, yernos y nietos. Tu esposo ya no está.

Hay tres evidencias que permanecen inmutables al paso del tiempo en los retratos: tu sonrisa, el mar y la luz… Esta ciudad tiene mucha luz.

Aguanta las emociones, que vas maquillada. Esta caja será el perfume que me decías en la nota, aunque el paquete es demasiado grande para contener solo una colonia. Supongo que llevará alguna tontería de baño o algo así. Lo importante es el detalle. ¡Fuera el envoltorio de regalo!

—¡Son dos paquetes!

Este más grande, ¿a ver? Lo abro, pero no… No hay manera de quitar el papel.

¡Rasssh, rasssh, rasssh!

—¡¿Es para mi Luna?!

¡Una colonia de niña con gel, champú, una esponjita y un patito! ¡Qué sonriente estás tú, eh, patito!

—Qué detalle. ¡Snif!

Perdona el portazo de antes. Todavía no le he dado yo nada a la niña y ya le has regalado tú.

—¡Ufff, Matilde!

Aguanta, Victoria. ¿Y esta otra cajita más pequeña qué será? Alguna figurilla o sonajero, seguro. Quito el envoltorio, que sale mejor.

—¡Por Dios! No lo puedo aceptar. ¡No, no, no!

«Recuerda que estamos pared con pared».

Esto no es colonia, es un perfume buenísimo y cuesta un dineral. No lo venden en cualquier perfumería, lo has tenido que encargar. Te lo traen solo si lo pagas antes.

—¡Snif! ¡Joder, Matilde! Estiras tu paguita cada mes para esto, amor.

Voy a hablar contigo ahora mismo. Enciendo la luz del pasillo y ando hacia el comedor. Huele a limpio, como a limón y flores, con otros olores tenues que conocen mis tripas.

La puerta de la cocina está abierta de par en par. Giro la mirada, enciendo la luz y escudriño. Todo está en su sitio y bien limpio, excepto un paño que sueles llevar al hombro y que ahora reposa colgado en una silla. ¿Cómo puede una persona de tu edad tener todo tan limpio y ordenado? ¡Menudo quirófano tienes montado aquí! Las magdalenas de la semana pasada estaban riquísimas. Huele como a… ¿horneado o algo dulzón de pastelería? Hay un olor que me inquieta. Es dulce, anisado, aunque no distingo…

—¡Es cazalla, joder!

¡Cazalla no, por el amor de Dios! ¡¿Dónde vas, Matilde?!

—¡No, no, no! ¡Ufff!

Falsa alarma, ¡qué susto! Creo que la has usado en tus pastas… Me parece que se me han cruzado las dos tensiones. Apago la luz de la cocina y ando hasta el comedor.

Estás echada, duermes. Tus pies sobresalen de la manta y reposan en el brazo del sofá. Uno de los calcetines está roto por el talón. No enciendo la luz, no quiero despertarte. Solo te daré las gracias.

Llego a la cabeza y me pongo en cuclillas. Te has quitado las gafas y el pelo, blanco y desordenado, cae a ambos lados de la cara. Los pulmones resuellan un poquito. A mí me ocurre igual, con algunos añitos menos. Te acaricio la frente y el cabello, te peino. Tu piel es blanca, con muchas arruguitas cerca de los ojos. Eres una niña dormidita, inocente.

—Mi pequeña Matilde…

Duerme, mi niña.

—Y que sueñes con los angelitos.

¡Qué felicidad la tuya por haber vivido, de verdad, tantos años desde que naciste! Gracias, vecina, eres una mujer de bien. Gracias por tu lección de vida, tu mejor regalo. Pero me llevo los perfumes, ¿qué te crees?

—¡Ji, ji, ji!

Mañana hablaremos un ratito las dos y me harás reír. Voy a darte un beso, Mati. Perdón, mamá.

—*Adelante, María Victoria. ¡Díselo!*

—Matilde, eres como una madre para mí… y te lo agradezco.

El comedor está en paz y así lo dejo. Fuera, en la avenida, la ciudad ruge con su sonido distintivo; aunque no le afecta en absoluto, ni a Matilde, ni a la calle de los Pescadores.

Me levanto y doy un paso en dirección a la puerta… Unas luces tenues iluminan el segundo estante de la vitrina. Me acerco con sigilo. Un pequeño belén iluminado ambienta las fiestas de navidad. Varias fotografías de tus nietos lo rodean, como participando en él. Una de las fotografías, la que está justo detrás de la mula, es de mi Luna. La mula seré yo, fijo.

—¡Ja, ji, ja! Terca sí que soy, la verdad.

Te di la fotografía en el mes de agosto. Recuerdo que me la pediste: «¿Te sobra algún retrato de tu hija, Victoria? Como somos amigas, me gustaría guardar una imagen de tu niña, que es lo que más quieres en este mundo. Así, cuando me hables de ella y la empiece a conocer, podré mirarla a los ojos».

Luna está sentada en su triciclo, papá empuja y los dos sonríen. Al levantar la vista, veo que el resto de la vitrina y el aparador están repletos de fotografías, con marcos dorados y plateados, todos relucientes.

—Matilde, creo que… ¡Snif! Algo de razón habrá en la vida que se alimenta del pasado, en especial cuando una buena parte de ella queda en el recuerdo. Vive el pasado como si fuera tu presente: ¡es tu legado y es tu derecho! Perdona mis arrebatos, ¡soy tan impulsiva! Mi padre bien lo sabe y lo sufre.

No puedo con tantas emociones. Me tengo que ir a trabajar.

—Buenas noches, Matilde Martín Mayo, vecina y amiga mía.

«Caminas hasta el recibidor, coges los regalos, apagas las luces y sales al rellano. Cierras la puerta despacio.

»Los padres han de estar siempre cerca de sus hijos, aunque duerman en la habitación de al lado».

—Adiós, María Victoria Molina Fernández, vecina pared con pared y amiga mía.

XI
Fede, el taxista DJ

«Los suspiros son aire, y van al aire.
Las lágrimas son agua, y van al mar.
Dime mujer, cuando el amor se olvida,
¿sabes tú adónde va?».

GUSTAVO ADOLFO BÉCQUER: «RIMA XXXVIII»

Me acerco al ascensor y pulso el botón de la llamada. Vuelvo a mi piso para dejar el perfume. Abro la puerta, suelto el par de cajas en el recibidor y me…

—¡Qué demonios! Puede que hasta me dé suerte.

¡Qué mejor día para estrenarlo! El frasco es una preciosidad. Ojalá el perfume sea tan bueno como leí en las revistas de Gloria. Me doy un toquecito en ambos lados del cuello.

—¡Mmmm! ¡Qué fragancia!

Huele fresco y a flores… Creo que me he puesto demasiado. Sobre dos o tres euros la gotita andará el perfume. Me lo llevo.

Cierro con llave. El pulsador permanece iluminado y todavía no ha subido el maldito ascensor. Voy mal abrigada. La falda que llevo encima, la roquera y el vestidito no consiguen cerrar el paso del frío, que se cuela por todas partes. ¡Verás cuando salga a la calle! Antes iba más tapada y me he helado piernas, brazos y pecho.

Debería estar escrito en la caja lo que lleva.

—Aquí.

«Es una fragancia oriental con vainilla, sándalo y un ligero toque floral». No quieren decir los ingredientes… Una maravilla de perfume. Tiene que durarme, por lo menos, hasta la navidad del año que viene. Que tarde en vaciarse, porque, con lo caro que es, no creo que pueda comprarme nunca uno igual.

¡Qué estruendo! Ya subes.

Me duelen las tripas. No he comido nada desde las rosquilletas que me he zampado esta mañana en casa de Gloria. Me encanta el crujiente de su pan y es mejor que el de otros palillos. Picaré en el hotel o le pediré a Éric una hamburguesita del restaurante. Si quieres, me la cobras, Lucía.

Solo cogeré frío mientras aguardo al taxi. El ascensor llega al rellano, una sacudida con un ruido metálico lo evidencia. Del coche a la disco no dará tiempo a enfriarme. Las puertas se abren con lentitud, acompañadas de un chirriar estridente. Menuda birria.

—¡La una y veintinueve, mierda!

Abro la puerta de seguridad, entro y pulso el número cero. Las puertas correderas se cierran con suavidad. ¿Por qué no chirrían? Empiezo a bajar… ¿Sin tirones?

—¡Verlo para creerlo!

El ascensor pasa por cada nivel sin ningún ruido. Cuando lo he llamado, sí he escuchado un tirón, y después, al pasar por cada planta, se oía un chasquido.

Casi estoy. El elevador se detiene y la cabina se abre despacio y sin estridencias. Empujo la puerta de seguridad, bajo los cinco escalones y ando hacia el portal. Escucho los molestos ruidos de las puertas correderas y la sacudida metálica. Alguien ha llamado al ascensor. Pero…

—No me lo puedo tragar.

Salgo a la calle y me encojo agarrada al bolso. Una ligera brisa me hiela la cara y el pecho. Otra vez, el invierno se cuela entre mis piernas.

—¡Qué frío!

Aunque la luminaria permanece encendida, la música infantil que amenizaba la navidad por la megafonía pública ha cesado. Pronto acabará la fiesta.

El orientalito me acecha desde dentro del restaurante. He visto cómo retiraba el visillo. ¿Estará ojeándome el *chop suey*?

—¡Ja, ja, ja!

¿Qué te llama tanto la atención de mí cada vez que paso por tu puerta? Un día bajaré a recoger la cena en ropa interior, me sacas la radiografía y acabas.

Ha dejado de llover. Cogeré el taxi enfrente, en dirección al hotel, y así me ahorro algún eurillo del cambio de sentido. No viene ningún coche, cruzo por aquí. Este lado de la avenida está limpio, pero la calzada está igual de mojada. Vas a ver esa otra parte, con tanto confeti, serpentina y caramelos machacados de la cabalgata. ¡No quiero caerme, joder!

Paso al sentido contrario. El papel ha perdido su forma y color, y ahora conforma hileras de pasta amasada por efecto del tráfico. El suelo resbala mucho. A cada paso, aplasto montones de pasta de papel.

¡Milagro! He cruzado la calzada sin caer de los «zancos». Esperaré en la parada del bus a que pase un taxi. Así, además, me resguardaré un poquito del frío. No puedo sentarme con esta faldita estando el mirón oriental al acecho. Que pase un taxi pronto, por favor, que tengo las piernas heladas.

—¡¿Qué es esto?!

Mis dedos están como viscosos, ¿qué llevo en las yemas? Es un aceite rojizo, como maquillaje o el labial. Saco un clínex del bolso. ¿Dónde está el espejito? Joder, no lo he cogido. Ahí tengo uno, en esa vieja furgoneta azul.

Camino hasta el vehículo. Este frío no es normal aquí, junto al mar. Intento girar el retrovisor, pero no puedo. ¡Está atascado, reseco! Nadie me ve a la derecha, nadie me ve a la izquierda…

¡Crac!

—Creo que lo he roto.

¿Me habrá visto el orientalito? Puede que verme sí, pero no creo que me haya oído desde el otro lado de la avenida.

Ahora el espejo sí gira. Adelanto la cabeza y, despacio, mi rostro entra en el estrecho marco. El cristal ha perdido nitidez, ¡qué mierda! La suciedad o los años, o ambas causas, han obrado el efecto. Mi cara está bien maquillada, aunque el viejo retrovisor no ahonda en matices. Sin darme cuenta, he debido tocar los labios.

Las pestañas quedan poco marcadas, las repasaré. ¿Dónde estás, tarrito? En un bolso grande cabe lo que le eches, es cierto, y se pierde también todo. ¡Aquí estás! Agito, saco el pincel y…

—… hacia arriba, hacia arriba.

Voy con las otras…

¿Y los labios?

—Ba, ba, ba…

Sí, estáis bien pintaditos. Ainhoa, me retocarás en la barra y luego me contarás dónde has estado perdida los últimos cuatro días, bonita.

Son las dos menos veinte de la madrugada.

—Llueve… ¡Arrecia!

Vuelvo a la parada y aguardo la llegada de un taxi. Debí coger el chaquetón y el paraguas. Del portal al taxi, y después hasta la disco, no llegaré a empaparme. No volveré a casa, ¡ni harta de vino! Es extraño que haga tanto frío tan encima del mar.

Desde el final de la avenida, de la zona del puerto, se acerca una lucecita verde encima de un vehículo. Llegaré al trabajo más de dos horas tarde y me da igual que os enfadéis conmigo y me echéis la bronca, porque luego soy yo la que más copas sirvo: ¡el doble que las chicas del este!

El taxi se acerca a menos de cien metros. Levanto el brazo y lo muevo, pero no frena. Subo las dos manos. Echa las luces largas, asiente con la cabeza y desplaza el coche al carril bus.

148

El taxi es un sedán blanco, aunque no distingo ni la marca ni el modelo.

Voy ligerita de ropa. ¿A ver si va a pensar que soy una fulana?

«Que melodía más chula me viene a la cabeza. ¿Quién te compuso?, ¿qué grupo te interpreta? ¿Cómo te llamas? Tienes que estar en algún cofre, ¿pero si no sé más, no puedo…?».

El vehículo se detiene y la puerta trasera derecha queda justo a mi alcance. Me saco el bolso y entro. Huele fresco, a limón, con otros aromas que no logro distinguir. El salpicadero rezuma aceitoso, se nota que se ha limpiado hoy. El producto aplicado se combina con el ambientador cítrico. Ese era el olor que costaba identificar, el del abrillantador. Has cambiado el anuncio, de «libre» pasa a «ocupado». Te giras y me atiendes.

«Tus ojos son negros como el cristal azabache. ¡Qué tía!».

—Buenas y fresquitas noches. ¿Dónde vamos, chavala? —Tu voz es clara y motivadora.

«Qué escote deja la chaquetilla de piel, se te van a salir por arriba».

¿«Chavala» yo? Me temo que mis treinta y seis años van apartándome de ese apelativo. Eres un hombre delgado y de piel clara, y llevas el pelo castaño y corto. Debes tener cuarenta y tantos, más de diez años más que yo, fijo.

«¡Qué perfume, Dios!».

—¡Mmmm! Te habrá costado una pasta el perfumito.

—Es el regalo de una amiga.

«Eres atractiva, pero estás pálida detrás del maquillaje».

—Llévame al sur, a la discoteca del hotel, por favor. ¿La conoces?

—¡Claro que la conozco! Es la más grande de la ciudad y te diría que también de la provincia. Cada viernes, sábado y domingo, llevo y traigo a mucha gente de ese garito. Y en verano, catorce o quince viajes cada noche. También sé cómo son esas discotecas por dentro, que no soy tan abuelete. ¡En marcha! —Te frotas las manos, las llevas a la boca, soplas y pulsas unos números en la radio.

Una música estridente suena alta... ¡¿Es pachanga?! Pachanga no, por favor.

«¡Qué canción! La voz del vocalista... Tengo el nombre del grupo en la punta de la lengua. Creo que son australianos».

—Por favor, ¿podrías cambiar la emisora? No soporto esa canción.

—Enseguida te quito el lorito, mujer. Pensaba que, como vamos a la discoteca, pues te apetecería escuchar música.

No estoy para tanto grito. Además, solo cruzo a la disco de pachanga cuando Amanda me avisa de que van a pinchar el «remix» *Le deseo*. ¡Esa canción es chulísima! Las dos corremos, bailamos, cantamos y reímos un montón. Me gusta tu voz y escucho todas tus canciones, Merche. Detrás de tus melodías hay algo que me llena tanto, chica. Eres preciosa, y bailas y cantas de puta madre, ¿sabes? Pero... ¿qué es eso que tiene tu música?

«¡Perdone usted, señorita! ¿Vamos a la disco y no te gusta la música? Qué rarita eres, niña. Si no quieres, la quito y en paz. Tiempo habrá en toda la noche para escucharla. ¡A mí qué más me da!».

El taxi acelera. Las farolas, las palmeras y los naranjos amargos empiezan a pasar a mi lado con más velocidad.

¡¡¡Iiiihhh!!!

—¡Quieto *parao*!

—¡Qué frenazo! ¿Por qué nos detenemos?

Vaya por Dios, el paso de cebra se ha puesto en verde y acaba de interrumpir nuestra arrancada.

—¿En rojo el primer peatonal? Si no lo veo, no lo creo. Es la primera vez que esto ocurre en mis más de veinte años de servicio. Cuando salgo, se supone que debo pasar en verde cinco o seis semáforos.

«Si no fuera así, la avenida se colapsaría en cinco minutos».

—¿Puedes encender la radio y poner música, por favor?

—¿No decías que te molestaba? ¡Me has pedido que la quitara! —Estás desconcertado.

—Es pronto para eso tan estridente, ¿no crees? Echa alguna canción, no sé, más melodiosa.

—¡Acabáramos! Te gusta la música y quieres de la buena. —Tu tono es más reconfortante.

—Pues claro, algo más pensadito. Tú verás qué poner.

—Dime qué quieres que te pinche. Si es música electrónica pata negra, la tengo. Pero no tengo ni sietes, ni ochos, ni cartas que no juegan. ¡Que quede clarito!

«¡Vas a ver qué caja! Si no estuviera aquí lo que pidas, o está debajo de mi asiento o en el maletero. Habla por esa boquita pintada, rica. Tengo todito lo que prefieras».

¿Qué estás escarbando debajo del asiento? ¿Vas a sacar una pistola y me vas a asesinar? Es lo que me faltaba hoy para rematar el día. La caja es como un cofre. Lo abres e inclinas, mostrándome su interior.

—¡Menudo montonazo de discos compactos!

Pasas la mano por encima de ellos, como si acariciaras la cabecita de un hijo, y sonríes. La luz del semáforo indica que debemos arrancar, aunque no te importa en absoluto.

—¡Atenta, que yo, taxista y todo, soy un experto en música electrónica de calidad! ¿Has visto la caja? Tengo otras tres debajo de los asientos y en el maletero: es mi gran afición. Cuando sale una fiesta *remember,* dejo el taxi y allá que voy con mis cuarenta años bien cumplidos. Me lo monto de lujo con mis colegas. Venga, pídeme lo que quieras, chavala.

—Trabajo en la discoteca del hotel desde los veintitrés y hemos viajado lejos a por música, te lo advierto. Pediré una canción fácil, no quiero desanimarte.

Te fastidiaré tu *hobby,* vas a ver. Sonríe todo lo que quieras. No vas a tener en tu repertorio de la cajita la canción que me anda por la cabeza.

—Vamos, suelta qué quieres que pinche y déjate de milongas, que me aburro.

—No vale que diga el grupo o el DJ y luego tú decidas la canción. Debes pinchar la música que pida.

Levantas los hombros y me ofreces una mueca, señal de que crees que podrás superar la prueba. Eres muy confiado: cantas victoria antes siquiera de saber qué voy a pedir.

—Dispara, chavala.

—¡Pues ahí va, hombre! Vas a pinchar, de Robert Miles, *One & one,* cantada por Maria Nayler.

Llevas la mano a la boca y mueves la cabeza en señal de negación.

—¿Tienes la canción que he pedido? Déjalo, es inútil que busques. Pon la radio y no te calientes la cabeza.

Me miras con un porte de satisfacción. Abres el cofrecillo y, con el dedo índice, buscas la pestaña con la letra eme. Pasas dos compactos y extraes el tercero.

—Aquí está, chavala. ¿Me has puesto a prueba? Ha sido fácil. —La voz tenue y la sonrisa adelantan tu victoria.

—No he pedido cualquier cosa de Robert Miles, ¿eh? Quiero que pinches una canción concreta y con una vocalista singular.

Con mis palabras, cambias el gesto. ¡Te he pillado!

—Robert Miles no tiene «cualquier cosa». Toda su música está bien construida. —Parece que quieras engranar dos piezas con los dedos de ambas manos.

Los pitidos, gritos e insultos de otros conductores nos avisan de que impedimos la correcta circulación en la avenida. Sin embargo, lejos de inquietarme porque interrumpamos el tráfico, la vocación y seguridad con que hablas sobre la música de Robert Miles alivian mis dudas e inquietudes. Hace tiempo que no converso con una persona tan apasionada por una faceta de la vida. Pero arrima el taxi, no estamos bien aquí.

—Por favor, ¿puedes apartar el vehículo? Y luego escuchamos la canción. —Me miras con agresividad, tomas la palanca de cambio, pones primera y desplazas el taxi junto a la acera.

«¡Maldita ciudad! Seguiré con el curro en cuanto pinche la musiquita. ¡Será que no me deslomo horas al día!».

—¿Estás preparada? A la de tres, la pincho. ¡Una…, dos… y tres! —cuentas los números con una voz motivadora, que refuerzas con una numeración gestual con los dedos.

Eres un *crack*. El gesto amable vuelve a tu cara. El taxi permanece a ralentí, pegado a la acera. Como me cobres la carrera que marca el cacharrito, voy apañada.

—Bajita, por favor. No me encuentro demasiado bien esta noche. Así, además, la escucharemos mejor.

—La potencia es lo de menos. Le echaré un tercio, la sentirás *light*. Si quieres más carrete, lo dices. Conecto el amplificador y la música te cubrirá por completo, ya verás. No interrumpiré la canción en todo el trayecto. Disfruta de la música de Robert Miles y hablamos luego. —Tu voz es suave y melódica.

—Perfecto, taxista DJ.

Llevas la mano debajo de la guantera y conectas algún dispositivo que ofrece una luz verdirroja a los pies.

«Fardando de música de primera, chavalita. Robert Miles es muy emocional. Esta es la pista más guay y creo que coincides conmigo. Me encantan las notas del teclado, que combinan perfectos con la percusión sintética. El ritmo es inquietante, aunque no demasiado. La canción invita a pensar sobre las cosas de la vida que valen la pena. ¡Ni puta idea de lo que dice la cantante!».

¡Jodido taxista! El ritmo se relaciona con la melodía del teclado y ambos retroceden ante la voz de la solista. La música me golpea en las emociones.

Las gotitas forman unos riachuelos en la ventanilla y, al caer, se forman otros nuevos. ¿Y si toda el agua estuviera comunicada? Solo así se entendería el dinamismo regular del cuadro que conforman las gotas en mi ventana.

¡Es tan simple cómo lo haces, Miles! Uno más uno sigue siendo *uno,* y ese debería ser nuestro consuelo, esa es nuestra consciencia. Gracias por tu música y tu consejo, Robert.

Las farolas, semejantes a caramelos con palo, pasan a mi lado y se doblan hacia la calzada, como intentando cerrarme el paso, igual que el maldito edificio que tapona la calle de los Pescadores. La inclinación es notable en los naranjos y en las palmeras del interior del bulevar. ¿Me cerráis el paso? ¿Por qué? ¿Qué os he hecho yo?

—¡Snif! ¿Qué queréis de mí?

La música de Miles me recuerda que hay algo más grande que cualquier dificultad en la vida. Y eso permanece aquí, con nosotros, y trasciende todo.

—La esperanza…

La música me resguarda. Una lágrima rebosa en mi ojo, justo, cuando el taxista desvía la mirada por el espejo retrovisor. ¡Me has visto, mierda!

«¿Lloras? Qué musiquita has escogido, chavala. ¡De lo bueno, lo mejorcito! Se siente dentro y te golpea aquí justo, en medio del corazón. Eres guapa, pero tu mirada es triste. Tus ojos esconden algún problema… ¡Sal ya, chavala! La vida es preciosa y está llena de colorines. Ábrete y toma tus oportunidades. ¡Te pertenecen!».

Tengo sensación de sofoco. Bajo la ventanilla, cinco dedos. Fuera, un rugido golpea la ventana. Es como una presión que se confunde en un todo con el ruido de las ruedas mojadas. La compresión en la avenida es más sonora en cada cruce, pues se ejerce desde el mar y desde el pueblo de los pescadores. ¿Qué me está pasando?

El taxi avanza a velocidad constante hacia su destino, al final de la avenida de los Naranjos, en el complejo hotelero y de ocio más grande de la provincia. No hemos pillado otro semáforo en rojo y vamos llegando. Ahí están las dos torres, bien erguidas, como dos falos de puta madre. Otra noche más entre borracheras y delirios. Bien mirado, el hotel es una válvula de escape de las frustraciones que albergamos, alimentadas todas por esta jodida ciudad. Cuánto me han prometido por la noche al oído, a la luz de los focos y con la música bien alta. Luego, al salir a la calle, con los primeros rayos de sol, los delirios se disipan y la vida retorna a una nueva realidad, que se presenta todavía más cruda que lo era antes de que anocheciera.

—Ya llegamos. Arrímate a la acera, por favor.

Cruzo y estoy en el hotel.

—Claro, mujer. Me detengo después del paso de peatones y así nos viene bien a los dos.

—¿Cuánto es la carrera, DJ? —Sonrío agradecida por el servicio musical rodado.

—Llámame Fede, el taxista DJ. ¿Que qué me debes, chavala? El contador marca ocho euros con sesenta céntimos. También te cobraré el servicio de música de calidad, servida a demanda de una clienta bien formada. Y todo, incluidos los impuestos al viento, a la lluvia y a la felicidad, suma la cantidad de…

¡A ver si no llevo bastante en la carterita! Solo me contemplas con dulzura. ¿Por qué no me pides lo que te debo y acabamos?

—Dime qué tengo que darte, anda.

«No te cobraré ni una pela».

—Nada, mujer. Le cobraré al siguiente.

—¡No, hombre, no! Claro que te pagaré. Seguro que tienes algún agujero que tapar, como todos.

—¡Nada, nada, nada! Invita la casa, por tener buen gusto.

—No voy a marcharme sin pagar. Por favor, dime cuánto… es la carrera o me quedo en el taxi —afirmo entre lágrimas.

—¡Pues no te bajes, niña! Esta madrugada escucharemos musiquita de la buena. Si me pagas, me ofendes. La nuestra no ha sido una relación comercial taxista-cliente. ¡Hemos pinchado a Miles y nos hemos emocionado con su música! Nuestra relación es más grande, es musical. Pero, si aun así quieres pagarme, te pediré un precio, chavala.

—Dime qué te debo, por favor.

—Me debes… ¡una sonrisa sincera!

No puedo refrenar una risa, que mana entre llantos. ¡Jodido taxista! Cojo el bolso y abro la puerta. Estoy avergonzada de haber mostrado mis emociones en público.

—De nada, mujer. Una cosa más, espera… No es música electrónica lo que acabamos de escuchar, es *trance*. ¡Cuidado, son estilos diferentes! —Con un movimiento del dedo índice, refuerzas la negación—. La *trance* es muy melódica y lleva un tempo más bajo, resultado de la fusión de varios estilos electrónicos como el *techno* y el *house*.

Me guiñas un ojo, al tiempo que realizas una mueca y un chasquido con la boca. Es una despedida simpática y gratificante.

—Adiós.

Empujo la puerta y salgo del taxi. Sacas el cofrecillo de debajo del asiento del acompañante y te dispones a cambiar el compacto. Estoy emocionada y me llevo una sonrisa llorona en la cara. Adiós, Fede, mi taxista DJ.

«Qué clienta más mágica. Estás tristona, pero todo pasará, ya verás. Yo a lo mío, que solo llevo un par de carreras y la letra del taxi vence la semana que viene. Meto este recopilatorio *remember* y tengo lorito para un rato largo».

No es frecuente encontrar en esta ciudad a una persona con tanta vocación, no sin que medie un interés personal. Cierro la puerta y ando hacia el paso de peatones. En este orden que nos hemos dado, la gente suele ser más apagada y menos dispuesta. Me reconforta y enorgullece que seas capaz de dibujar un mundo de ilusión en torno a tu música. En tu vocación eres libre, Fede. ¡Cuídala y te cuidarás a ti mismo!

«Los ojos de la clienta…».

—¡Conozco la canción!

«Sois australianos. Eres *Send me an angel,* del grupo Real Life. Sí estás en mi biblioteca musical, pero en el otro cofre.

»Rosita, Rosita… Llevamos quince días malos con tanta discusión. Esta tarde, con paciencia, te he propuesto que dejáramos lo nuestro. Después de llorar, lo has aceptado. Hemos coincidido en que era lo mejor para el niño. Él no debería vernos así, siempre discutiendo, aunque… creo que me he precipitado al pedirte que cortemos. ¡Aquí estás! Para dentro el CD».

El taxi arranca en dirección al sur, una música que no distingo lo acompaña. Si quieres mantenerte en la avenida de los Naranjos, pronto tendrás que cambiar el sentido.

«Debería haber pensado más en el niño que en mí mismo. Eso no tiene perdón, me he equivocado. ¡Claro que lo nuestro tiene arreglo! Discutimos por cualquier gilipollez absurda».

—¡Aparto el taxi y te llamo!

Frenas y te pegas a la acera, ¿por qué?

«No, no, Fede. ¡Te vas a casa, le pides perdón a Rosa y hablas con ella!».

—Nos piramos a casita, compañero. Esta noche acabaremos pronto la jornada, amigo.

«Cruzo y vuelvo al norte».

¡¿Aceleras a tope?! ¿Qué te ocurre, Fede?, ¿por qué llevas la música tan alta? Parecías una persona tranquila. Esa canción…

«Oye, Rosa, ¿te acuerdas de cuando nos conocimos en el festival de Valencia? No olvido el morreo que me diste. ¿Fue en el 98? Creo que sí. Ninguno de los dos pensaba que iba a encontrar pareja. Parecíamos un par de colgados, yo con cuarenta y un tacos. Los dos afirmamos, como grandes expertos en la materia, que no se iba a crear en la vida nada con la calidad de la música *remember*».

—¿Lo recuerdas?

«Y en un instante cambiamos de sala y descubrimos a SASH!, Tina Cousins y el tema *Mysterious times.* La canción nos dejó con la boca abierta. A ti te gustaba su magia, lo siento como si hubiera ocurrido esta noche. El día siguiente, domingo, quedamos para tomar algo. Luego seguimos viéndonos, hasta nació nuestro hijo. Nos equivocamos, chavalita mía, dos veces. No volvamos a caer en la trampa».

—*No te quito la razón con Tina Cousins y* Mysterious times, *aunque yo prefiero mi* Right in the night, *de Jam & Spoon, o* Sister golden hair, *de Spanic, ¡Cha-va-lo-te!*

—Eres mi chavalita, tía. ¡Cuánto te quiero, Rosa!

XII
Andando hacia el trabajo

«Vivo de mi oficio, como cada cual oficial del suyo,
muy limpiamente. A quien no me quiere no le busco.
De mi casa me vienen a sacar, en mi casa me ruegan».

FERNANDO DE ROJAS: *LA CELESTINA*

Las dos menos cinco de la madrugada.

En la acera de enfrente, una mujer y dos jóvenes esperan el semáforo en verde para cruzar. Por el porte serio, seguro que se marchan a casa. Son jovencitos todavía para salir. Detrás, una gran tienda de deportes rodea toda la manzana hasta el hotel. Unos carteles pegados en los cristales anuncian las rebajas. Las letras rojas llevan tres signos de exclamación, antes y después de cada mensaje. Golpear con el futuro inmediato es una excelente fórmula con que sujetar a las personas al presente. Los desplazamientos al pasado y al futuro son peligrosos, ¿verdad?

—No funcionaría con mi Matilde.

La tienda ocupa los bajos de una finca de hierro como la mía, o incluso más vieja. Tiene solo seis alturas y es ancha, abarca todo el perímetro de la manzana. En lo alto, por detrás del viejo edificio, sobresale una de las dos torres del hotel. La finca de hierro, con cincuenta años de vida, le molesta al complejo del hotel. La Torre Mirador se empuja hacia el cielo

159

con más fuerza y sus funciones no acaban en el alojamiento de los clientes.

El semáforo de peatones se pone en verde.

Casi ocho mil metros cuadrados de hotel frente al mar. ¿Son muchos? No, no es tanto espacio si tenemos en cuenta la diversa y frenética actividad que desarrolla el complejo.

¿Cuánto miden los tres campos que trabajas, papá?

—*Tú deberías saberlo, María Victoria. Eres mi única hija y, a tu manera, tienes que continuar mi camino.*

¡No discutamos hoy, por favor!

—*Hemos peleado tanto, solo para procurarnos mal.*

Tienes razón.

—*Las parcelas son de nueve, seis y cuatro hanegadas. Más o menos, unas dieciocho en total. Si una hanegada tiene sobre ochocientos treinta metros* cuadraos, *dieciocho… Unos quince mil metros suman los tres bancales.*

Casi el doble de metros que tiene la superficie del hotel, papá. No pisaré la caja; el cartón está empapado y podría resbalar.

—*Atiende, hija: el primer campo, de secano, lo tengo* plantao *de almendros y algarrobos; el segundo, de regadío, está de naranjos que se han hecho viejos, como yo, y el tercero, el más pequeño de los tres, también de regadío, lo guardo para plantar verduras como alcachofas, tomates, puerros y lechugas.*

—Al fin, he cruzado.

Temía resbalar con la porquería del papel y esa caja en medio de la calzada. ¿Por qué me han sonreído la abuela y los jóvenes? Les habrá hecho gracia mi andar con estas plataformas. La verdad es que parezco una garza. Si llego a caerme, no me levanto, ¡qué peligro! A gatas hubiera tenido que cruzar la avenida.

—¡Ja, ja, ja!

Rodeo la finca de hierro en cinco minutos y estoy en mi trabajo.

¿Qué beneficio obtuviste el año pasado con las tierras, papá?

—*Pocas ganancias. Seiscientos euros de las naranjas, otros casi mil doscientos de las algarrobas y las almendras, y cerca de setecientos de las verduras. Unos dos mil quinientos en total.*

Dos mil quinientos que, con los descuentos de los gastos, se pueden quedar en solo mil.

—*Para abajo, María Victoria. Hay que descontar el abono, los materiales, el agua… Solo si el año va bien, por ahí andará la cosa. Y piensa que no cuento nunca mi trabajo. ¡Si lo sumara todo, apaga y vámonos! Con esfuerzo y tesón, la granja nos mantuvo hasta que me jubilé. El resto, hija, es calderilla.*

Más miles de euros pasarán por el hotel en los minutos que me quedan por llegar, ¡y todavía no ha empezado la fiesta! Es como si este espacio absorbiera y condensara la actividad económica de la zona. Y si aquí hay densidad, en otro lugar tiene que haber vacío, claro. También es cierto que el hotel podría entrar en pérdidas y ser causa de muchos despidos.

—*Cuando regreses al pueblo, hablaremos un ratito. A la tía y a mí nos gustaría que estuviéramos todos juntos, bien recogíos. Tu hija no puede estar más tiempo al cargo de dos ancianos.*

Iré mañana y hablaremos de lo que quieras. A mí tampoco me agrada estar tan lejos de mi hija y de vosotros. ¡Qué mujer la tía Domitila, papá! Tu hermana es como una madre para Luna.

—*Y es una gran hermana para mí.*

Veo la puerta de la disco, sin colas. Las cenas se alargarán esta noche, ¡y menos mal! Contando el paso de peatones, en dos minutos llegaré al trabajo.

Todavía no he cruzado la calle y ya me vienen los olores del restaurante. Rebeca y Laura estarán acabando con los últimos servicios de la noche de Reyes. Éric, sé que estás por mí, aunque tú y yo… *Amor platónico* lo llaman. Por tu parte, trabajas en el restaurante, así que es normal que tengas amor «platónico».

—¡Ja, ja, ja!

Mira que eres gracioso y buena persona, pero no siento ese gusanillo, chico. Además, no creo que yo te convenga. Ojalá pudiera darle a una palanquita y encariñarme con quien me quiere bien, y puede que entonces sí fuera contigo.

Estoy desmayada, tengo hambre. ¿La cocina estará abierta? Veo las cristaleras del restaurante de arriba de la discoteca y percibo más los olores. Los extractores ventilan a la calle un olor a fritanga de patatas, pollo y carnes rebozadas. Si la cocina está todavía abierta, podría bajarme un bocata o una hamburguesita. Me la zampo en un minuto. Si me vieras, Éric, sé que me bajarías algo de comer envuelto en unas servilletas.

Tu rostro me resulta familiar. Te conozco, eres…

—¡La hija de Silvia!

Sí, eres Ruth. Me ves y levantas la mano.

—¡Hola, Victoria! ¡Qué guapa estás! ¡Cuánto tiempo sin verte!

«¡Qué vestido más moderno! Se han corrido el rímel y la pintura de tus ojos. ¿Has llorado?».

—¡Hola! No te reconocía, Ruth. ¡Estás muy crecida, chica! Dame un besito.

Me agarras fuerte de los brazos. Suéltame, anda.

—Nos vimos en la inauguración de la tienda de ropa, en octubre. La *boutique* de la avenida, ¿recuerdas? Llovía a cántaros esa tarde y la grúa se llevó el coche de Silvia.

—Claro que me acuerdo. Pero ¿qué haces a estas horas por aquí? ¡Son las dos de la madrugada!

—¿Podemos hablar un poquito? —Tu voz es lenta y melodiosa, señal de ruego.

¡Vaya par de «melones» tienes, Ruth! Eres hija de tu madre, no lo puedes negar. Llevas una mochila azul en la mano y vas vestida con una ropa como de… Parece que vengas a trabajar aquí: llevas zapatillas, vaqueros rotos, una sudadera negra con capucha y vas maquillada y con la manicura recién hecha. Las chicas se cambian en la discoteca y llegan igual que tú. Yo acudo arreglada de casa y no me caliento la cabeza.

«Por ti no pasan los años, estás tan encantadora como siempre. Los rizos siguen igual de bonitos; no he visto otros así en toda la ciudad. Silvia y tú erais uña y carne. ¡Lo pasaba tan bien contigo cuando jugábamos y me peinabas! Solías trenzarme el pelo. Recuerdo que íbamos de compras las tres juntas. Éramos felices, y hablábamos y reíamos todo el tiempo. Lo mejor era cuando os cambiabais en casa para venir a trabajar. ¡Joder, qué cuerpazo moreno de sirena tienes, hija de puta! ¡Qué envidia me has dado desde que te conocí! Todo se fue al carajo cuando metiste la mano y te echaron, Silvia».

—Sí, claro. ¡Pero cuéntame cómo te va la vida, chica!

—Vengo de la disco, estaba buscándote.

Me sorprende que ignores mi ruego amable y vayas, tan directa, a tus intereses más primarios.

—¿A mí? ¿Por qué, Ruth? ¿Qué puedo hacer por ti, cariño?

¿Qué quieres de mí? Sé que estuve en tu casa en varias ocasiones y viniste de compras con tu madre y conmigo, aunque eso no significa que tengamos una relación tan estrecha como para que me busques. Solo te conozco de rebote porque trabajé con tu madre.

«Necesito el trabajo. Victoria, ayúdame. A Silvia se le ha acabado el paro y llevamos dos letras del piso sin pagar. Toni, el cerdo de su novio, no quiere arrimar el hombro. Creo que han roto esta tarde y ojalá sea definitivo. No aguanto más que me persiga con la mirada cuando estamos los dos solos. Además, Silvia y yo hemos discutido durante toda la navidad, sobre todo desde el fin de año. Lo mejor es buscar un piso de alquiler y marcharme de casa. Échame un cable, por favor».

—Han cerrado la tienda de ropa en la que trabajaba y me han despedido. Necesito un curro urgente y creo que me puedes echar una mano. —Tu voz es ansiosa y triste.

Estás inquieta, aunque tienes solo dieciocho añitos, eres una niña. En esta ciudad hay cientos de trabajos que te están esperando desde anteayer.

—Lo he visto esta tarde cuando he bajado a comprar maquillaje. Pero no te quedes pasmada, ¡muévete y a por otro! Debes echar el currículum a todas las empresas que ofrecen lo que buscas y luego tienes que realizar un montón de entrevistas.

—Dos meses abierta y a la calle. Pensaba que había cogido un buen trabajo para un tiempo largo, y a la mierda. —Con un gesto de las manos, acompañas la longitud de tiempo deseada, y, de una palmada, rompes toda distancia—. Tu amiga me ha dicho que solo tú puedes ayudarme a entrar en el hotel.

—¡¿Yo?! No sé lo que yo…

—¡Hago deporte y tengo un culo prieto y unas tetas…! ¡Mira qué duras las tengo! Pálpalas y verás —Las agarras por abajo y las levantas y oprimes.

¡No te cojo nada! Me sorprendes con tu actitud, aunque todavía me chocan más tus palabras y el tono neutro con que las dices.

—Bueno…

—¡Y sé callar y no soy una mangante! A mí no me pasará lo mismo que a Silvia. Ella metió la mano y yo no lo haré, te lo prometo. ¡Estoy dispuesta a hacer lo que sea con tal de ganarme el sueldo!

Tus palabras y el tono me sorprenden de nuevo. Pero todavía me inquieta más tu afirmación: «Estoy dispuesta a hacer lo que sea». ¡Qué miedo me das! ¡¿Otra Sonia en la disco?! No quiero ni pensarlo, joder.

—No sé, chica. Lo estudiaré y ya te digo.

—¿Hay alguna plaza libre? ¿Sabes si alguien se ha marchado y tengo posibilidades?

—Que sepa yo, no hay bajas. De todas maneras, lo hablaré con Carlos, por si tiene algún trabajo que darte.

«¡Sí que las hay, hijo de puta!».

Tu gesto cambia al oír su nombre: tienes la cara desencajada, los ojos abiertos de par en par y echas la cabeza atrás. Instintivamente, aprietas los puños y los subes. Lo recuerdo… Fue él quien descubrió el «pastel» que cocinó tu madre.

—¡No, Victoria! Con Carlos no lo hables, por favor. Si se entera de que viene a pedir trabajo la hija de la choriza, no entraré. Necesito currar y ganar mi dinerito. Él le pilló la estafa a Silvia y la echó a la calle. —Tu voz está acelerada.

—Yo tengo a Carlos, el resto es otro cantar. Lo que puedo hacer es… Mira, te recomendaré y no diré nada de quién eres. Pasarás desapercibida, no te apures, porque te pareces más a tu padre que a tu madre. Qué guapo era el canalla, ¿eh?

—¿Conociste a Javi?, ¿conociste a mi padre? —La voz es más musical y tus ojos parecen más redondos.

—Claro, trabajé con él. Cuando llegué del pueblo, me sorprendió ver a la parejita codo con codo en la noche del hotel. Se querían con locura. Todos se lo notábamos en los ojitos, que siempre se estaban buscando. El accidente nos dejó helados. Tu tendrías… ¿unos seis añitos?

—Mi padre me quería mucho. —Mueves la cabeza en señal de negación y exhalas.

—Toma un clínex.

—Si sale un trabajo en la discoteca, ¿me vas a recomendar, Vicky?

—Solo puedo decir que lo intentaré, Ruth.

—¡Ay, qué ilusión! ¡Trabajaré contigo, Vicky! —Das pequeñas palmaditas y saltitos en señal de victoria.

Con la confianza, has modernizado mi nombre y me gusta. Te desahogas, como si tuvieras el curro, y yo todavía no he movido ficha. Tu actitud en la celebración del trabajo me incomoda; no tengo tanto poder de decisión en el hotel. Además, en adelante no iré más al cine con Carlos. Chica, yo solo obraré como dice el refrán: «Haz el bien sin mirar a quién».

—Te recomendaré, sí. Quizá Carlos pueda echarte una mano, incluso sin saber quién eres. Si te cogen en el hotel, para cuando jefe y jefa se enteren de quién eres, ya habrás demostrado lo que vales. Trabajando bien, no deberían despedirte. Si lo haces de puta madre, no te dejarán marchar. Te ayudaré a conseguirlo, no te preocupes. Dame tu móvil, anda.

No tengo llamadas ni mensajes entrantes, joder.

«¿Por qué cambias la cara? Me estabas animando».

Por intentarlo, que no quede.

—¿Qué te iba a decir? Como metas la mano una sola vez, te investigarán a fondo, y ahí seguro que sale a relucir tu madre.

¡Me juego el puesto, joder! Ahora bien, si trabajas como hablas, y con tu pecho talla xxl, nos cargamos a las rusas en un mes.

—Vicky, ¿cómo es el trabajo en la disco? ¿Qué… haces cada noche? —La pregunta es sincera y molesta.

Tus palabras insinúan un servicio complementario ofertado por el hotel, algún tipo de *body massage* u otro servicio sexual a la carta. Me ofende tu insinuación.

—¿Qué pregunta es esa? No sé, chica. Silvia te lo habrá contado mil veces. Ella ha trabajado aquí más años que yo y lo hacía de lujo con cada cliente. Nunca escuché a nadie quejándose de tu madre. Siempre que se abre la disco, vengo y sirvo copas. Fuera de fines de semana, fiestas y meses de junio, julio y agosto, trabajo en la recepción o en la administración, donde me pongan.

«No me entiendes. Imagino que el trabajo aquí consiste solo en servir copas. Pero en estos últimos meses, a escondidas de mí, he escuchado a Silvia hablar por teléfono con sus amigas sobre "otras actividades" que "ejercen" las chicas del hotel. Necesito trabajar, ganar pasta y marcharme de casa. No me importa enseñar el culo y las tetas tanto como haga falta en la barra, pero chingar y cobrar por ello, de momento, no quiero. Todavía no soy una pelandusca».

—Sí, eso lo sé. Me lo ha contado Silvia mil veces. Ella estaba en la barra, igual que tú. Pero no conozco cómo es tu trabajo además de poner copas. Silvia dice que ha cambiado en estos dos últimos años, desde que ella lo dejó.

¿«Además de poner copas»? Te contaré qué se me da bien y lo haré con toda la sinceridad de que dispongo.

—¿A qué te refieres? Yo solo sirvo en la barra, como siempre he hecho. No sé hacer otra cosa. Ainhoa y yo llevamos la barra dos de la discoteca de música electrónica, la que está al fondo, junto a la pista de baile. El trabajo es sencillo: pones las copas que te pidan los clientes y mantienes conversaciones con ellos, sin implicarte a fondo en ninguna, como si formaras parte de mil diálogos en mil novelas distintas.

»Y si en algún momento te agachas y muestras lo apretadas que llevas las tetas, pues servirás más copitas y mantendrás muchísimas más charlas, implicándote todavía menos en cada una de ellas. ¡Fácil! Tienes buenas lolas, un culo duro y hablas bien: no necesitas nada más. Ainhoa no tiene tus atributos por arriba, desde luego, y trabaja de lujo.

—¿Ainhoa? Creo que no… —vacilas, mientes fatal.

Me inquieta que nombres a mi compañera como si la conocieras de toda la vida. No deberías… ¡O sí! Después de salir tu madre, entró Ainhoa. ¡Joder, Ruth! Cuando la echaron, tu madre me pidió que enchufara a Ainhoa. ¡Mierda, mierda, mierda!

—Chica, te dejo, que tengo que entrar a trabajar. Esta noche llegaré más tarde que en la vida. ¡Van a echarme un rapapolvo que me voy a quedar sentada! Adiós.

—¡Chao, Victoria! Llámame con lo que tengas, porfi. —Emulas descolgar el teléfono y me dedicas una sonrisa poco sincera.

Qué preciosa es la palabra *madre*. Es un sustantivo, además, tan adjetivo. Prueba a pronunciarlo alguna vez, Ruth. Y yo debería acostumbrarme a decir el nombre *hija*.

—¡Joder!

En unos ochenta metros, estoy en la puerta de la disco. Son las dos y catorce minutos.

—¡Ufff!

XIII
En la disco

«Doña Calixta, hoy todo está cambiando, y hasta son
mentira los refranes. Vea usted como el obrero se
conchaba para subir los jornales. ¡Qué va! Hasta el
propio Gobierno se conchaba para sacarnos los
cuartos en contribuciones y Aduanas».

VALLE-INCLÁN: *ESPERPENTO DE LOS CUERNOS DE DON FRIOLERA*

Son las dos y dieciséis minutos. Casi tres horas tarde, llego
al trabajo. Pero tengo bula de Carlos, espero. Pronto estaré a
salvo, en la barra y con mis copas. Esta noche vamos a doblar
a las rusitas.

Subo los escalones hasta el *hall*. Contemplo el mar, a mi izquierda. El viento amaina y la lluvia ha rebajado el frío. Detrás
de los nubarrones, la luna y las estrellas iluminan el cielo.

¿Quién es el portero que habla con Luis, el segurata? No
está Rafa, ¿se habrá puesto enfermo? Puede que le haya reven-
tado un músculo.

—¡Ja, ja!

Te sonrío, Luis, aunque no correspondes el gesto. Tu semblante es firme, ¿qué te pasa? Mientras clavas tus ojos en los
míos, abres la puerta de entrada. ¿Dónde está Rafa? Esto es
cosa de la jefa suprema. Habréis tenido bronca por cualquier
tontada, seguro. Aguanto la puerta y entro.

169

La disco está vacía, solo una docena de jóvenes consumen en la barra de las rusas. Las luces estroboscópicas y los chorros de humo impiden que pueda ver la sala. No me hace falta, te conozco al dedillo.

Empieza la canción *Justify my love,* de Madonna. Excelente canción para «calentar» motores, joder. Me encanta el jadeo y le va genial a la música. Nunca he distinguido si son de un chico o de una chica, ¡y qué importa quién me dé el gustazo! Camino hasta el centro de la pista de baile. La canción es una pasada, sobre todo la diversidad de sonidos en el ritmo y su sobresaliente armonía. Cantas al tiempo que follas, chica, y yo no podría. O se echa un polvo o se canta. Mejor, una cosa primero y la otra después, ¿no? Eres la reina, joder. La calidad de tu música, de toda tu discografía, suele saltarme las lágrimas cuando la escucho tan bien como en este momento.

Sí que habéis arreglado el altavoz cascado y algo más… La música se siente increíble, está mejor distribuida en la sala y es más nítida en las partes instrumentales. Percibo tus acordes, Madonna, antes en el cuerpo que en la cabeza. Empiezo a hinchar demasiado el pecho al respirar. Tu música estimula tanto mis músculos más íntimos que… ¡Vaya! Empiezo bien la fiesta, joder. Estoy sensible hoy, aunque todo pasará. Muy bien, chica, ven conmigo y empecemos nuestra gran noche.

—¡Qué raro!

En la barra dos no están ni Sonia ni Evita. ¿Os habrán pasado a la disco de pachanga? ¿Algún cambio de estrategia o control, Lucía? Pues tengo que hablar contigo, Eva. Tienes que explicarme por qué te has esfumado este fin de semana.

Llego a mi barra, enfrente de la pista de baile. Es hora de trabajar. Ainhoa, puede que me mandes a la mierda por llegar tan tarde. Yo te lo haré a ti, fijo, por ignorar mis mensajes y llamadas. Y esta noche me marcho a casa con los cincuenta euros que me debes.

170

¿Quién es esa chica que está con mi compañera? No la conozco. Carlos la habrá puesto hasta que llegue yo, la encargada de la barra.

Ainhoa, cuando te gires y me veas con la cara tan seria, te vas a mear. También tú tendrás que cambiarte las bragas, bonita. Ya sé lo que haré: me quedaré aquí, como una clienta más, y te llevarás el susto de tu vida cuando te vuelvas, lista. Pediré un *gin-tonic*.

—¡Ay, qué emoción!

Giras, poco a poco, y te pido el cubata.

—Ponme un… ¡¿Eh?! ¡Tú no eres Ainhoa! ¿Quién eres, joder?

Estás igual de plana y me he confundido. ¿Te diriges a mí?, ¿en mi barra? ¿Sonríes? ¿Pero qué invento es…?

—¿Qué te sirvo, *girl*?

—¡Coño, «girl»! ¿Cómo que «girl»? ¡Ufff!

Quién eres y por qué estás en mi barra.

«Fuck my old boots».

—Tranquila, invita la casa. ¿Qué te sirvo? Hoy día durro. ¡Ahorra *relaxation* disco, *yeah*! —Tu voz, entre extraña y agradable, trata de apaciguarme, pero consigue justo el efecto contrario.

—¿Cómo que «yeah», bonita?

Me pinchan y no sacan una gota de sangre. La madre que me parió, que se llama Anita y está en el cielo. ¡Si te estampo la mano en toda la cara, te manejarás con el castellano mejor que Cervantes, con tacos y todo!

—Me sofoco…

Suelto la roquera y voy a buscar a Carlos. Él debería sacarme de este lío. A ver si los jefazos se han enfadado conmigo y me han sustituido la barra. ¿Van a echarme a la calle? Pero a mí nadie me ha dicho nada. ¡Esto es muy extraño, joder!

«¿Discutes con Ivania o es Milka?».

—¡Ja, ja, ja!

«Por el nombre no os distingo, ¡y qué más da, coño! Las dos estáis para mojar pan, que es lo que cuenta».

—¡Ja, ja, ja!

«¡Qué valiente eres, tía! No te preocupes, Carlos saldrá en tu ayuda».

—¡Uau! ¡Jo - der, qué rica estás!

«¡Pasada de vestido caladito debajo de la chupa! Vas descapotable por arriba, pero llevas los ojos mal pintados. Si la jefa te ve así, prepárate, amiga».

—*Céntrate, Carlos. La gestión es lo primero.*

«Lucía y yo te vamos a hablar de los otros asuntos que no has querido escuchar en tu casa. Tómalo a bien, amiga».

—¡Uy!

Alguien me coge del brazo…

—¡Carlos, joder, eres tú!

Con un gesto de los dedos índice y corazón, me pides que te siga. Tomas mi brazo y ando tras de ti. La camarera se despide con la palma de la mano abierta y una sonrisa sincera, sin ningún atisbo de rencor. Eres guapa, aunque lo valiente no quita lo cortés, tía, o al revés, ¿sabes? Y te sienta el alisado bien de tu pelo. ¡Me estoy haciendo un lío, mierda!

—¡Luego hablaremos las dos, «relaxation disco yeah» de bote!

No sé qué pensar ni qué decir. El gesto de tu cara es serio, Carlos; pero no al extremo del segurata, que ni me ha hablado, el hijo de…

—¿Dónde vamos? ¡Esa chica no es Evita y su compañera no es Sonia! ¿Qué está ocurriendo aquí, joder? ¡¡¡Dime qué está pasando!!!

«¡Qué gritos! A ver si con tanta sacudida de brazos se te van a salir los dedos».

—¡Ven conmigo y tranquilízate! —contestas con las manos en señal de *stop* y vuelves a agarrarme.

—¡Un momento, Carlos! —afirmo con vehemencia, mientras te suelto y me dirijo a la barra de las niñatas rusas.

—¿Dónde vas?, ¡tenemos que hablar! —gritas y te escucho, pero me hago la sueca. Estoy, justo, en la otra orilla del río.

He pasado antes por aquí y no me he dado cuenta… ¡Tampoco están las tres niñatas rusas! ¿Qué está pasando? ¿Dónde están Ainhoa, Evita y Sonia?

—¡Todas las camareras estáis cambiadas!

¿Y yo? No, yo sí estoy aquí, creo. ¿O no? No estoy en mi puesto.

—¡No estoy, joder!

Observo a una de las camareras que sustituye a las rusitas: es una mujer oriental, preciosa. Está apoyada con las manos en la barra. Me dedica una sonrisa sin un ápice de agresividad, que me encabrona aún más.

Acercas la cabeza a mi oído. ¿Qué vas a decirme, Carlos?

—Vamos y te lo explicaremos todo, con paciencia.

«¡¿Explicaremos?!». Has usado el jodido plural, hijo de… Seréis Lucía y tú quienes «explicaréis», seguro.

—Algo gordo está ocurriendo aquí.

¿Dónde vamos? No íbamos a la calle, sino al despacho de Lucía. ¡Mierda! ¿Tendrá esto que ver con la sustracción del fin de año? Estoy limpia, te lo juro. Los dos sabéis que no soy una choriza.

Coges el cordón del pecho y sacas la llave. A la primera, la metes en la cerradura, ¡cabrón! Empujas y… la puerta cede. Entras y me invitas a pasar con un gesto. Al soltar el tirador, el portón cae despacio, hasta que un crujido metálico indica su cierre. Ya no escuchamos la música, solo un murmullo grave.

Estamos en el despacho de Lucía. Me acompañas hasta la mesa que hay al fondo, separas una silla para mí y te acomodas en el segundo asiento, a mi lado. No has osado sentarte en el sillón de la jefa, ¿eh? Siempre has sido cauteloso con las líneas rojas, hijo de…

—En cinco minutos, vendrá Lucía y hablaremos un ratito. Hace tiempo que no entras aquí, al despacho de la jefa.

—No tanto. En octubre del año pasado estuve con vosotros ahí mismo, sentadita en tu silla. ¡Qué poca memoria tienes!

Llama la atención lo poco que duran las ideas en tu cabeza cuando pertenecen al pasado. En tu vida, andas siempre para adelante, y te importa un comino qué cenaste ayer si ya lo has cagado, «amigo». Estás mimetizado con la vida urbana, joder. Te presentaré a mi vecina Matilde, ella tiene más huevos que tú. ¡A ver si os miráis a la cara y explota esta maldita ciudad de una vez!

—¡Qué va, amiga! En octubre cogí vacaciones y me fui al pueblo. No estuve aquí en todo el mes.

—Me refiero al mes de octubre anterior, el del año 2002. ¿No recuerdas la fiesta que montamos por el Oktoberfest?

—¡Hostia, sí! ¡Un fiestón! Claro que me acuerdo. Todas os vestisteis de tirolesas: disfraces, trencitas, colorete en los mofletes, pecas… Los morros bien rojos y los «melones» por encima del chalequín. ¡Joder, claro que lo recuerdo! —Finges pintarte los labios, agarras tus no tetas y las levantas—. Lucas, Rafa y yo íbamos de tiroleses, nuestro disfraz tenía menos gancho. ¡Ja, ja, ja! Nos reímos un montón.

—Las tetas por encima del *corpiño,* se llama así. ¿Recuerdas que las animadoras no pudieron bailar y tuvo que salir una camarera?

Recupera la memoria, imbécil. Regresa aquí, al nuevo milenio.

—¡Sí, sí, sí! ¡Lo recuerdo! Salvaste la sesión, tía. Las gogós se intoxicaron arriba, en el restaurante. ¿Fue por el paté de la cena? Lucía despidió al cocinero responsable, *ipso facto.*

Vas a tus intereses, ¡el resto importa tan poco! Te estás institucionalizando, Carlos.

—Me refería a que salí yo a bailar.

—Sí, eso.

174

—¡Eso es!

—Oye, bailas de puta madre, Victoria. Desconocíamos esa faceta tuya.

Me has visto bailar antes, joder. Cuando estás metido en el cargo de gestión, usas con frecuencia el plural y me encanta. ¡Te sienta tan bien, mamonazo de mierda!

—Nos gusta bailar a las dos.

—¿…? Luego vinimos aquí, abrimos una botella de cava y lo celebramos. No echamos en falta a las bailarinas y la noche fue un exitazo, también en lo económico.

Estás hablando todo el rato de lo económico, ¿o no?

—Las dos bailamos a gusto.

—¿…? Estuviste varias horas subida al pódium, en diferentes momentos y durante toda la noche. Esa sesión la cerramos a mediodía, más de trece horas sin descanso. El fin de semana siguiente Lucía te llamó aquí, a su despacho, y te dio un billete morado, ¿cierto?

Asiento con la cabeza y sonrío.

—Es raro que la jefa suelte la pasta de esa manera. Mucho bien tiene procurar alguien al hotel para que Lucía le dé una propina en forma de billete de quinientos pavos. Has trabajado a tope y demasiados años. —Tu voz, plácida, trata de reconfortarme, pero no lo consigue el contenido de las palabras.

No me consuela que digas que he trabajado bien, no cuando usas un tiempo pretérito. «Has trabajado» es un pasado perfecto, ¡la acción se acabó para siempre! Seguro que me vais a despedir, aun cuando sí pueda haber algún reconocimiento a mi trabajo. Me siento triste y defraudada.

«Te veo cabizbaja. Recuerda: "A la corta o a la larga, el tiempo todo lo alcanza". También me llegará a mí la hora. En adelante, todo será distinto y lo asimilarás. Te adaptarás, no te preocupes. Siempre has sido lista y trabajadora».

—Qué sala más singular, Carlos.

Es un espacio rectangular que debe de superar los cien metros cuadrados y tiene varias puertas en tres de los cuatro lados. La pared a nuestra espalda tiene tres, que abren paso a las barras de la discoteca de pachanga. Las dos puertas del final acceden a las barras siete y ocho de la terraza. La pared de enfrente, detrás del sillón rojo de Lucía, linda con la sala de juegos. Por cuestión de seguridad, el despacho no accede al casino.

—Te has quedado pasmada con las puertas. Desde aquí, la jefa lo controla todo.

A esta sala viene a parar el dinero recaudado en las diversas actividades de ocio propuestas por el hotel. Carlos y Lucía controlan la entrada del capital y reorganizan el trabajo, solo, en función de que el dinero siga fluyendo en esta dirección. La sala es como un gran corazón que bombea sangre bien oxigenada, siempre al ritmo que lo precisa cada órgano de este gran complejo que nos da de comer a todos.

—Desde esta sala, Lucía y los que colaboramos con ella accedemos rápido a cualquier estancia. Cuando se abre la puerta, siempre hacia adentro y con sigilo, los trabajadores de las barras suelen cuadrarse, como si estuvieran en el ejército y les visitara un alto mando. ¡Ja, ja, ja!

»La del final, la que crees que llega a la barra ocho, abre camino a otras tres: el ascensor privado que sube a la Torre Mirador, un baño y la habitación de Lucía. Nadie ha entrado nunca a su habitación, ni siquiera el personal de limpieza. Por razones obvias, después de hablar con la jefa, sí entra alguien al baño para apaciguar sus disgustos: mareos, vómitos, desmayos, infartos…

No te creo. Sé que has entrado en el dormitorio y te has acostado en su cama, mamonazo.

—Podemos afirmar que esa es la puerta de los suspiros.

—¡Correcto! ¡Jo, jo, jo! ¡Largos suspiros de Casanova! No es necesario que viajes a Venecia, amiga, que ya te lo cuento yo. ¡Ja, ja, ja!

—Sí, me quedo con la boca abierta cada vez que entro aquí. Es curioso conocer los detalles del funcionamiento de este gran complejo.

—A la americana… En este despacho entra y sale la información, y Lucía y yo lo registramos todo. Día pasado, día contabilizado al cien por cien. Y al loro, porque no solo es la cabeza del hotel, también es su casa —pronuncias con lentitud las últimas palabras.

—Lucía no tiene vida personal, ¿verdad?

—Ni lo sé, ni me importa. No me he metido nunca en ese terreno, ni lo pienso hacer jamás en la vida. —Con un gesto con los dedos, cierras la cremallera de tu boca—. Yo solo colaboro con ella en la sección de las discotecas. Con su tutela, otros gestionan la restauración, el alojamiento en las torres, el casino…

La pared medianera con la sala de juegos, detrás de la mesa de Lucía, posee cinco grandes pizarras. En la cabecera de cada una está escrita la sección que contabiliza. En la pizarra «disco electrónica», una tabla organiza las entradas y las salidas. La columna de las entradas está parcialmente llena con lo que parece ser la contabilidad de las botellas de alcohol llevadas a cada barra. La columna de las salidas de capital está vacía, ya que todavía no ha comenzado la noche.

—Te llaman la atención las jodidas pizarritas.

—Menudo control… ¿Y todo esto lo lleváis Lucía y tú?

—¡Qué va! ¡Ja, ja, ja! —Refuerzas la negación con la mano—. Sería impropio, acabaríamos robando nosotros también. Está en nuestra naturaleza hacerlo. No, esa tarea no nos pertenece. El consejo de administración del hotel tiene asignados dos peritos externos, que vienen al final de cada sesión y realizan un *checklist* a nuestras cuentas. Lucía y yo les llamamos *vampiros;* pero estos están mejorados porque se mueven a plena luz del día, cuando tú te has ido a dormir.

»Los no muertos revisan los números que copiamos en las pizarras y en los libros de cuentas. Hecho el control, abren las bocas y sacian su sed de dinero fresco, reptan por las paredes, llegan al tejado, sufren una transformación física y se llevan la pasta volando, como auténticas criaturas de la noche. Pronto dejarán de venir los «vampiros» porque vamos a informatizar el proceso. Estas criaturas podrán chuparnos la sangre a todos en el mismo momento que la necesiten, desde sus castillos, sin necesidad siquiera de salir de sus ataúdes. ¡Ja, ja, ja…!

—Es complicada toda la gestión, ¿verdad? —Mi voz es tenue y pausada.

—No conoces cuánto hasta que estás aquí, cerca de Lucía. Tú rechazaste la oferta que nos hizo la jefa, pero yo sí la acepté. Mientras los ingresos no queden por debajo del doble de los gastos totales, todo irá de regular a bien. Si el balance se descuadra, entonces hay que empezar a revisar todo el sistema para dar con la fuga y taponarla fuerte, sin reparar en gastos. Esa es la función real de Lucía y también la mía: evitar las fugas de capitales y velar por que no deje de fluir la pasta a estas mesas.

Tu forma de hablar, tan técnica y sin tacos, me recuerda al joven que conocí al poco tiempo de licenciarse en Económicas.

Suena la cerradura de la puerta que comunica con la terraza, alguien gira la llave dos veces. Lucía entra en su búnker. Carlos se levanta de súbito y cierra las manos. Él te saca tres cabezas, jefa. Sin mirarnos una sola vez, andas con decisión hacia tu mesa. Tu pelo es rubio de bote, media melena. Llevas pantalones de piel negros, demasiado ajustados, y una blusa roja holgada que quiere ser moderna. Tu estética es friqui, desde luego. Tampoco te has esmerado en el maquillaje.

—Hola. ¡Sentaos, sentaos!

El saludo es discreto, pero la repetida orden es más contundente. Yo no me he levantado, ni lo pienso hacer. ¿Ese hilo de líquido verde en la comisura de tus labios? Me examinas mientras te limpias la boca con la palma de la mano. ¡Qué guarra eres!

Rodeas la mesa y te sientas en tu sillón, frente a nosotros. Después de acomodarte en el trono, me ojeas durante unos segundos. Miras tu escote, vuelves a escudriñarme con calma y tu sonrisa socarrona llega a carcajada. ¿Qué estarás pensando de mí, serpiente?

«Qué joven te mantienes… Tu cuerpo permanece incorrupto, exactamente igual desde que empezaste a trabajar conmigo. La piel de tu cara es tan suave como un pensamiento y no tienes ni un dedo de grasa. Qué senos más bien colocaditos, y todavía sin afectación de la puta gravedad. Mis mamas, por darles un nombre con que representarlas, son dos pieles sueltas ahí dentro.

»Y qué hermosa has sido siempre. ¿Has hecho un pacto con el mismísimo diablo? Con él no, porque… me habría dado cuenta. Sé que habrá alguna explicación y daré con ella. Deja alguna pista, algún rastro siquiera, para que pueda poner a trabajar a mi templanza. Solo con tu aspecto y tu trato, no puedo empezar a desgranarte.

»Nunca he sido tan agraciada como tú. Por más que folle con quien yo elija, cuando, donde y como me salga de mis partes blandas, eso no corrige mi aspecto de mujer de feria. ¡Soy más fea que Picio! Cambiaría mi alma por la tuya, con todas mis riquezas incluidas en el lote. ¡Y eres madre, demonios!

»Jamás te perdonaré que rechazaras mi proposición de gerencia del hotel. Me ofreciste a este, sí, y no nos ha ido mal. Pero veo en ti un no sé qué que te recubre y protege, como una capa invisible, y conmigo podrías haber sacado eso, que se te va a quedar adentro. Las dos, bien juntitas, doblegaríamos a esta puta ciudad a nuestro antojo. Todos beberían y comerían de nuestra mano, ¡su única mano!».

—Carlos, ¿le has explicado a Victoria el asunto de la fuga de capitales?, ¿vamos con lo suyo ahora? —Tu voz es aguda y estridente, casi aniñada, pero eres Lucía.

El tecnicismo «fuga de capitales» me inquieta, también las palabras «vamos con lo suyo». Son dos temas distintos que van a afectarme. El primero tiene que ver con la sustracción en alguna de las cajas, tal y como indicaste el día uno, antes de marcharnos a casa. La reunión duró apenas un minuto, sin preguntas, y mis compañeros de sala se limitaron a escuchar con la cabeza gacha.

—¿Por qué nos has reunido ahora, Carlos?

—Victoria, es importante lo que os voy a decir. ¡Acercaos todos, por favor!

—Hemos trabajado a tope toda la noche y estamos cansados. ¿Qué pasa?

—Os informo que hoy ha faltado dinero en las cajas. Esto viene ocurriendo durante los últimos seis meses, y sabemos cómo y quién le está robando al hotel. El viernes os citaremos a cada uno para realizar una breve entrevista y comunicaros la solución que le vamos a dar al problema. Este fin de semana cerraremos las discotecas porque se van a realizar unos arreglos urgentes en el sonido de las salas y aprovecharemos, además, para mejorar las calidades.

Recuerdo que en Año Nuevo volví a casa con dolor de estómago, producido por una posible carta de despido procedente e incluso una denuncia. Pero a mí no me habéis llamado.

—No, te esperábamos a ti. Juntos se lo explicaremos mejor.

Lucía se adelanta a la mesa para tomar la palabra. Se la robaré.

—Bueno, pues decidme lo que me tengáis que decir y explicadme cuál es mi implicación en la jodida «fuga de capitales». ¿Lo he dicho bien, Carlos?

«Me jode, no sabes cuánto, que me dejen con la boca abierta».

Los dos os miráis, extrañados, y ladeáis la cabeza. No comprendo la actitud. En verdad, no parece que os afecte la sustracción.

180

Te quitas las gafas y las dejas encima de la mesa, vas a tomar la palabra.

—Victoria, tranquilízate, que contigo no va el asunto. Lucía y yo queremos comunicarte los hechos, para que sepas qué ha ocurrido y quiénes eran en realidad las que creías, hasta el presente, tus compañeras y amigas.

¿Cómo que «eran»? Habéis despedido a todas las chicas de la sala, a toda la plantilla.

—¡Pfff! —Bajo la cabeza y la apoyo en las palmas de las manos.

¿Por qué tomas mi brazo y aprietas, Carlos?

—Atiende a Lucía, por favor. Es fuerte lo que va a contar sobre ellas.

—¡Dejad que empiece de una vez y no me interrumpáis! Desde septiembre, venimos comprobando que los balances de gastos e ingresos vienen descuadrándose con respecto al año anterior y mismo periodo. Cuando esto pasa, sabemos enseguida en qué barra está ocurriendo la fuga y solo tenemos que localizar la herida, taponarla con fuerza y evitar una mayor sangría.

»Luego citamos a los camareros implicados y les comunicamos la rescisión de sus contratos, por una de las dos vías posibles. El trabajador decide cuál coger y es deferencia del hotel que se pueda optar. ¿El empleado abandona voluntariamente la empresa, por su cuenta y riesgo, y sin indemnización?, ¿o decide negar la evidencia y se mantiene en su puesto? Tomada la segunda vía, trasladamos una propuesta de despido procedente con la fundamentación de los hechos al departamento legal, para que, además, se formalice una denuncia y se reclamen los capitales estimados sustraídos. Los ladrones suelen tomar la primera opción, es lo más sensato que…

—Perdona que te corte, Lucía. En la disco electrónica has cambiado a todo el personal, incluido Rafa y no sé si también Lucas. Pero ¿todos han robado?

«Esto no se lo permito yo a nadie. No puedes cortarme cuando te dé la gana, querida».

¿Por qué me lanzas esos ojos desafiantes? Reposas la espalda en el sillón, trenzas los dedos y cierras una concavidad, la llevas a la boca y soplas dentro. Sigues mirándome con gran tensión.

Otra vez me agarras del brazo. Ejerces presión hacia abajo y refuerzas el gesto con una mueca.

—Son un total de dieciocho despidos, amiga.

Lucía asiente con la cabeza, varias veces. Se incorpora, cierra los dedos de la mano derecha y golpea fuerte la mesa.

—¡Nunca había pasado esto desde que inauguré el complejo en el año 86! —Después de gritar, descansa la espalda en el sillón.

—¿Quiénes están implicados y cómo ha ocurrido la sustracción? ¿Y por qué yo ni me he enterado?

Lucía permanece inmóvil. Carlos asiente varias veces, sonríe, se levanta de la silla y anda hasta la pizarra más cercana, detrás de Lucía. Toma una cajita de cartón, saca una tiza roja y va a escribir en uno de los pocos espacios en blanco. Reclinada, Lucía rota cien grados para evaluar las palabras de su delfín.

—Victoria, apunto los implicados en tu sala.

- Rafa, el portero.
- Lucas, el reponedor.
- Las tres rusas, barra 1. <u>Katariina</u>.
- Victoria y <u>Ainhoa</u>, barra 3. Victoria, descartada.
- <u>Eva</u> y Sonia, barra 2.
- Trabajador de la distribuidora de bebidas.

Mientras van surgiendo a tiza los estafadores, los dos sonreís. Yo estoy destrozada, mi mundo se acaba de desmoronar. Después de haber escrito el siniestro esquema, Carlos se dispone a explicarme la participación de cada trabajador implicado. Lucía solo atiende, con los brazos reposados en el sillón.

—Toda esta gente ha ingeniado y puesto en funcionamiento un plan para saquear las cajas de tu discoteca. He subrayado a las tres cabecillas.

—¿Mis amigas son… las jefas de las chorizas? —Siento un pinchazo en el corazón.

—¡Correcto! Dos de las tres cabecillas de la trama son Ainhoa y Eva, tus compañeras. Las dos han hecho excelentes migas durante demasiado tiempo, ¡y te lo digo con pleno conocimiento de los hechos! —Llevas la mano al corazón, te das un par de palmadas y asientes—. La tercera cabeza es la más calladita de las rusas.

—Te decía yo que la mosquita muerta nos la iba a meter algún día, Carlos. ¡Hija de Satanás!

—Creemos que, aunque las tres son cabezas y lo hemos probado, están asesoradas por alguien de fuera, que es el auténtico líder de la trama.

Lucía descansa la cabeza sobre las manos, inspira a fondo y cierra los ojos.

—Querida, sospechamos que la auténtica artífice de la trama es Silvia, tu examiga del alma, una mujer de cuidado.

—La excamarera que yo mismo eché a la puta calle, también por robarnos.

—Por error, casi hemos despedido al segurata, que, como tú, tampoco estaba implicado. —Ladeas la cabeza, todavía encima de las manos, y mantienes los ojos cerrados—. Lo tenemos mosqueado al pobre. En tu sala, contando al portero y al reponedor, son ocho los mangantes, más una persona externa.

—En la disco de pachanga hay seis empleados más involucrados.

—Y aquí al lado, en la sala de juegos, otros dos trabajadores del hotel, con un informático fuera. —Abres los ojos—. La investigación no ha concluido y, de momento, tenemos dieciséis bajas voluntarias y dos denuncias externas.

—Ainhoa y Evita no han podido idear y llevar a cabo este plan. ¿Estáis seguros de que ellas, mis… compañeras y amigas, han robado? —La sequedad en la boca me dificulta el habla.

Ante la gravedad de los hechos, tú solo sonríes, Lucía, con un porte de satisfacción.

—¡Las cabecillas, hija mía! —afirmas con rotundidad—. Con una de las pijas rusas, que no son rusas, sino lituanas. ¿Katariina es, Carlos?

—Sí, Katariina. Es la modosita, la que no dice ni mu.

—Pues… ha cantado bien la pajarita.

—¿Cómo ha podido suceder esto, Lucía? ¿Tenéis evidencias de que Ainhoa haya robado?

—¡Ja, ja, ja…! —Otra vez ríes, Lucía, a carcajada tendida.

Carlos deja la tiza, viene a mi lado y se sienta.

—Amiga… ¡Claro que tenemos las pruebas! Ha costado, pero tenemos las putas evidencias.

Lucía asiente con la cabeza, refuerza las palabras de su delfín.

—Tenemos el *modus operandi,* querida. Y todos han firmado la baja voluntaria a la abogada. La hija de puta de tu amiguita Ainhoa reía todo el tiempo, se tronchaba mientras estampaba la rúbrica.

«Está bien que rías. Si eres capaz en esta circunstancia, ¡qué no podrías tramar!».

¡Qué lista eres, Lucía! A ti no te basta con la lengua castellana, necesitas los latinismos de la lengua madre para fraguar tus argumentos.

—Nos hemos librado de la puta celestina del hotel —afirmas, Carlos, mientras ladeas la cabeza—. ¿La aconsejaste tú, Victoria? ¡Pues salió mal la recomendación! Creemos, como hemos apuntado, que está relacionada con Silvia. Vete tú a saber el dinero que nos habrá trincado tu «amiguita» desde que trabaja aquí.

Estoy desencantada y a punto de echarme a llorar. Ainhoa, hasta hace diez minutos eras mi compañera de trabajo y mi mejor amiga. Si todo es como dicen los jefes, me duele en lo más hondo del corazón que robes al hotel; aunque, para ser sincera, me molesta más que me hayas mantenido engañada todos estos años. ¡No te quiero ver jamás!

—¡Falsa de mierda!

Y tú, Silvia, ¡demonio de mujer! Me la colaste bien a fondo al pedirme que empujara a Ainhoa. No caí en la cuenta de que ibas a seguir por el camino del mangoneo, esta vez metida en otro cuerpo. ¡Tenías que ser tú, ladrona! En adelante, olvídate de mí, ¡ni te pienso coger el teléfono!

—¿Y qué pasa con Evita? ¿También ha metido la mano?

Los dos reís, ahora con más entusiasmo.

—Amiga, ¿a ver cómo lo explico? Más bien ha ocurrido al revés. Ella, meter meter, no ha metido nada, excepto por la nariz. Tu niña y la mulatita de los morros, Sonia, a la chita callando…

Los dos jefes reís con una carcajada socarrona.

—Con ellas el asunto no ha terminado, y va para largo —prosigues, Lucía—. El proceso seguirá, aunque no por el expolio de capitales aquí. Además de robarle al hotel, han cometido unos delitos que deben ser juzgados y que nosotros no podemos eximir de ninguna manera. Han metido más que la manita, así que…

Os descojonáis con vuestro jajajá y yo solo callo. Estoy compungida y a punto de echarme a llorar.

—Evita es una zorrona que necesita pasta para «empolvarse» la nariz, y su amiga mulatita *idem*. ¡Vaya pareja de drogatas! El sueldo no les alcanza a ninguna de las dos, y por eso tienen que cepillarse a los clientes si quieren llegar a fin de mes. ¡Y qué fácil se abren de piernas, coño!

Es el segundo latinismo que te escucho en lo que va de noche. ¡Animo, Carlos! Continuáis con vuestras carcajadas e ironías.

«Sí conocemos cómo se mueven las dos, a la vez, Carlos».

—*Split,* se llama *split.* ¿Carlos, has visto cómo menea las caderitas Sonia cuando baila encima de la barra? —Te levantas y realizas un movimiento pélvico que resulta una caricatura de la coreografía que suele realizar—. ¡Ja, ja, ja…! «La práctica hace al maestro». Puede que las volvamos a contratar para bailar en la jaula, bien ligeritas de ropa.

Al verme llorar, dejáis de reír, y no entiendo el porqué. Mi aflicción os invita a mofaros, más y más, de la circunstancia que la motiva.

—Escucha a tu amigo Carlos. Creo que la mulatita y tu Evita han jodido la marrana, a su antojo, más de la cuenta aquí. Tú no has robado al hotel, no va contigo y lo sabemos. Deja de comerte el tarro, disfruta del paisaje y tranquilízate. ¿Sabes lo de la semana pasada?

—…

«Niegas con la cabeza. Claro que te lo han contado, María Victoria».

Sí que lo sé, me lo dijo Ainhoa. Pero prefiero mentir.

—¡¿No sabes la fiesta que se montaron en el hotelito del puerto?! Mucha «harina», sexo, fotos, extorsión, escándalo, picoletos… ¿No te ha dicho nada tu amiga?

—…

«Niegas otra vez, con la facilidad de Judas. A mí no me engañas, nadie lo ha hecho desde que estoy al frente de este complejo».

—De la mano, al talego que se van las dos.

—¡¿Dónde hemos llegado, querida?! —protestas con voz tenue—. El hotel no puede permitir tanta desviación aquí, plantado en esta ciudad marítima que todavía huele a sardinas, fritura de pescado y fruta fresca. Mas la fuga de capital ha sido astuta y bien diseñada. Tu amiguita Ainhoa tiene cabeza y puede que la volvamos a contratar, ¡va en serio!, ¡créetelo!

La valoración de Ainhoa refuerza una no muy velada admiración a tu propia inteligencia, pues eres la cazadora de la presa que adulas.

—Podría desempeñar un papelazo aquí, contigo —indicas con sorna, Carlos.

—¡Qué mujer! La sustracción empieza en las botellitas de alcohol desechables y opacas, como las de crema de güisqui. Desde las distintas barras, cada camarera-ladrona depositaba un billete de cincuenta euros en una botella vacía, con un máximo de dos por chica y noche. Lucas, el reponedor, encargado también de vaciar el vidrio, cargaba los capazos en la furgoneta y los llevaba al contenedor de la avenida.

¡Qué bien os complementáis los dos! ¿Me habláis cada uno por su cuenta o sois una sola voz con dos timbres? Carlos va a retomar las palabras de Lucía.

—Desde septiembre, Lucas decidió vaciar el vidrio en el contenedor del puerto, a seis kilómetros de aquí. Le comentó a Lucía que allí tenía más espacio y así no molestaba al tránsito de la avenida. ¡Más espacio, ladrón, para llevar las botellas con premio a tu coche y trabajarlas en tu casa, sin que nadie pudiera caer en la cuenta! Creemos que todavía aquí, en la disco, las clasificaba.

—¡Y yo que pensaba que era un trabajador competente! —añades, Lucía, mientras con los dedos te peinas la media melena hacia atrás.

«Bastardo, hideputa».

—¡Competente para robar! El caso es que, cuando sacaba el vidrio, apartaba las botellas opacas con un tapón de distinto color a la anilla. No me di cuenta de este matiz, jefa.

«Y yo no te aguanto más, Carlos».

Lucía golpea la mesa con la palma de la mano.

—¡Hijo de la gran puta! Con las botellitas dentro de la furgoneta, solo tendría que transportar las premiadas a una mochila, que podría pasar por una bolsa con efectos personales. ¿Empezamos con los cálculos, Carlos?

—¡Joder, vamos!

—La cuenta de la vieja es lo mejor, vas a ver. Diez camareras, por dos botellas con mensajito al mar, veinte. Por cincuenta euros…

—¡Mil euros de sisa al hotel por noche de trabajo!

—¿Es o no digno de una película americana de acción? ¡Un auténtico *thriller*! Estoy por telefonear a una productora y contarles la historia. ¡Si cuela y la pagan bien!

—Te emocionas al recordarlo, jefa.

—No es para menos.

Por vuestra manera de hablar, deduzco que resulta más satisfactorio el hecho de prender a los chorizos que haber evitado las futuras sustracciones. ¡Y yo diría más! Por el gusto de atraparlos después, merecía la pena que hubieran robado antes.

—Estás feliz porque todos han caído en tus redes, jefa.

Corroboras mis impresiones.

—Hombre, claro. ¡A mí dame guerras que pueda ganar! ¿A ti te proporciona placer oral haber detenido la sangría? ¡Y una mierda! El hotel tiene pasta, Carlos, y, cuando falta, la pide y el furgón la trae en menos de media hora.

No me cuadra. Es fácil sacar dinero cn las botellas opacas, aunque luego las cuentas no salen y los números evidencian la sustracción. Es así como trincaste a Silvia. Pero… ¿cómo ha ocurrido ahora para que nadie se haya dado cuenta en cuatro meses? Hay algo más siniestro, seguro.

—Cuando hicierais las cuentas, faltaría *money* en los balances. A ver si me explico… Si el dinero desaparece de las cajas, tiene que haber más botellas sin abrir en la barra para evitar el descuadre. Y si quieres sacar botellas llenas y evitar el descuadre, debes meter dinero al sistema. No sé, creo que me estoy haciendo un lío.

Lucía me mira extrañada. Su «socio» está en otro lugar, juguetea tranquilo con la tiza roja entre los dedos.

—Más o menos, hija, aunque lo segundo no ocurrirá jamás. Ahí está el saber hacer y la sofisticación del plan. ¡De película americana!, ¡un auténtico *thriller*! Por cada camarera, como requisito previo al hurto, porque es hurto si se cuenta el robo por días. ¡Qué cojones, Carlos!

—Si se hurta una simple piedra, no pasa nada. Pero una, más otra, más… ¡Una puta pirámide!, ¡la gran Pirámide de Keops, en Egipto!

«Querido, la pirámide más grande del mundo está en México».

—Evitar el descuadre en las cuentas fue fácil. Cada ladrona, por noche, aportaba una botellita de güisqui de su casa a la barra. Es el alcohol que más tira y el único con que se puede jugar. La segunda semana de septiembre pillamos a una chica con el bolso goteando. Tú cataste el líquido, Carlos.

—¡Correcto! Era puto güisqui.

—Prendimos a la chica y la trajimos aquí, a mi despacho. Abrimos el bolso y vimos en su interior los cristales rotos de una de nuestras botellas. Parecía que la puta borracha nos robaba alcohol y la despedimos. Pero la zorra no se llevaba el licor, entraba la botella de su casa y luego nos sacaba la pasta. *¡Touche!* Me la metieron doblada, di que sí. ¡La menda no se dio cuenta de una mierda!

Adelantas el cuerpo, Carlos.

—Nunca más pillamos a nadie con una botella de alcohol en su bolso, hijas de puta. La trama se amplió con la entrada de un trabajador de la empresa de distribución de bebidas, y los bolsos empezaron a disminuir su tamaño. Lucas tomó la iniciativa y la ingeniería de la estafa mejoró hasta hacerse invisible.

—Así es. Rafa controlaba la entrada del licor en B y efectuaba los pagos al empleado de la distribuidora de bebidas; y Lucas metía las botellas en las barras, sin contabilizarlas en nuestros balances, y se llevaba las premiadas a su casa.

Luego, con paciencia, el enano repartía las pingües ganancias entre la camarilla.

—No caímos en el par de colegas, jefa.

—Sí, nos tomaban el pelo… Hasta que les pillamos a todos.

Tu plural, Lucía, sabe a singular y, otra vez, a festejo de la propia pericia.

—En una botella de güisqui hay alcohol para once o doce cubatas. Lucía y yo contamos solo diez en nuestros balances.

—Puedes robarnos un cubata por botella, si no pecas de avariciosa, y así jamás te atraparemos, querida.

¡Hija de…! Nunca he pensado en robarle nada al hotel, no más allá de mis pastillas.

—Diez cubatas, a diez euros, cien. Numeritos redondos: dos billetes de cincuenta en una botella opaca.

—¡Correcto, jefa! Se acabó el descuadre en las cuentas.

—¡¿Y el beneficio?! Si descuentas los doce euros de la botella de licor y la sisa de los otros trabajadores de tu disco, como Lucas, Rafa y el delegado de la distribuidora… ¡Setenta euros de lucro por sesión y mangante! Una semana ordinaria tiene tres noches de trabajo, al mes, cerca de las trece. Por setenta… ¡Novecientos euros largos de sobresueldo al mes al bolsillo de cada hijo de la gran puta, o hija, estafador o estafadora! Son habas contadas.

—Flipa en colores, amiga. Más de mil euros si sumamos las fiestas y vísperas que caen fuera de viernes y sábado. Esa cantidad, vamos a contar por veinte trabajadores, da un total de veinte mil pavos al mes. Pensando que la sustracción empezara en septiembre, calculamos una sisa estimada total de más de ochenta mil eurazos.

—Será bastante más, incluso el doble, querido. Estoy convencida de que en los días festivos habría más botellitas con premio por chica en cada sesión. Y seguro que la trama empezaría antes de lo que pensamos. Una sustracción que, debido al gran volumen de negocio del hotel, es difícil de percibir.

—Si la sisa no es fácil de advertir, ¿cómo habéis dado…
con ella? —Mi boca está seca.

—Siendo economista, no me he dado cuenta. Es Lucía
quien lo ha desmontado todo, no yo.

¿Crees que me chupo el dedo? Tu falsa decepción es un
bulo que empuja una mayor admiración hacia tu mentora.
¡Qué bien la chupas cuando te da la gana, mamón!

—Carlos, estoy mosca desde mediados del mes de agosto.
No caí en la botella rota en el bolso de la puta borracha, esa me
la colaron. —Asientes con la boca entreabierta y una mueca
indescriptible—. Hay actitudes extrañas en el personal desde mediados del mes de agosto, ¡se olía en el ambiente! Las
protestas han disminuido y Lucas, en especial, ha dejado de
quejarse tanto. Él es fijo aquí, como tú, Victoria. Lo conozco
desde que inauguramos el complejo. Siempre tiene que poner
trabas a todo y por sus huevos.

»¿Por qué ya no te quejas de nada y estás hasta exultan-
te? —Tus ojos enfocan a la pared, sin pestañear—. ¿En qué piensas, Lucas? ¿Cuál es la naturaleza de tu alegría? Te veo más feliz,
y sé que tu divorcio está siendo complicado. —Centras la atención
en mí—. Difícil, sí, porque en septiembre sorprendiste a tu mujercita en la cama, abierta de piernas y con la cabecita de un joven
en la zona de… del bajo vientre. ¿Sabes dónde digo, Victoria?
Carlos, querido, no dejes de abrir la boca, mover la lengua y ha-
blarles a los «bosques», o ellos se olvidarán de ti. —Sacas morritos y la puntita de la lengua.

—¡Jo, jo, cof! ¡Cof, cof, cof! —Casi te atragantas con la
risa involuntaria, «amigo».

Frotas la palma de la mano entre las piernas. ¡Qué guarra
eres! ¿Por qué me sacas la lengua, cerda? ¡¿«Los bosques»?!
Has usado el plural… Carlos, follas con todo lo que se mueve
o repta, promiscuo hijo de…

—¡Bebe, hijo! Vete a la barra de tus «amiguitas» orientales
y coge un botellín de agua.

¡Ya salió el «botellín»! ¡¿«Amiguitas»?! Joder, Carlos.

«Las orientales están de puta madre, ¡no me resisto! Joder, la del pelo azul a lo manga me pone a cien».

«Son "amigas" mías, querido».

—No es necesario. ¡Cof, cof, cof! No me pasa nada. Venga, sigue.

—Este bienestar es general en toda la plantilla: somos más felices y recibo menos quejas. Qué gustito venir a trabajar así, con tanta alegría por doquier. —Acompañas tu intervención con una sonrisa postiza y un movimiento lateral de cabeza—. ¡Y una mierda! —El tono, el volumen y el ritmo de las últimas palabras baja. Llevas las manos a la cabeza y te encoges sobre ti misma.

Recuestas la cabecita encima de la mesa, sobre las dorsales de las manitas. Tu cabello está despeinado de tanto echarlo hacia atrás. Realizas un leve movimiento de negación. Estás abstraída de nosotros y de nuestra circunstancia. Carlos te mira con lástima y empieza a copiar tus movimientos de cabeza. ¿También tú te estás marchando?

Ahora yergues la cabeza, te pones en pie y abres los brazos en cruz. El gesto es alegre y hasta angelical. ¿Qué estás representando? No entiendo… Si es lo que creo, me faltas al respeto. Inspiras a fondo y sigues moviendo la cabeza. ¿Estás sufriendo una visión? Carlos está anonadado.

Transcurridos treinta segundos de plena iluminación, tomas la palabra.

—¡¡¡Este es el puto hotel llamado felicidad!!! —gritas, y pasa otro tiempo hasta que decides bajar los brazos y volver—. Tanto gozo es lo que me hizo pensar que alguna pieza no encajaba. —Bajas la vista y vuelves a enfocar la pared, sin pestañear—. El 2003 ha sido un año mejor que el anterior: la economía ha crecido cerca de una previsión del 2.4 %, cuatro décimas más que en 2002. El crecimiento ha sido superior en España que en el resto de Europa. Alemania entró en recesión en mayo, cuidado.

»Se pronosticó una subida del consumo de hasta el 3 %, cuatro décimas más que en el año anterior. Los datos de la industria también son más boyantes en el 2003: estaba prevista una subida del 1.3 % para el ejercicio, seis decimitas más que en el curso anterior. —Me miras otra vez—. Todo a favor de una mejora también aquí, en el hotel, aunque era tenue. ¿Y la región y la provincia?, ¿puede que estuvieran fuera de la tendencia positiva a nivel nacional? No me lo trago. —Niegas con un tintineo en la cabeza.

Los cambios en los tonos y volumen son propios en ti: presentas las sospechas de una manera pasional y hasta dramática.

—¡Qué va, jefa! Las construcciones van a tope, hay más grúas que en la vida. Y ha sido difícil contratar los perfiles personales que buscamos.

—¡Nos robaban! Las actitudes y el desequilibrio económico entre nuestra contabilidad y las cuentas del Estado gritaban a mi oído, bajito: «¡Te roban, Lucía!». —Tomas asiento, posas los codos encima de la mesa y peinas la media melena con los dedos de la manita—. Y el susurro era más hiriente cuando, todavía más suave, la vocecita me chillaba: «¡No puedes probar que te roban!». —Al acabar la intervención, cierras los ojos y quedas con la cabeza bien agarrada con las manitas.

Callas, la cazadora ha perdido su principal facultad. Esto empieza a parecerse a una tragedia griega y sufro, joder. Pediré un combo XXL de refresco y palomitas. Pensaba, en mi ignorancia, que la afligida era yo. Y seguía pensando, en mi mundo, que el licenciado en Económicas era Carlos. ¡Menuda lección magistral de economía y pericia aplicadas nos acabas de impartir! Creo que también eres una gran licenciada, sí, licenciada en colocarnos en fila, con parsimonia, y darnos por el culo a todos. ¡Menos mal que solo robo las pastillas! Lo has descubierto, ¿verdad? Debes conocer incluso el número de lote de cada cajetilla sustraída. «¡Al paredón, Victoria!». Ya escucho la trompeta. Enterada, retorcida, fea, araña, que sospechas hasta de la felicidad de tus trabajadores y eres capaz de relacionarla con cifras y porcentajes. ¿Qué vas a decirme, serpiente?

—Creía que la sisa era más facilona, pensaba que era solo alguna camarera la que metía la mano. Pero ¿dónde la abrías y la cerrabas, jodida cabra, que no dejabas ni un ínfimo rastro de tu aroma que me pudiera llevar tras de ti? El dinero viene de las barras a mi despacho y se coteja con las botellas entrantes, ¡con un margen de error mínimo que nunca se ha rebasado!

Despiertas la lástima, como un lobo malherido que ha perdido la facultad de la caza y yace condenado a muerte. ¡No te creo!

—¿Cómo diste con la estafa, Lucía?

—¡Me la jugué! Y pude haber perdido mi puesto. —Te mantienes compungida y llorosa, signo de admiración a tu inteligencia. Sé que no sientes ni un atisbo del dolor o aflicción que finges—. El primer sábado de noviembre, al acabar la sesión, decidí traer aquí a todo el personal de las discotecas, incluidos Lucas, Rafa y Axel. Quería encontrar de una vez la pasta que se evaporaba sin saber por dónde. A ellas las puse en tanga y a ellos en calzoncillos.

»Algunos sonreían mientras se quitaban la ropa. Oye, son de cuidado: sus calenturientas cabezas pensaban que íbamos a realizar una orgía. Carlos, ¿viste que sí había personas con un porte más serio mientras se desnudaban? ¡Pero nadie protestó! Si cuando toca gritar y maldecir, se calla…

—No me di cuenta.

—Carlos, en los detalles está la esencia de la realidad, su auténtica naturaleza. —Frotas las yemas los dedos.

—Amiga, todos desnudos y en fila. No es una metáfora. ¡Ja, ja, ja!

«¡Hostia, qué fila!».

—Oye, Carlos, los chicos muy mal. —Te levantas, coges la barriga y la sacudes, y estiras los carrillos—. ¡Esto tiene que cambiar, por Dios! Hemos de cuidar más y mejor la presencia del sexo masculino, y hasta aquí puedo leer. —Agarras tu entrepierna, por segunda vez, cerda.

—A Lucas le haría yo una liposucción de puta madre, jefa.

«¡Joder, qué burrada he dicho! A ver si vas a pensar que soy un chapero».

«¿Por ahí tiras?, ¿"carne" y "pescado"? Lechuguino... Sé que has equivocado las palabras. En adelante, mídelas y pésalas, como si fueran un tesoro, "amigo"».

—¿Y Rafa qué? Culturista por arriba, porque por abajo... poco músculo. ¡Normal que nos entren menos mujeres que hombres!

También te has acostado con Rafa y luego lo has echado a la calle.

—Victoria, tu Ainhoa, tu amiga del alma, tiene poca...

—Muy poca chicha. ¡Ja, ja, ja...! —Ríes tu gracia, que a mí me repugna—. A lo que vamos, Carlos: ¡no encontramos ni un puto chavo! ¿Sabéis qué es lo que más me sorprendió y me hizo cavilar que iba por el buen camino?

—¿...?

—¿No lo adivináis?

Carlos ladea la cabeza.

—Nadie me denunció... Y eso fomentó mis sospechas. Entre la percepción de la realidad y la realidad misma, puede haber una gran brecha. Tenía que dar con algún cabo suelto, alguna hebra siquiera, por finísima que fuera, que me permitiera enhebrar la agujita para empezar a tejer una telita *ad hoc,* con templanza, hasta atrapar a los insectos. No me hubiera importado continuar varios años con la investigación, aun a paso de tortuga, con tal de que siguiera prosperando. ¿Qué es el tiempo? —Quedas recogida, en silencio.

—¿...?

—¡Encontré la hebra! ¡Di con el puto cabo suelto! Pronto podré cerrar la brecha. —Tu cara está iluminada y feliz, sonríes de oreja a oreja, y afirmas con el gesto—. Ideé un cambio en nuestro examen; ahí estaba la clave para dar con la fuga. Si el registro del alcohol entrante a las salas no explicaba qué pasaba, solo tenía que cambiar el control. Implementamos el recuento de los botellines de refresco entrados a cada barra y lo relacionamos con el licor consumido y con la pasta de vuelta. De tal manera que, si una botella de licor da para diez cubatas, también requiere el consumo de diez refrescos. Sabes mejor que yo, Victoria, que poca gente pide el licor en seco. —Te desenredas el cabello, vas a contarme cómo se rehízo la cazadora.

»¡Bingo! Pronto caímos en la cuenta de que se consumía más refresco que parte proporcional de licor. ¡Aleluya! Como comprenderás, querida, la nuestra no es una discoteca *light*. Aquí la gente viene a ponerse hasta el culo de alcohol y a divertirse a tope con sus efectos. El resto fue traer al despacho a todo el personal y presentarles, uno a uno, las evidencias. Les emplazamos el viernes pasado, por la tarde.

—Esta vez no tuvimos la necesidad de dejar a nadie en pelotas. Se acabaron las orgías, amiga.

—El sábado quedó todo solucionado, incluso las entrevistas a las nuevas camareras y las contrataciones. Y las chicas, las mangantes y las necias, sacaron la lengua y hablaron. ¡Cantaron como Montserrat Caballé! ¡Qué voz, Victoria!, ¡qué placer! Tú tienes estudios de música, ¿no? —Tus ojos, llorosos de la emoción, se confunden con una risa tenue, signo de triunfo.

—Los chicos también cantaron, como Freddie Mercury, jefa —respondes, con evidente admiración al archiconocido vocalista—. Axel no sabía nada, el pobre, abandonado allá arriba, en su garita.

—¡Ja, ja, ja! ¡Pobre desgraciado! Tampoco conocía la trama el segurata y, cuando le insinuamos su participación, casi nos mete leña a los dos. Con dar voces, no conseguirá mantenerse en su puesto. Si no me detienes tú, Carlos, también lo echo a la calle. ¡Jodido segurata!

—Oye, ¿recuerdas el dueto famoso en las Olimpiadas del 92? ¿Qué canción fue la que cantaron juntos?

—¡Hombre, claro! ¡Imposible olvidarla! Carlos, Carlos, Carlos. ¡Qué jovencito eres! *Barcelona* era la canción, ¿cómo no? Tengo más años de los que imaginas y viví ese tiempo, mi tiempo. —El tono de tus palabras es musical y hasta sincero y cómplice— Él, pobre, siempre quiso ser lírico, y en mi corazón sí lo fue: cantó ópera en cada pieza hasta su temprano fallecimiento. ¡Qué voz tan especial! Equivocas datos, hijo: Freddie subió al cielo antes de las Olimpiadas, en el año 91, y la canción se presentó en el 1988, con motivo de la llegada de la bandera olímpica a Barcelona.

—Joder, jefa.

—¿Sabéis que coincidí con él en una de sus fiestas en Madrid? ¡Qué fiestón! Solo cruzamos la mirada un instante, Freddie Mercury, ¿te acuerdas? —Giras la cabeza y diriges la vista a la pared—. No supe qué decirte, me cagué por la pata abajo. Debí correr hacia ti y abrazarte.

Nada importa más que tu proeza detectivesca, Lucía. Soy un insecto a tu lado. ¿Y mi circunstancia, de aquí en adelante? ¿A quién le interesa yo? A nadie. Mi vida no os importa una mierda a ninguno de los dos vanagloriados jefes. Preguntaré por mi futuro en el hotel, ya hay una camarera en mi barra, ocupando mi puesto.

—Habéis echado a todas las chicas a la calle y… también a mí. —Mi voz titubea.

—A ti no, amiga. No tienes nada que ver en la trama y lo sabemos. Así lo confesaron Ainhoa y las demás chicas. Tampoco figurabas en las cuentas que facilitó Lucas a Lucía, requisito para que no les denunciáramos a todos.

No me satisfacen las razones del indulto, pues se basan en la carencia de pruebas contra mí. Queda cerca este estado de sí ser culpable, sin pruebas que lo evidencien. No me tranquilizas, Carlos. ¿En dónde queda la confianza que he ofrecido al hotel y que creía mutua? Soy solo una cifra, un dato. Victoria, está certificado tu valor aquí; pasa página y olvídate. No puedo decidir cómo debe considerarme el hotel, el juicio no me corresponde a mí... Me intereso por la empresa, por el mal ocasionado a la que pensaba que había sido mi casa. Voy a preguntar.

—¿Y qué pasa con los ochenta mil euros estafados al hotel? Digo yo que se tendrán que recuperar en beneficio de la empresa y de los trabajadores honrados que... no sabemos meter la mano en bolsillo ajeno. —Las palabras salen de mi boca ordenadas, aun con el nerviosismo que las acompaña.

Alguien tendrá que ocuparse del bien común. Mi intervención consigue una sonrisa en vosotros, que llega a la carcajada. Nadie se hace cargo. ¡Qué ingenua soy!

—Querida, ¿a ver cómo lo explico? —respondes tranquila—. Esos miles de euros, supuestos, no figuran en ningún libro de contabilidad. El hotel tiene los números en verde, se mantiene con ganancias, la situación económica es de superávit desde que tomé la dirección. En los balances no hay tanto ingreso como debería, aunque como todo es una conjetura... No puedes echar en falta aquello que nunca has conocido. Piénsalo con detenimiento.

«¡Y menos dentellada para Hacienda!».

Una mierda te importa a ti el saqueo. Un momento: si no te interesan las cuentas del hotel, que afectan a cada trabajador, ¿por qué estás al frente? ¿Qué buscas en tu cargo de gestión, Lucía?

—Y olvídate de Silvia, la ladrona lameculos que yo mismo eché a la calle. Ruth no trabajará nunca aquí, no conmigo de alta en la Seguridad Social. «De tal palo, tal astilla». ¡De eso nada, monada! Aunque me lo pidan la madre y la hija, de rodillas, en tanga y con la boca bien abierta. —Agachas la cabeza y me miras por encima de las gafas. Hijo de...

«Cámbiate de madre, querida».

—¡Ja, jo, cof! ¡Cof, cof, cof!

—Casi te atragantas, jefa. Bebe agua.

—Continúa, Carlos.

—Ruth te ha pedido trabajo porque sabe que hemos renovado la plantilla y ella quiere meterse. ¡Sí, meterse! ¡Jo, jo! ¡Como se meten Evita y Sonia! ¡Ja, ja, ja…!

Lucía retoma la risa, aun con el reciente atragantamiento.

—Habéis dicho que no estoy despedida, ya que no hay pruebas contra mí. ¿Y por qué otra chica ocupa mi lugar?

Carlos levanta las cejas y mira a Lucía, y ella le complementa con un movimiento de cabeza en señal de negación.

—¿Lo sueltas tú o lo hago yo?

—Tú, Carlos, que yo he hablado bastante por hoy. —Con un gesto de la mano, le cedes el cargo. Sacas un libro de debajo de la mesa y empiezas a escudriñarlo.

—Es el segundo asunto que vamos a tratar contigo, Victoria. Llevas trabajando en la barra, sin descansar ni una sola temporada, durante más de catorce años. ¿Cuántos años tienes, Victoria?

—¡Pfff!

Repites mi nombre.

—¿Cómo que «cuántos años tienes»?

Acabamos de follar como adolescentes, somos uña y carne desde que llegaste a esta puta ciudad, ¿y me preguntas por mis años? ¿Has contado las veces que hemos ido al cine? No me interesa la gente como tú, Carlos.

«¡Joder, qué mirada! ¿Vas a echarme un rayo con los ojos? ¡Para el carro, que te conozco! Tú no tienes nada de maldad».

—¡Tengo treinta y seis años! En mi ficha laboral tenéis el DNI y la tarjeta sanitaria con el número de afiliación a la Seguridad Social. Nací el ocho de octubre del año 1967. —Tratas de coger mi mano, pero la aparto.

—¡No te pongas así! El hotel no tiene nada en tu contra; tú sí has colaborado para que todo esto funcione. Deja de llorar, amiga.

Lucía adelanta el cuerpo y descansa los codos en la mesa.

—Su reacción está dentro de la normalidad. Tranquilízate, Carlos. Se te pasará, Victoria. Tú no has robado al hotel; pero él a ti sí, querida, ¡catorce años de tu existencia! Por personas como tú, las torres del hotel siguen bien erectas. Venga, Carlos, acabemos de una vez. Dile su nuevo trabajo, que se nos escapa el tiempo.

Asientes con la cabeza las órdenes de tu mentora.

—Victoria, no vas a trabajar más aquí, en ninguna de las discotecas, tampoco en la terraza. Vamos a pasarte al hotel. En adelante colaborarás en la administración de la Torre Mirador. Tu labor será más tranquila, se acabaron los problemas. Te toca descansar y lo mereces, amiga. Trabajarás en turnos de mañanas, tardes y noches. Elisa, la encargada, te recibirá mañana. Me ha dicho que a las cuatro de la tarde tienes que estar en el *hall* para que te explique todo y pilles el rollete.

¿Me estáis jubilando? Las palabras enfrían mi pecho y me cuesta respirar. No sé qué decir… Es evidente la nula consideración que el hotel tiene hacia mi persona. Después de darme al cien por cien durante tanto tiempo, ahora no tengo voz. Me siento como un peón en un tablero de ajedrez, y, como tal, tengo unas características que le valen a quien me toma y me mueve, pero no a mí.

Por vuestra forma de hablar, sois una extensión viva y parlante del hotel. A ambos os preocupa el capital, el resto es calderilla. Tampoco os afecta lo más mínimo la sustracción a la empresa que nos da de comer a todos. Hablaré, ¡como sea y aunque reviente! Ambos me observáis con respeto. Parece que esperéis mis últimas palabras, y yo sé que no por el valor de las mismas: se os hace tarde para empezar con vuestros balances.

—Yo no he robado al hotel. ¡Ejem, ejem! Carlos, Lucía, he trabajado en la barra y en donde me habéis necesitado. Siempre me he esforzado a tope. He enseñado a decenas de

chicas a trabajar y sé, y me duele, que despedisteis a casi todas por meter la mano. Pero creo que sacarme de la disco y de
la noche, sin más, está mal. Tengo mi propia voz y deberíais
haberla escuchado antes de decidir por mí. Hasta esta noche…
No me expreso con claridad, estoy ansiosa.

—Te comprendemos, querida. —Inspiras hondo y ladeas
la cabeza—. Carlos pensaba que lo ibas a tomar a mal; aunque yo sabía que no, que entenderías que te iba a llegar tu
hora. ¿«Escucharte»? ¡Sí, sí, claro! Di lo que quieras, que
te «escuchamos». ¡Llevamos varios días «escuchando»!
«Escuchamos» por aquí, por allá, firmamos bajas…

Tus saltos conceptuales y desviaciones de la línea recta de
mis palabras son tan molestos… No me queda otra que acatar:
eres Lucía, todo está en tus manos y yo no puedo zafarme.

—Creo que no entendéis lo que os digo. Vosotros estáis
allá arriba, tomáis las decisiones que creéis convenientes para
el correcto funcionamiento del hotel y punto. No os dais cuenta de que aquí abajo hay personas que… necesitan hablar y
que se las escuche.

Ambos jefes me miráis con tensión y agresividad.

—«¡¿Escuchar?!». Y a mí, a Carlos, ¿quién coño me «escucha»? ¿Yo estoy… «allá arriba»? No. ¡Carlos vive «allá
abajo»! Estudié Economía, vine aquí y me abristeis las puertas. Os lo agradezco. Victoria, tú me has ayudado mucho y
siempre estaré en deuda contigo. Pero desde que colaboro con
la administración del hotel, cada vez tengo menos vida «allá
arriba». Cada segundo que pasa es del puto hotel, que me aca-
para y retiene, a su manera, hasta que la máquina deje de…

—Carlos, ¿qué te ocurre?

—¡Tic-tac-tic-tac-tic-tac, tic-tac, tic, tac, tic…tac!

Tienes la mirada perdida y la cara desencajada. ¿Qué te
pasa? Nunca te he visto así de agresivo.

—A veces, Victoria, me ahogan las decisiones y no puedo respirar… Acabamos de echar a la puta calle a madres,

muchas de ellas solteras. ¡No podemos echar a las ladronas y salvaguardar a las madres! ¡¿Esto es, en tus palabras, estar «allá arriba»?! Te lo contaré a ti también, lo mereces. Antes de navidad, le comuniqué a…

¡¡¡Plas!!!

—¡Joder, Lucía!

Golpeas la mesa con un bolígrafo en la palma de la mano, te pones en pie y adelantas el cuerpo. Las manos están abiertas sobre la mesa, quieres agarrarla o arañarla.

—¡Ella es una empleada! ¡No tiene por qué saber nada de nuestra relación empresarial! ¡¡¡No le importa una mierda!!! —Tus ojos están enrojecidos, estás como poseída. ¿Qué te ocurre?

—Le voy a decir lo que quiera, te pongas como te pongas. ¡Victoria es mi amiga! —afirmas con energía y lo acompañas con un gesto tenso en los brazos—. No puedo más. Antes de empezar las fiestas, le comunique a Lucía que formara a otro gerente para la noche. Necesito respirar… La puta vida me empuja en otro sentido: he conocido a alguien especial y quiero dedicarle mi tiempo. ¡Mi vida es mía! ¿«Allá arriba»? ¡A la mierda, joder!

—Carlos, eres el gerente. Firmaste mantenerte al cargo mientras no tuviera una sustitución y con un plazo mínimo de seis meses desde tu anuncio de cese. ¡Lo firmaste! ¿Saco una copia de tu contrato? Han pasado solo dos semanas desde tu comunicado; no has debido mostrar tus intenciones a una empleada. Podría echarte a la calle ahora mismo y sin indemnización.

Miras con agresividad a Lucía y cierras las manos con fuerza.

—¡A ti sí te va como anillo al dedo este trabajo! Es como una vocación. No digo que no te quite la vida, igual que a mí, pero nunca he visto en ti ni una fisura. Tu sí formas parte del hotel, ¡y con orgullo entras en su concepto! Me piro, Lucía. Guarda tu jodida indemnización, por no decirte por dónde te la puedes meter, bien dobladita, hasta… ¡Demonio de mujer! —Te levantas de la silla, ¿dónde vas?

La acabas de liar. Lucía te mira con más agresividad que la tuya.

—¡Siéntate y escúchame! Luego, si quieres, te largas. ¡Me lo debes! Hemos colaborado tanto estos últimos años. ¡Nunca te echaría a la calle y lo sabes! Carlos, Carlos, Carlos… —repites despacio y niegas con la cabeza—. ¡Que formo parte del hotel! Sí, soy la «jefa suprema». ¡Ja, ja, ja! —Te levantas—. Lo he oído alguna vez a las chicas y me hace gracia. —Golpeas la mesa con la palma de la mano y te diriges a la pizarra que tienes detrás—. ¡¿Yo soy el puto hotel?! No, querido, yo soy esto, sígueme… ¡Cientos de miles de numeritos! —Con la palma de la mano abierta, emborronas la pizarra y, al acabar, quedas estática, observando a Carlos y sin un atisbo de agresividad.

El borrón de la pizarra causa un efecto doble: de un lado, transforma números y palabras de distintos colores y formas en una mezcolanza indescriptible, y de otro, con el emborronado, los anillos arrojan un ruido agudo, variado y estridente, que produce grima.

Carlos está congelado, estupefacto. Lucía se queda de pie, con los ojos perdidos en la pared, en silencio. Unos espasmos en el pecho adelantan que va a llorar. ¿Lloras? ¡¿Lucía llorando?!

—¡Ufff!

Pensaba que la más afectada aquí era yo. Detienes el llanto. Tu gesto ahora es distinto, como más natural y joven.

—Si esta industria funciona, yo soy el hotel, estoy «allá arriba» o me va «como anillo al dedo». No tenéis ni idea, ninguno de los dos, de la presión que aguanta a diario este pequeño cuerpecito deforme. Carlos, no has rozado siquiera el peso de mi cargo y ya te quieres marchar a esconderte con tu chica en el pueblo. ¡¿Vida personal?! ¡Ja! ¿Qué coño significan ese par de palabras cuando van juntas? Es requisito *sine qua non* no tenerla para gestionar una bestia como el hotel. —Vienes despacio, tomas una silla y te sientas entre nosotros.

»¡Quij-quij-quij! —Coges nuestras manos y fijas la vista en tu sillón—. El lunes, cuando me levanto, cojo el coche y viajo lejos, muy lejos, ¡a más de cien kilómetros de esta jodida ciudad! Busco pueblos del interior. ¿Sabéis esos en donde parece que la vida se haya detenido? Me agrada pasear por un mercado central, recorrer un mercadillo, visitar alguna tienda de artesanía…

»Solo quiero ver, escuchar y sentir, nada más. Ver, escuchar y sentir cómo una joven madre le da arrumacos a su bebecito. Ver, escuchar y sentir cómo la abuela encarga el cocido semanal al carnicero. Ver, escuchar y sentir cómo el anciano pide una barra de pan mientras comparte sus impresiones sobre el tiempo. Solo quiero eso, nada más: *ver…, escuchar…* y *sentir…* ¡Snif! —Mantienes la mirada en el sillón, sin parpadear. Tus manos se mantienen bien agarradas a las nuestras.

—Cálmate, jefa. No pensaba que te afectaba tanto.

—Carlos, sospecho que tengo la parte humana que me corresponde. Siempre acabo mi particular excursión semanal y matutina a las doce y media, cuando, de vuelta al coche, trato de acercarme a la puerta de un colegio, una guardería o un parque. De pasada, retengo con minuciosidad cómo las mamás y los papás abrazan, besan y juegan con sus hijos. ¡Son mis niños, mierda! Son los hijos que no he sabido parir con este puto cuerpecito de feria. —Constriñes nuestras manos, con más presión de la que yo creía que podrías ejercer.

»Todo esto no está en mi vida, le ha sido segado… ¡Quijquij, quij-quij! Uuuuaaay… Y mi… Mi vida lo reclama, segundo a segundo, como algo que es suyo. Los auténticos jefazos me llaman cuando saben que no estoy al frente, lo sé, aunque el teléfono seguirá apagado cada lunes por la mañana. Mientras el hotel genere capital, podré seguir oxigenándome.

Joder, ¿en qué te has convertido?

—Toma un clínex y sécate, anda.

Nunca antes he notado una mirada tierna en ti.

—María Victoria, tienes una hija pequeña en el pueblo, con tu padre y con tu tía Domitila. La niña se llama Luna y es tan exótica y mágica como su madre. Qué nombre tan bonito le has puesto. Luna…, allá arriba…, viéndonos…, paciente…

Has usado mi nombre de pila y sabes cómo se llaman mi padre, mi hija y mi tía: conoces mi vida personal. ¡Me impresionas, Lucía! En verdad, yo no puse el nombre a mi hija, fue la tía Domi. Nunca le he preguntado por qué insistió tanto con ese nombrecito.

—Sí que lo es, aunque más preciosa es mi niña.

—¿Por qué no estás con ella? Es sangre de tu sangre. ¡Vete con ella, demonios! Yo… he perdido esa oportunidad y ahora soy eso que denominas «allá arriba», es mi naturaleza… Sí, tienes razón, Carlos. Punto y aparte que necesite algún chute de oxígeno de vez en cuando. ¡Ja, ja, ja…!

Ríes con una franqueza que no te conocía.

—María Victoria, tienes dos opciones: puedes quedarte en el hotel, tomando el trabajo en la administración, o te echo a la calle. Te adelanto que será un cese improcedente, para que puedas sacarme los cuartos. El primer despido pagando en la historia del hotel. Te indemnizaré con todo lo que prescriba la ley; no es necesario que me envíes a tus putos abogados de dos en dos. Algo más te daré… Con la cantidad de pasta que le muevo al hotel, no creo que me lo tengan en cuenta. Catorce años de servicio, por cuatrocientas mil pesetas…

—Cinco millones y medio de pelas.

—¿Y en euros?

—Treinta y tres mil seiscientos euros largos, jefa.

—Te llevarás sesenta mil euros en el bolsillo. Si piden explicaciones los auténticos «jefes supremos», argumentaré que has participado en la investigación. Lo que he descubierto yo, oficialmente lo has hecho tú, ¡y todos contentos y felices! Los éxitos de un subordinado alcanzan a la persona que está a su cargo. ¿Qué dices?

—Debo pensarlo con detenimiento porque es casi media vida laboral aquí. En una hora larga de conversación, ha cambiado todo.

—Tú verás la opción que tomas.

Nos das dos palmadas en las piernas y regresas a tu sillón. Levantas la cabeza y te peinas el cabello con los dedos.

—Carlos, sabes que los «chupasangre»… Vamos a terminar de copiar en la pizarra los gastos que tenemos de esta sesión y así adelantamos.

—Sí, jefa.

«No tomes la pasta, María Victoria. Quédate, pasemos el trance y vendrás conmigo pronto. Las dos juntas, codo con codo, nos comeremos esta puta ciudad. Qué encanto de mujer en tan diversas facetas de la vida. Eres igual que mi Vicente: ni te compras ni te vendes. Ya es raro dar con una persona así en estos tiempos.

»Pienso en otra forma de dirigir el complejo. En adelante, cada sección del hotel se organizará y corregirá de forma autónoma. Nosotras solo comprobaremos el color verde de los numeritos, y mientras, abajo, ¡que se coman los unos a los otros! Pueden ir sacando punta a los lápices, que se preparen para cumplimentar registros».

—¡Ja, ja, ja…!

«¿Por qué esa carcajada, jefa?».

—¿…? Me marcho a casa.

«Este verano podríamos tumbarnos en la arena y escuchar a Pink Floyd, y ese sería nuestro puto orgasmo diario. Las notas suspendidas del teclado, la guitarra eléctrica… Sé que te gusta escuchar esa música cuando copulas».

—Hasta luego, amiga. Estamos en contacto. —Levantas el móvil de la mesa y te despides con una media sonrisa en la cara.

—Adiós, Carlos, amigo. —Asiento con la cabeza.

«"Ver, escuchar y sentir"… Qué bonito ha quedado, Lucía. ¡Vaya sandez has soltado por la boca! Te resistes allá dentro… Así me gusta más».

«No sé qué opción tomar. ¿Me largo con mi chica o me quedo? Aquí tengo un buen sueldo con complementos, y apartamento nuevo, motocicleta… Las titis orientales están que se rompen».

«Carlos, eres como un mandril y me he divertido contigo, pero sanseacabó».

«He hablado demasiado. ¿Habrás tomado a mal mis palabras, jefa? Puedo servirte bien, en lo que pidas, durante varios años más. Joder, seguiré en mi puesto».

«Estaría todo un día caminando con mis piernitas y no cerraría un círculo con una persona como tú dentro. ¿De dónde has salido y por qué, María Victoria? ¿Cuál es tu caballo de batalla? Somos dos mujeres tan distintas y tan iguales a la vez».

Cojo el bolso y ando hacia la misma puerta por la que he entrado. Yo me marcho con mis dudas y vosotros debéis retomar el servicio al hotel. ¿Me quedo o agarro la indemnización? Tu palabra es ley y debería escribirse en el BOE. Los sesenta mil euros son míos, asegurado, aunque los tuvieras que sacar de tu propio bolsillo. Me voy impresionada y con otras perspectivas de las que antes carecía. Tiro de la puerta, con decisión. Qué curioso: está blindada si quieres entrar al despacho, para salir solo hay que estirar fuerte.

Al fondo de la sala, vais a lo vuestro: Carlos dicta unos números y Lucía los apunta en la pizarra. Digo un adiós alto para que me escuchéis y lo refuerzo con un movimiento de mano. Ambos me devolvéis una tenue sonrisa que no se relaciona con la cercanía de la conversación que acabamos de mantener. A mí sí me importa todo lo que hemos hablado. Dejo caer la puerta y escucho un crujido metálico, prueba del cierre blindado del despacho.

207

«Eres valenciana, de un pueblecito entre montañas. Cada vez que hablo contigo, al oír tu voz… Tienes rasgos de otro valenciano que nació y vivió en un tiempo difícil. ¡Deberías haberle conocido, María Victoria! Su convicción fue tanta que, allá por donde estuvo y predicó, organizó a las gentes y abrió una vía a la esperanza. ¿Sabes de quién hablo?».

—¿Seguro que no? ¡Ja, ja, ja!

—¿…?

«Fuiste un religioso destacado en tu tiempo y ocupaste tu existencia en la vida de la gente. Te apartaste del poder, en varias ocasiones a lo largo de tu vida, en un tiempo de gran autoridad de la Iglesia. Nunca, jamás, ni te compraste ni te vendiste a nadie, como tú, María Victoria».

—¡Ja, ja, ja…! Las «debilidades» en el alma…

—¿Por qué ríes?

—Nada, cosas mías. Tú sigue dictándome los numeritos, Carlos.

«Las gentes de los pueblos suelen recordarte con la mano derecha levantada y el dedo índice apuntando al cielo, y con una filacteria a tus pies que reza: *TIMETE DEVM ET DATE ILLI HONOREM QVIA VENIT HORA IVDICII EIVS*. Las palabras reflejan cuán delicada fue tu labor en un tiempo tan difícil. Deberías conocer a este religioso, María Victoria.

»El veintitrés de junio del año 1410, convencido por los desórdenes públicos que te comunicaron los Jurados de Valencia, volviste a tu tierra. Tu presencia y tu obra pacificaron y ordenaron la ciudad, y evitaste un derramamiento de sangre. ¿Te acuerdas de la niña que fue llevada por su padre ante tu presencia, para que le sacaras…?

—Las «debilidades»… ¡Ja, ja, ja!

—¿…?

«Esos mismos días, tu labor fraguó la solución a otros tantos desórdenes en la ciudad de Valencia. Tu empuje fue clave en la institución del Estudio General, después Universidad en el año 1499. Pero tu obra magna fue… el recogimiento de los niños perdidos de Valencia. Pusiste el grito en el cielo ante el abandono de estas personitas e instituiste su educación, y, con tu obra, les devolviste la dignidad que antes alguien… les había quitado».

—¡Ja, ja, ja!

—¿…?

«Tu organización nunca decayó, no como otras que sí flaquearon hasta sucumbir y perecer. La institución se mantiene en pie hoy, como un torreón. ¿Todavía no sabes de quién hablo, María Victoria?

»Dedicaste tu vida a la santidad y a las letras, que ambas palabras son lo mismo que la dignidad».

—¡Ja, ja, ja!

—¿…?

«Horas antes de tu muerte, una señora se dirigió a ti aquejada de un enorme dolor de costado, ¿lo recuerdas?

»¡Deberías saber de quién hablo y sentirte orgullosa de este valiente, María Victoria! Un hombre de mediana estatura y voz clara y sonora. Su nombre tendría que serte familiar en tu tierra y en tu casa. No me digas que no conoces al hijo de Guillem Ferrer y de Constanza Miquel, nacido en Valencia, el veintitrés de enero del año 1350, y fallecido en Vannes, el cinco de abril de 1419, entre las tres… y las cuatro de la tarde».

XIV
Un renacimiento

> «Ya hay un español que quiere
> vivir, y a vivir empieza
> entre una España que muere
> y otra España que bosteza».

ANTONIO MACHADO: *PROVERBIOS Y CANTARES*

La sala ha empezado a trabajar. En cada barra hay una docena de clientes y las camareras están más dinámicas que antes: conversan, pinzan el hielo, llenan las copas, cobran… Me siento extraña en este lado de la barra.

Conozco la música que estás pinchando, Axel. La siento dentro y me encanta. Es *Salwater,* una canción del DJ británico Chicane, con la cantante Máire Brennan, un clásico en toda regla. Esta noche es mágica, ideal para clásicos tan cargados de misterio como este. La suave voz de la vocalista, con sus ruegos y susurros, sobresale y se integra en un todo perfecto con el acompañamiento. La música invita a correr, aunque no sé en qué dirección. Podría nadar hasta Ibiza, sí.

Estoy cansada, tengo la boca seca y sigo en ayunas desde esta mañana. Pediré un agua antes de marcharme a casa. Me molesta la música tan alta. Voy a la barra de las rusas, la más alejada de la pista de baile. Ahora son… ¿Son orientales? Sí, y

211

jovencitas. ¡Y a mí qué más me da de dónde provengan vuestros rasgos físicos!

Apoyo los codos en la barra, levanto la mano y la agito. No te hagas la despistada. Sé que me has visto, bonita. El corte de pelo te favorece y es moderno. ¿Tiene que ver con la cultura manga? Joder, Lucía, «a la última».

Varios chicos y chicas flirtean a mi derecha. Uno de ellos, el que está junto a mí, no está interesado en el juego. Recostado en la barra, observa a la camarera que le sirve la copa. Está radiografiando a la oriental, que ahora le da la espalda. La chica se agacha a por un saco de hielo y abre bien las piernas, la jodida.

—¡Bien hecho!

Vienen aprendidas y así te ahorras el primer paso, ¿eh, Lucía?

La camarera se acerca al chico y le sirve su cubata. Resulta particular y vistoso que el hielo estalle con la caída del chorrito de alcohol; aunque no para el tío, que solo examina las tetazas orientales, porque la jodida tiene un buen par. La blusita te la tienen que coser a medida, fijo. También los clientes vienen igual de bien formados y sin un ápice de vergüenza. Las manecillas del reloj sí están rodando esta noche, ¡a velocidad de vértigo!

La misma camarera que acaba el servicio al chico, ahora se dirige a mí. Con un gesto vertical de cabeza, me preguntas qué quiero beber. Pido una botella de agua y tú ni asientes con la cabeza. ¡Hasta el fin de año sí se podía pedir agua en la barra!

El botellín llega a mis manos en menos de veinte segundos y sin ninguna parafernalia. Sé que no tienes que agacharte a por el hielo que no me das, bonita. Con los dedos, me pides cuatro euros.

—¡¿Cuatro?!

Te doy solo tres, los que tengo en la mano.

«Paga el euro que me debes».

—¡Habéis subido los precios este fin de semana, joder!

Escarbo en el bolso, saco el euro y te pago la diferencia. Me esperas con las manos encima de la barra, te apuntalas. Con cuatro euros tengo agua para beber todo el mes en mi casa. ¿Cuánto hace que no compro agua en una discoteca? En algún *pub* del pueblo de al lado, cuando era jovencita. Ya ni me acuerdo.

«Eres más guapa al natural que en la foto. Tú tienes que ser Victoria, la excamarera de la barra uno. ¿Lucía y tú estáis liadas? Ella ha hablado muy bien de ti a todas las nuevas. Ha dicho que pronto podrías ser nuestra jefa y que has trabajado con más vocación que ninguna otra chica. ¡¿Tú, mi jefa?! ¡No lo verán esos ojos occidentales rasgados que tienes! Lucía me ha puesto al cargo de las tres barras y a mediados de febrero sustituiré a Carlos, aunque él no lo sabe. ¡Vas a ver cómo sube la chica oriental! Lucía y yo hemos congeniado y pronto seré su brazo derecho. Después, con paciencia, le iré tomando de su cuerpecito».

¿Por qué me examinas con tanto interés, orientalita?

—Te he pagado los cuatro euros.

—¡*Sayonara*, morena!

—¿…?

¿Por qué me ojeas así, chico? Has perdido el interés por la camarera y ahora llevo la vez, ¿verdad? No hay barra de por medio, ¿eh? Estás realizándome una radiografía desde abajo y nuestras miradas coinciden. Desvías los ojos y bebes un sorbo de tu cubata; yo tomo un trago de agua. La camiseta blanca te sienta genial.

Te fijas en mis ojos y bajas la vista a los pechos. ¡Descarado!

—¿Qué observas con tanta insistencia, joder?

—¿Que qué miro? ¡No he podido decirte ni hola! Al menos, deja que te invite a un agua. Si quieres, le podemos echar un chorrito de güisqui —hablas con una voz más suave y armónica que la de Carlos.

213

—¡El agua me la pago y me la bebo yo!

—Discúlpame, no pensaba que te estaba ofendiendo tanto. —La voz no presenta un atisbo de resentimiento.

—¡Tú a lo tuyo! Fotografía las tetas de la camarera en el escaparate, que para eso están.

Mientras te meto la bronca, me echas otro repaso.

—¡Joder, tío!

«Las tuyas también están para ver. Vistes para que quiera mirarte, ¿y de qué te quejas, tía? Algo no me encaja… ¿Cómo una mujer tan hermosa está aquí sola y hablando conmigo? ¿Y por qué llevas esa ropa tan sexi si no estás detrás de la barra o subida al pódium?».

Axel pincha al DJ italiano Gigi D'Agostino. Hoy es noche de clásicos, confirmado. El reclamo de *L'amour toujours* presenta la sesión y la empuja con fuerza. Los chicos y chicas toman sus cubatas, dejan las barras y se dirigen a la pista. Las luces estroboscópicas han captado el cambio de ritmo y lo acompañan. La máquina de humo echa generosos chorros. Huele como a… ¿fresa? Es fresa o chicle.

La relación entre la música, la iluminación, la mecánica de la máquina de humo y hasta el aroma también se ha mejorado. Claro que ha abierto el hotel este fin de semana, ¡y menuda actividad! Todavía no ha subido ningún gogó, chico o chica, al pódium. La animación estará al caer. La falsa Ainhoa, encima de mi barra, baila mejor que el conjunto de las gogós que he conocido.

Te he hablado fatal, chico. No has hecho nada que no pudieras, porque mirar es gratis. Joder, si voy vestida para que me palpes con tus ojos. Supongo que no sé estar de este lado de la barra.

—*La mala educación empeora todo, María Victoria.*

Tienes toda la razón, mamá. Cuando soltaba alguna palabrota, eso mismo solías decirme. Recuerdo tu refrán: «Más vale ser gallina que gallo». Aunque comprendo el símil, lo dejaré correr, ya que deja al sexo femenino en mal lugar. Sé que debo mejorar la educación; pero los tacos me costará sacarlos, pues los tengo tan cogidos como mis orejas. Soy una deslenguada. Voy a pedirte perdón, chico.

No puedo disculparme porque me das la espalda. Al recostarte en la barra, el culo queda prieto y en pompa. Tu espalda es ancha, más que la de Carlos.

Tomo tu brazo, te sobresaltas y empiezas a girarte. Cruzamos la mirada, sin pestañear. Estás extrañado. Acerco la boca a tu oído.

—Perdona mi pronto, chico. Soy muy impulsiva.

—¿…?

Tu mirada transmite cercanía. Hueles a lavanda, con un toque de limón.

«¿Un monumento como tú me pide disculpas? Estabas antipática antes y te siento amable ahora. No entiendo nada. Creo que seguiré con la conversación y a ver qué pasa».

Uno de tus amigos, el más alto, se dirige a ti y te habla al oído.

—Miguel, déjame el coche.

Sacas una llave del bolsillo interior de tu chaqueta. Tienes unos buenos pectorales detrás de la camiseta. Tu amigo se marcha con una de las chicas cogida de la mano. La noche ha empezado, joder. Te acercas a mi oído, con la precaución de un púgil.

—¿Me pedías disculpas… a mí? —Con el dedo índice, señalas tu corazón. Confirmas con un gesto de la cabeza.

Tu actitud me provoca una carcajada.

—Sí, te pedía perdón. Llevo un mal día y creo que lo he pagado contigo.

—Disculpada estás, pero no manejes armas de fuego en lo que queda de noche.

—¡Ja, ja, ja! Con mi carácter, estoy convencida de que no me darían una licencia de armas jamás en la vida. ¡Qué va, qué va!

215

Al acercarte a mi oído, has descansado el brazo en mi hombro, prueba de confianza, y no lo sacas después de tu intervención. Miguel, le estás perdiendo el miedo a las distancias cortas; eres un torero de casta. Pero… ¿conoces cuál es el destino de los mejores matadores?

—¡Uy, qué canción más chula!

Me adelanto para ver a…

—¿Te vas?

«No, te acercas a la pista para escuchar la música. Levantas el brazo y saludas al DJ. Algo de ti me atrae y no sé qué es. ¿Quién eres?».

Sigues en tu garita, Axel. Pinchas *On a night like this,* una gran canción de Kylie Minogue que no puede faltar en esta sesión. Otra gran diva de la música… Me gusta tu voz, el ritmo y la estética adelantada de tus trabajos.

—¡O no, no, no!

Me encanta todo de tus canciones, en su conjunto indivisible. ¡Qué voz más femenina y sexi tienes, Kylie! Una gran música para la pasión, desde luego.

—¡Ey! *¡Okey!*

«¿A ti tampoco te han echado, Victoria? Solo quedamos en pie nosotros en esta sala. ¡Siempre estás igual de guapa! Yo sigo al cargo de la música, pero no sé si podré… Ha cambiado todo tanto en los últimos cuatro días que no creo que pueda adaptarme».

Me lanzas un *okey* con la mano. El gesto no parece todo lo afectuoso a lo que me tienes acostumbrada.

«En adelante, la música ha de relacionarse más y mejor con un montón de factores como la hora de la noche, el consumo de alcohol, el aforo, la diferencia entre los sexos y edades de los clientes, la iluminación y sus efectos, la noche de la semana, si es fiesta o víspera, si hay gogó y si es chico o chica… ¿Sabes qué es lo que más me entristece? Mi vocación no es un factor que se tenga en cuenta. ¿Dónde queda mi

216

alma, amiga? Soy solo otro ordenador y tengo una chuleta de puta madre. No, Victoria, así no vamos bien».

Regreso a la barra. Eres distinto a Carlos y tu sinceridad me consuela. Cuando me hablas, siento cómo tu voz llega dentro de mí, se queda y resuena. Creo que yo también me sinceraré contigo, lo necesito tanto como el agua que bebo.

—Acaban de echarme a la calle. Yo trabajaba aquí, en la barra de enfrente de la pista de baile. Si soy sincera, que me despidan me duele menos que saber cuál ha sido mi trabajo durante tantos años. —Echo un trago a la botella de agua y la acabo.

—Pues ten paciencia. «No hay mal que por bien no venga». Mañana buscas y encuentras otro trabajo. Después del uno, el dos, y luego el tres. Todo irá bien, ya verás.

—No es tan sencillo.

—Con lo buena chica que eres, no tendrás problemas. ¿Cómo te llamas? Porque tendrás un nombre, digo yo.

—Sí lo tengo, Miguel. ¡Ja, ja, ja! Me llamo Victoria. Oye, ¿seguro que me ves solo como una «buena chica»? —Mientras formulo las réplicas, me miras extrañado.

—¿Cómo conoces mi nombre antes de que yo te pregunte el tuyo?

—Lo tienes escrito ahí, en el cuello de la camisa.

Bajas la vista y yo no puedo dejar de reír.

—¡Qué pardillo eres!

Al darte cuenta de la broma, ladeas la cabeza y sonríes. Bebes un sorbo de tu cubata. A mí no me queda más agua y paso de gastar más euros.

Axel, vas al ataque, tío. Pinchas la pista *Sexy,* de French Affair. El alcohol empieza a causar efecto en el instinto, y tú, don DJ residente, lo vas gestionando con la colaboración de la francesita cachonda. Tengo sensaciones extrañas. El ritmo y los gemidos de la vocalista empujan demasiado fuerte. Nunca antes, en tantos años, me he emocionado como ahora. Sí es verdad que la discoteca se ha cerrado para mejorar las calidades en el sonido: la música se percibe en el cuerpo antes que en el oído. Habéis hecho un excelente trabajo; también era una herida que debíais taponar sin reparar en gastos. Ahora estoy convencida de que no cerraríais la disco por cuatro chorizas de mierda.

Tus ojos morenos son bonitos y tu boca besará bien. Lo siento, no estoy preparada. Alguna pieza funciona de una manera extraña en mí y necesito tiempo.

—Estoy a gusto contigo, Miguel, pero me tengo que marchar.

«¡¿Te vas?!».

Has quedado estupefacto.

—¿Por qué, tía?

«¿Te he ofendido? Perdóname. Llegas, dices y haces lo que quieres, llenas un vacío que ni sabía que tenía dentro de mí, y luego te marchas, de repente. ¿Qué eres tú, princesa?».

No puedo irme sin antes darte un beso. Hemos hablado poco, aunque me he sentido acogida. En otras circunstancias y con más tiempo, te conocería mejor. Creo que vales la pena.

«Tomas mi mano y yo agarro la tuya. Me das un beso en la mejilla. Has rozado mis labios. ¡Qué perfume!».

—Me voy, Miguel.

«¡Quédate, por favor! Ese roce con tus…».

No puedo… Cruzamos la mirada unos segundos. ¿Por qué tanta dulzura?

—Suéltame, anda.

Abres la mano. Una extraña y gratificante sensación de tristeza, alegría, acogimiento y felicidad brota en mí desde el pecho.

«Tus labios, los ojos, tu cabello… Sonríes y te acercas a mí. Con la mano izquierda, me agarras la cabeza. Subes el dedo índice hasta mis labios y juegas con ellos. Acercas tu… Vas a… en los labios. Cierro los ojos. Es un beso carnoso y húmedo, pausado, que me emociona…

»Separas los labios y retornas tu dedo a mi boca. Nunca nadie ha querido besarme así… ¿Qué eres tú, princesa?».

—No llores, Miguel.

Siento un impulso que me vence hacia ti. ¿Quizás, eres tú mi príncipe? Pero es pronto.

«Con un gesto en tus labios, me pides silencio. Mi cuerpo quiere abrazarte, besarte… Solo tu semblante me retiene. Caminas atrás, lentamente, te giras y desapareces entre la multitud. Mi cubata cae al suelo y estalla».

—¡Quij-quij! ¡Snif!

Perdóname, chico. Es pronto para un renacimiento. Debo marcharme de la disco. Ya no soy la chica que sirve copas, ni tampoco, y a la vista está, la que las bebe y flirtea.

«¿Nos volveremos a encontrar otra vez? Tu voz, el perfume a limón seco y a piedra… Me quedo con tu beso y sé que hago mal. No está bien tratar de retener la belleza, porque esta solo vive en libertad».

—Adiós, Victoria.

La sala está al ochenta por ciento de su actividad. Las camareras trabajan sin detenerse y las cajas registradoras salen y entran con frecuencia. Al llegar a la puerta de entrada, esta se abre, justo, antes de que coja el tirador. ¿La han automatizado durante el tiempo que estoy en la disco? ¡No me extrañaría! Empuja una gogó con unos zancos de un palmo, es una Mamá Noel ligerita de ropa. ¡Pero esta es la noche de Reyes, Carlos!

—¡Pfff!

La gogó queda quieta junto a la puerta y me impide la salida. La chica, agarrada a la barra de acero, aguarda a que pinchen la canción para entrar a la pista de baile y subir al pódium. El escote le llega hasta los pezones, veo sus areolas. Por debajo de la faldita asoman las braguitas rojas. Supongo que no las llevará puestas desde fin de año.

Forzado por la nueva circunstancia, Axel cambia la canción. Pincha *Satisfaction,* del DJ italiano Benny Benassi. La gogó suelta la puerta y se dirige a la pista de baile. Me sorprende este cambio tan radical y lo poco que tiene que ver la música con la caracterización de la bailarina. El alcohol continúa ganando terreno a las conciencias y va a combinarse, además de con la música y la iluminación, con la animación de la chica, su culo y su delantera. ¡El cohete despega! Quizás empiecen a despertar los anhelos y pronto se liberen las frustraciones. ¡Viva el psicoanálisis y viva Freud! Qué pensado va todo, joder.

Levanto la vista y busco a Axel. Atiendes la entrada de la gogó… Me ves. Con un gesto de manos y brazos, te lanzo un «¿qué es esto?». Encoges los hombros, que yo entiendo como un «¡yo qué sé!». ¡Si no lo sabes tú, hijo! Ya te apañarás con la «jefa suprema». Me marcho. Quién sabe si volveré a abrir esta puerta en mi vida.

Los ojos de Luis tienen la misma tensión que antes. Ahí va una sonrisa, chico.

—Hasta luego, Luis.

Asientes con un gesto que me comunica un «¡hasta los huevos estoy!».

Salgo a la calle y bajo los escalones. Ha dejado de llover y no hace frío. Las nubes se presentan ahora con una belleza extraordinaria que antes no había percibido. El cielo está estrellado y la luna, creciente, resplandece.

Mi vida se ha ido a la mierda en un plis plas. Necesito tranquilizarme y reordenar todo en mi cabeza. Debo empezar a digerir qué ha pasado y cuál es el camino que debo tomar en adelante.

¿Qué hago? No cogeré un taxi. Volveré andando por el paseo marítimo, así que, camino a mi derecha.

XV
La mujer y el mar

«Díjole como ya le había dicho que en aquel castillo no había capilla, y para lo que restaba de hacer tampoco era necesaria, que todo el toque de quedar armado caballero consistía en la pescozada y en el espaldarazo, según él tenía noticia del ceremonial de la orden, y que aquello en mitad de un campo se podía hacer, y que ya había cumplido con lo que tocaba al velar de las armas, que con solas dos horas de vela se cumplía, cuanto más que él había estado más de cuatro».

MIGUEL DE CERVANTES: *DON QUIJOTE DE LA MANCHA*

El viento es menos fresco que cuando he salido de casa. La roquera es más que suficiente para mantenerme abrigada.

No suelo subir estos escalones hasta el paseo marítimo, siempre me marcho por la avenida. Frente al mar, la brisa tiene más fuerza.

Camino a mi izquierda, en dirección al norte. La luna ilumina el agua y el viento mueve las olas, que rompen por todas partes y dibujan cientos de reflejos plateados. ¡Bellísimo! Necesito digerir todo lo que está ocurriendo en mi vida. Es evidente que hoy he dado un gran paso, o alguien lo ha dado por mí, pero no sé todavía hacia dónde.

A mi derecha y sobre el mar, el cielo está cubierto de grandes nubes y de otras más chicas. Son como grandes esponjas que se mueven despacio, libres. Me llama la atención la nitidez de sus perímetros. Unas presentan distintas tonalidades del azul, más frías que el cobalto de la noche; otras tienen sus colores entre azulados y grises, y un tercer grupo casi toma la tonalidad del negro más oscuro del cielo. Detrás, la luna creciente es la responsable de esta paleta tan preciosa. El astro ilumina la noche a su alrededor y las nubes más cercanas resplandecen. ¡Qué bella pintura efímera!

Una música ligera de piano me acompaña, es *Claro de luna*. Recuerdo que la solías interpretar a diario en tus clases, tía Marcela. Con el paso de los años, comprendo mejor la relación entre la música y los estados de ánimo. Empujaste, Beethoven, desde la proporción, el orden y la sencillez del Clasicismo, hasta otros modos más coloridos, con improvisación y con cambios de modulación. Y entra el piano… El tenue sonido del oleaje completa la melodía.

El reflejo de la luna en el mar es como una pequeña senda plateada que se va ensanchando hasta el pie de la luna. Es curioso que el camino llega hasta la orilla y me sigue a cada paso.

Llego a la fuente iluminada del paseo. Empieza a afectarme todo el estrés, estoy agotada. Ya no tengo que correr más esta noche y tampoco debería preocuparme por otros tantos asuntos que han decidido salirse de mi vida, sin consultarme siquiera. Me sentaré en este banco, al lado de la fuente y de cara al mar. Estaré tranquila un ratito, que buena falta me hace.

—¡¿Uy?! ¿Quién eres tú?

Una esculturita ahí arriba, en medio de la fuente. ¿Por qué estás de pie y andando hacia el mar? Pareces de metal fundido y estás enverdecida por el efecto de la brisa. No sabía que estabas ahí, guapa. He pasado miles de veces a tu lado y, para mí, esto era solo una fuente iluminada, con sus cuatro bancos alrededor. Tu pequeño tamaño y los focos que tienes a los pies han impedido que te viera antes. Claro que, también habrán influido las prisas. Eres una mujer desnuda, hermosa. La pierna derecha está adelantada y la izquierda, atrás, te impulsa. Andas en dirección al mar, levantas los brazos, ladeas la cabeza y recoges tu larga melena.

—¡Uau! ¡Qué pose más sexi, chica!

Creo que todas las mujeres levantamos los brazos y recogemos nuestro cabello cuando nos gusta alguien, ¡igualito a como tú lo haces! A mí me ha resultado, ¿sabes?

—¡Ja, ja, ja…!

No escondes tu feminidad, esculturita, sino que la exaltas, con gran naturalidad y belleza. Al subir los brazos, tus pechos, liberados, toman el protagonismo; aunque también exaltas tus caderas, el cabello y tu paciente andar. Poco te importan las prisas, sino el sentirte tú misma, tal y como eres.

Una placa de metal presenta el título de la escultura: *La mujer y el mar.* Ahora sí te entiendo. Vuelvo a verte… Estás orgullosa, te liberas de todos los ropajes y caminas en busca de un futuro que está representado por la metáfora del mar: un porvenir inmenso, misterioso y lleno de posibilidades. Digno mensaje para la mujer y para mí.

—María Victoria, siéntete orgullosa de ti misma y anda por tu senda, a tu ritmo y con mesura. ¡Esa es la fórmula de tu liberación!

¡Qué fácil resulta decirlo, mujercita! No me siento satisfecha conmigo misma: no puedo, entonces…

—¡Pfff!

Es injusto que yo me vea así. Dime, Dios mío, qué he hecho tan mal en mi vida para que…

—¡Quiji! ¡Snif!

—*María Victoria, ponte en camino. ¡Ahora mismo!*

Al pie de la fuente, un enrejado de un metro de altura rodea el monumento. Imagino que la verja trata de evitar que la gente se acerque y pueda romper o dañarse con los mecanismos eléctricos y mecánicos. En la misma cerca, a mi lado, una gran telaraña está tendida en una zona de penumbra. La araña tejedora está quieta en la esquina derecha; espera a que algún insecto quede atrapado para proceder con la cena. Hay otras telas alrededor de la fuente y hasta donde alcanza mi vista.

Resulta difícil verte. ¿Escondes tu tela a propósito?

—*¡Qué va, qué va, qué va! La ciudad está a rebosar, María Victoria. No nos ves porque tejemos nuestras telas en lugares recónditos, con el fin de cazar a los insectos despistados.*

¡Eres un animalito fascinante! Me gustaría saber más de ti: el veneno, tu metamorfosis, cómo tejes la tela… ¿Podrías explicármelo todo?

—*Todas las arañas somos venenosas, unas más que otras y según nuestras necesidades. Las toxinas nos sirven para inmovilizar a los insectos desprevenidos que caen en nuestras telas.*

¿Y tu metamorfosis? ¿Cómo cambias a lo largo de tu vida?

—*Poco puedo decir de nuestras mutaciones. Desde que nacemos y hasta que morimos, somos arañas, sin cambios más allá del tamaño y funciones sexuales. Con el crecimiento, eliminamos el exoesqueleto viejo y conformamos otro nuevo, más grande y fuerte.*

Tu telaraña es perfecta, por lo que el proceso de elaboración de la tela debe ser artesanal. Respóndeme, arañita.

—*No… Porque no razonamos como tú, elaboramos nuestras telas de manera instintiva. Como ves, sin pensarlo, he elegido el lugar de la fuente donde tejer mi red. Además, he dispuesto el espesor y el tipo de seda en función de la ubicación de la tela y del animalito que pretendo apresar. Mi malla también sirve de cobijo para protegerme de arañas más grandes y de otros depredadores como las avispas o los pájaros.*

Explícame, arañita, cómo confeccionas tu «instintiva» telaraña.

—*Te enseño cómo lo hago, María Victoria. Cuando el hilo de seda sale de mi abdomen, lo pego en una esquinita y me dejo llevar por el azar del viento, que es quien dibuja el primer puente con la seda. A continuación, tejo las líneas radiales que unen el centro con la periferia. Con la primera malla, he conformado la estructura de sustentación básica de la tela. El último paso consiste en coser las líneas que rodean la malla y que mejoran la resistencia global del tejido.*

El proceso parece simple, pero el dibujo es precioso y perfecto. ¿Por qué?

—*Las formas geométricas de la tela no son azarosas, aunque las arañas no seamos conscientes de ello porque no pensamos como tú. Estas formas desorientan a los insectos con el fin de que caigan en la tela. ¿Ves? Somos listas, aun sin pensar.*

¿No es todo esto una paradoja, arañita?

—*El proceso de construcción de la malla es prodigioso, además, porque tengo mala visión y elaboro el tejido solo con los sentidos del tacto y del olfato. ¿Sabías, María Victoria, que nunca quedaré enredada en la tela que yo misma he creado?*

¡Eres una pasada de animalito! Quiero saber más de tu naturaleza, por favor. Escuchar cómo es tu mundo me da paz. Me llama la atención una virtud que tenéis todas las arañitas: la paciencia.

—*Sí nos conoces bien… Todas las tejedoras tenemos esa virtud de la paciencia. Después de elaborar la tela, quedo quieta en la esquinita, con las patas extendidas sobre la malla. Mi ocupación es solo esperar la llegada de algún insecto desprevenido.*

Desde que tengo conocimiento, he visto a centenares de personas apoyadas en las manos, expectantes.

—*Sigo, María Victoria. Cuando capte alguna vibración de la red en las patitas, me acercaré a la presa pegada en la tela, le inyectaré mis venenos y la inmovilizaré. También le inocularé los jugos digestivos para que empiece el proceso de digestión en su propio cuerpo.*

¿La víctima yace inmóvil, por el efecto del veneno, entretanto se va digiriendo a sí misma? ¡Eres una auténtica maestra de la caza!

—*Haciendo gala de mi paciencia, sujetaré a la presa y permaneceré quieta durante un tiempo, mientras se produce la digestión. Finalmente, sorberé la papilla del cuerpo del insecto y quedaré saciada hasta la próxima caza. Si cae algún insecto en la tela, verás el proceso con tus propios ojos.*

Eres un animal solitario: veo que cada araña se ocupa de su tela y poca relación más tenéis las unas con las otras.

—*Otra vez, has acertado: soy un animal huraño. Nosotras solo nos relacionamos para la cópula. Te cuento el proceso; sé que te va a encantar. La araña macho, más pequeña, toma la iniciativa y me corteja con una danza singular y con temor a ser devorada por mí. En el ritual, el macho me ofrece una presa envuelta en seda, a manera de ofrenda, con el fin de rebajar mi instinto asesino y procurar que lo acepte. Yo me hago de rogar, aunque consiento la relación sexual. Después de la cópula mataré sin piedad al macho y lo devoraré, como hago con cualquier insecto. Es mi instinto, María Victoria. Ten en cuenta que nosotras no somos sociales como tú, por lo que solo nos quedan dos opciones: la caza, o la subordinación y la muerte. ¡O somos cazadoras, o somos presas!*

—¡Eres fascinante, arañita!

Ainhoa y Eva, no sé nada de vosotras desde que nos despedimos la mañana del primer día del año. Me debéis una explicación de todo lo que ha pasado. Sé que habéis firmado la baja voluntaria y ya no formáis parte de la plantilla del hotel. Las argumentaciones de Carlos y Lucía me llevan a pensar que no habéis obrado bien. El desinterés por la comunicación conmigo apunta en la misma dirección. Parece que también están en el ajo Sonia, Lucas, Rafa, las tres rusas y otras personas que no conozco tanto. Pero… ¿sois vosotros los únicos culpables de cuanto os imputan? No lo creo. Las chicas del este salisteis

226

de vuestro país para buscaros el pan, y eso os ennoblece y dignifica esta tierra. Todos llegamos al mundo con las manos cerradas, y solo después del primer mes de vida empezamos a abrirlas, despacio.

—¡Todos nacimos limpios de pensamiento!

Son las malditas telas de araña que se han tejido sobre nosotros las culpables de cuanto ocurre en nuestras vidas. Las distintas circunstancias de cada uno nos han zafado de algunas telarañas, aunque no de otras. Vosotros habéis caído esta vez, sí, ¿pero yo me mantengo en pie? No…

A diferencia de vosotras, que únicamente os relacionáis para la cópula, los humanos solo podemos vivir cuando estamos organizados. Las personas tenemos y creamos necesidades, arañita, que solo a través de la cooperación satisfaremos. Debemos construir organizaciones, está escrito en nuestra naturaleza tan distinta a la vuestra. Hasta el presente, en nuestra evolución, conformamos miles de millones de estructuras distintas. Algunas como la familia, la relación de pareja o el trabajo son fáciles de reconocer, pero otras son menos visibles y hasta invisibles.

—La capacidad de organizaros con gran inteligencia es una virtud que solo tenéis las personas. El resto de los animales ansiamos esa potencia.

No tengo claro que sea tan bueno para la humanidad. ¿Las organizaciones son una virtud o están realmente en el principio de nuestros males? No sé la respuesta, aunque la segunda opción es convincente. Las hay ínfimas, ¿sabes?, como un simple trueque entre dos campesinos que cultivan diferentes verduras, por ejemplo. Ambos agricultores tienen necesidades comunes del alimento que cultiva el otro y cooperan en el intercambio. La organización funciona y ambos campesinos quedan satisfechos. Otras estructuras son más complejas, como los derechos humanos. ¿Estos derechos son universales? Yo juraría que, al menos en la Declaración, sí lo son.

—*¿Tú y yo hemos formado una estructura, María Victoria?*

—¡Ja, ja, ja! No, arañita. Tú vives en mi pensamiento, eres una alegoría.

—*Qué pena.*

Cualquier organización, sin que importe su naturaleza, puede corromperse. ¡Ahí radica nuestro mal! Cuando la constitución de un grupo desconoce, confunde o aparta las necesidades de sus miembros, deja de haber una auténtica cooperación y empieza a pervertirse. Y sin la necesidad de cooperar, las personas nos deshumanizamos, empezamos un proceso de evolución regresiva que busca otro modo de vida similar al vuestro.

—*¿Evolucionáis hacia la caza individual?*

Me temo que sí. Las estructuras sufren metamorfosis que las convierten en telarañas, de distintas formas y tamaños, cuyo único fin es la caza de los humanos y de otras organizaciones.

—*Si te transformas en arañita, puedes tejer tu tela aquí, a mi lado. No nos acerquemos demasiado… ¿Adviertes qué te podría pasar?*

Tu falta de hospitalidad no me consuela, arañita.

—¡Ja, ja, ja!

—*¿Cuántos cientos de miles de vuestras organizaciones habrán tejido cuántos cientos de miles de telas como esta mía en todo el planeta?*

No lo sé, pero deben de ser más telarañas. Sin ser conscientes, los humanos nacemos, crecemos y convivimos con distintos tejidos que se superponen conformando un todo, una gran maraña cuyo objeto es cubrirnos y que quedemos bien enredados.

Eres bonita y me escuchas con devoción.

—*No te acerques. Podrías quedar pegada a la tela y tendría que…*

—Gracias por avisarme. ¡Ja, ja, ja!

No somos conscientes del proceso y será imposible zafarnos. Las arañas nos han cazado en sus telas y pronto se acercarán, nos clavarán los quelíceros e inyectarán sus variados venenos.

—*¡Qué gustazo!*

Aguardaréis pacientes, haciendo gala de vuestra naturaleza, mientras nosotros nos quedaremos quietos sintiendo, con un dolor inimaginable, cómo se va preparando nuestra papilla, que sorberéis con ahínco.

—*¡Qué placer!*

Arañita, ¿cómo podríamos saber las personas, que estamos tendidas sobre las telarañas de cada una de las organizaciones que nos subordinan? Quiero conocer y ser consciente del proceso que me embauca. Sé que he sido cazada, permanezco sometida y aguardo los efectos de los venenos. Pero no sé cuáles son los síntomas de la caza.

—*Te ayudo... Decías que la organización se corrompe cuando aparta la satisfacción de las necesidades mutuas de sus integrantes, que es lo mismo que descartar la cooperación. ¡Busquemos ahí mismo los síntomas! Pronto, los miembros de la organización corrupta dejan de sentirse protagonistas, pues han sido excluidos. La extrañeza del ser humano es uno de los primeros síntomas: las personas se sienten andando sin un rumbo, comiendo sin tener hambre, amando sin amor...*

No se puede amar sin amor, conozco esos síntomas. Imagino que la transformación no acaba en la alienación de no saber el propio camino que se recorre. Tiene que haber alguna tensión sobre el proceso, alguna presión constante, hasta que nuestra papilla esté preparada para la digestión y sea sorbida.

—*La pregunta es difícil. Mi alimentación es parte de un proceso que empieza en la trampa de la tela. La privación de la propia libertad en la telaraña es un primer paso, al que le seguirá la extenuación de la presa. Después clavaré los quelíceros e inyectaré mis varios venenos.*

»En vuestro caso, la caza será más compleja. Es evidente que no participar del por qué o el para qué en la colaboración con las organizaciones aparta al ser humano de sí mismo. Esta sustracción prosigue con la evitación del pasado y del futuro, y una gran presión concentra al individuo alienado en el presente. Me temo que estas dos metamorfosis también pueden ocurrir en la dirección opuesta.

»¡Ya sé!: cada proceso es causa y también efecto, y opera conjuntamente y de manera constante durante toda vuestra alienación interorganizacional, en los ejes sincrónico y diacrónico. La extrañeza convive con el ser humano desde que abandonó el reino animal, sí.

Entiendo la alienación que significa andar sin tener un rumbo, la he sufrido toda mi vida. No comprendo el proceso de la presión que nos cautiva en el presente, ni cómo colabora este con la anterior enajenación.

—*Recuerda que estás tendida en la tela. La extrañeza en el presente deviene del olvido intencionado del* de dónde vengo *y del* a dónde voy. *Este lavado de cerebro os roba una piececita valiosa que las personas tenéis y que todo el reino animal ansía: la interioridad.*

—¿La «interioridad»?

—*Sí, la vida interior, la vida libre en el fondo de la persona, en paz con uno mismo, que se mueve entre un pasado, que permanece tan vivo como el presente, y un futuro, que se proyecta y que busca el encuentro con el hermano y con el medio ambiente, en un marco de cooperación, en donde surge la necesidad de satisfacer las necesidades mutuas de los seres humanos, de todos sin excepción.*

La *interioridad,* que es otra forma de llamar a la libertad.

—*Así es, María Victoria. Solos en el presente, bien encajonados, sin voluntad para ver más allá de vuestras narices, sin más consuelo que el* aquí *y el* ahora, *las personas no tenéis memoria, ni futuro, ni fondo, y os convertís en una veleta, en un botín. Pronto, si no detenéis vuestro viaje al presente, perderéis la* interioridad, *vuestra naturaleza más sublime.*

Resulta paradójico que nos sentimos satisfechos con el proceso de nuestra alienación; aunque luego lo sufrimos en silencio, lo lloramos y nos quita la vida. En esta nueva realidad que niega la vida más allá de la corteza, la evolución del ser humano tomará el camino del reino arácnido de la caza, y todos seremos transformados en cazadores y en presas.

—*Un reino arácnido más cruento que el nuestro. Recuerda que nosotras cazamos para subsistir, y solo nos valemos de nuestro instinto. Con vuestra técnica, el proceso de la caza será más violento.*

Tienes toda la razón.

—*Habéis quedado enmarañados. ¡Qué gustazo, María Victoria! ¡Tengo unas ganas de cenar!*

Yo no he comido casi nada en todo el día.

—*Esta noche de Reyes debería sorber una papilla especial.*

¿Cuáles han sido mis telas de araña? Lo desconozco… Qué fácil sería dar una respuesta y salir corriendo.

—*Si estás enmarañada, no podrás moverte.*

¿En qué telarañas quedamos atrapados desde el mismo día en que nació nuestra conciencia? No soy capaz de singularizar las telas en las que caemos, pero es evidente que estas redes permanecen tendidas y no han sido enjuiciadas siquiera. ¡Y gozan de gran valoración!

Esta madrugada nacerán miles de niños en todo el mundo y todos vendrán limpios de pensamiento. Pero pronto serán cebados para alimentar a las arañas que, como tú, esperáis sentir la vibración en vuestras patitas.

—Qué paciente eres, arañita.

—*¡Paciente, sí, claro! Lo soy… hasta que percibo tus vibraciones en la tela.*

Vas a lo tuyo.

—Mentiría si te dijera que no seguiré mi instinto. Soy una araña, ¿recuerdas?

Carlos, tú mismo lo has confesado. En los años que llevas al frente de la gestión del hotel, te has corrompido. Conocí a otro chico, fresco y desinteresado, que llegó a mi vida recién licenciado en Económicas y me cautivó. En nuestra pequeña maraña, día a día, he sentido cómo has ido separándote de ti mismo. ¿En beneficio de qué, Carlos? Nunca te he notado al cien por cien desde el principio de nuestra particular relación. Siempre has estado más pendiente de la organización del hotel que de tu propia vida.

Lucía ha tejido para ti unas telas con preciosas formas geométricas. Puede que tú mismo participaras en la elaboración de los tejidos que te enredan. Estás tendido, recostado sobre la red. Las arañas han percibido tus vibraciones y se acercan. Tienes que empujar con todas tus fuerzas, desenredarte y correr sin mirar atrás, o te alcanzarán las arañas, te inocularán sus venenos y no podrás ya moverte. Pronto empezarás a ser digerido, inmóvil, dentro de tu propio cuerpo.

Antes he visto cierta relación de complicidad entre Lucía y tú. ¿Habéis tenido algún affaire? Sé prudente, Carlos. ¿La araña te ha hecho ofrendas contra natura? ¡Cuídate de la araña hembra! Después de la cópula, serás devorado, sin miramientos, como devora a cualquier otro insecto. Mientras estés recostado en la malla, tu vida no te pertenece. Abre los ojos y recupera tu libertad.

—«No hay peor ciego que el que no quiere ver».

Vete con tu chica, teje otra telaraña más amable y devuélvete al chico joven e inocente que conocí. ¡Rompe las malditas redes que otros, y tú mismo, tejisteis sobre ti! Quiero hablar contigo y tratar de convencerte… Supongo que estarás ocupado con tus balances, balanceándote sobre la tela de la araña.

Lucía, aunque pequeña, eres una gran y astuta arañita. Reconozco la mancha rojiza de tu abdomen. Las telas que tú misma has tejido en el hotel han dado sus frutos: la empresa genera capital y da muchísimos empleos. No te daré las gracias por tu gran pericia arácnida en el trabajo con las telas, pues conforme las marañas que tejes son más grandes, más complejas y resistentes, en algún lugar de la costa quiebra otro hotel, discoteca o restaurante. Este es el auténtico progreso que aplaudimos y en el que también hemos caído bien enmarañados. ¿Y tú eres una mujer triunfadora y ejemplo de progreso en esta organización que es nuestra ciudad?

—¡Qué falacia, Dios mío!

Depredadora, rompes todas las telas ajenas y solo conservas las propias o aquellas otras, ajenas, que no interrumpen tus fines. Has cazado a las arañas que han rasgado alguna de tus telas y a las que no se han dejado enmarañar por ti. ¿De qué te quejas, araña reina? Poco te importan a ti las necesidades mutuas sino las tuyas, las que has entretejido en tus redes. La auténtica cooperación entre los miembros de tu organización se llama *servilismo.* ¡Jodida arañita que nos empujas a la caza! Tus propias necesidades han corrompido el sistema y lo han transformado en una gran maraña. ¡Y te sientes vencedora, te vanaglorias por tu pericia arácnida y la ciudad te reconoce y te adula! Es una pena.

Incluso tú, Lucía, deberías andar con precaución. Es evidente que eres habilidosa en el hotel, con tus trabajadores y con el consejo de administración. Pero, además de araña depredadora, eres también una presa. Me ha dolido tu experiencia de cada lunes. Tú misma has reconocido en lo que te has convertido; sin embargo, desconozco por qué has facilitado mi salida del hotel. ¿Te queda humanidad? A diferencia de la araña, que no puede enredarse con su propia tela, tú sí lo has hecho, y tu esfuerzo te ha sometido. Sin depredadores, has caído en tu propia red.

¿Eres una tejedora realmente, Lucía? Si es así, sacarte del hotel sería insuficiente para acabar con tu instinto de subordinación. «Mala hierba nunca muere». Si te vieras amenazada, recubrirías el cuerpecito con tu malla y quedarías a merced del viento. ¡Y volarías hasta otra ciudad en donde tejer de nuevo tus preciosas telas!

—¿Verdad que así lo harías?

—*Verdad... Dime, María Victoria, ¿tú también te has corrompido?*

Como todos. No he robado, aunque sí he mutado aquí, en el hotel y en esta ciudad. Mi metamorfosis empezó el día que decidí dejar a mi familia para emprender una nueva vida en la ciudad, con el progreso.

—El «progreso»…

Aparté a mi propia hija y creo, y me duele, le quité a su padre. He vivido bien enmarañada y no he caído en la cuenta hasta que la malla se ha estrechado sobre mí y me ha robado algunas piezas que, equivocada, creía centrales en mi vida. Te veo, estás en la esquinita de tu tela. ¿Hablas? ¿Qué quieres decirme?

—*María Victoria, te has hecho mayor. Esa es una gran y pegajosa telaraña.*

—¡Vete a la mierda!

Qué fraude… ¡Gran progreso el que se yergue sobre las telas de la araña! Y gran embuste tu liberación, mujercita desnuda, escultura bonita. El símbolo no lo es tanto cuando, ni se te ve, ni se te siente, lo mismo que las pescadoras. El pasado no le importa una mierda a la maraña. Tampoco le importas ni tú ni tu liberación. La ciudad solo conoce el presente, el «aquí» y el «ahora». Sin embargo, tu feminidad y tu andar no parecen afectados más que por la caricia de la brisa salina del mar. ¿Por qué te muestras tan feliz? Eres más que el símbolo global que representas, pues ofreces un atisbo de esperanza que me enorgullece como mujer, como lo hacen las pescadoras y sus hombres.

—Ojalá te hubiera conocido el primer día que pasé a tu lado, reina desnuda. No quise verte.

Es cierto que hay arañas y redes cuyo fin es nuestra protección, ¿a que sí, mamá? Tu mesura, la mano izquierda y tus palabras siempre han tejido una telita tierna y frágil que, antes que retenerme, me han empujado en la vida. También tú, papá, has sido una arañita buena. ¿Por qué tanta discusión estéril? La tía Domitila y tú cuidáis de mi hija como si la hubierais parido. Otras arañas han tejido sus telas sobre mí.

—He estado sin estar, papá. ¡Perdóname!

Y mi cuerpo se movía, giraba y rodaba sobre sí mismo, y se enredaba en la maraña. Quiero arrancar de un sablazo todas estas redes. Papá, ¿tú me auxiliarías, por favor?

—*Si me dejaras, ¡te arrancaría todas esas telas con los dientes, hija!*

Lo sé. Cuando paseo con mi hija, siempre hay quien me recuerda que eres la persona más valiente del pueblo.

Pero estas mallas que nos protegen son delicadas y frágiles, y pueden romperse con facilidad. ¡Yo bien lo sé! Me asusta pensar en la posibilidad de que quien ha tejido todas estas redes, tan tiernas y sensibles, haya tramado que se rompan pronto o a la menor presión. ¿Es así, bonita? Respóndeme.

—*Esas telas vuestras no son frágiles, son muy muy fuertes. Lo que ocurre es que las otras redes, las que buscan vuestro sometimiento, las tejen arañas pacientes que os estudian y que están organizadas, cada día más y mejor. Estas telas os doblegan, milímetro a milímetro, sin que os deis cuenta del proceso hasta que estáis bien enmarañados y no podéis ya zafaros. Recuerda, María Victoria: la clave del sometimiento no es tanto la fuerza como la constancia. ¿Sabías que mi tela es más fuerte que un cable de acero del mismo grosor? Pero más resistente que mi tela son mi paciencia y mi tesón.*

Por desgracia, son muchas las arañas que, como tú, buscan cazarnos.

—*No está en nuestra naturaleza dañar a nadie.*

Entonces, perdóname las alegorías.

—La caza forma parte de nuestra naturaleza. Con las redes, colaboramos en el equilibrio de un sistema en el que los humanos estáis incluidos, de alguna manera extraña. Estáis metidos en una naturaleza común, recuérdalo.

Tu tela es preciosa.

—Gracias por el cumplido, María Victoria. Por como eres, tu papilla debe saber muy dulce. ¡Mmmm!

Las telas que tejemos las personas también forman parte de una naturaleza y la retratan. Está en la ecología humana la necesidad de alienar y subordinar a nuestros congéneres. Bajo el amparo de una creciente y falsa libertad, estamos premiando a grandes arañas tejedoras como Lucía. Poco importa el daño en las relaciones interpersonales que nos estemos infligiendo en esta carrera en la que la meta es, en realidad, destacar sobre el que viene detrás e impedir que pase adelante.

—Adelante y atrás… ¡Vaya estupidez humana! Nosotras cazamos para evitar morir de hambre.

La vuestra es una caza digna. Nuestras organizaciones no buscan la satisfacción de las necesidades mutuas, pues compiten entre ellas. El sistema no es horizontal.

—Tampoco cooperáis con el medio ambiente.

Tienes toda la razón. Y como no cooperamos, nuestras relaciones son verticales y nos extrañan. Esta es la realidad. Porque nuestras organizaciones no se basan en la satisfacción de las necesidades mutuas, sino en la subordinación, algún día colapsaremos.

—Cuando no queden más presas que cazar, cuando todos los que sigáis en pie os convirtáis en arañas como nosotras, entonces llegará el final.

Seguiremos acechándonos los unos a los otros y la caza se tornará más encarnizada, hasta que solo quede una araña en pie.

—Y la araña viva será la reina, en un reino arácnido muerto, en donde la caza también habrá muerto. No hay vuelta de hoja.

—Así es, arañita.

Con urgencia, deberíamos repensar el rumbo de nuestra naturaleza y tratar de salvarnos de nuestro instinto. ¿Seguimos desandando o detenemos la aberración y empezamos a cooperar?

—*El instinto de caza lo tenéis bien agarrado. Vuestro talón de Aquiles es, al presente, el espacio que ocupa la esperanza. No creo que podáis mutar la naturaleza que os habéis dado.*

No somos nada sin las organizaciones, y con unas estructuras que solo compiten y buscan nuestro sometimiento, pronto llegará el ocaso.

—*¡Mmmm!... Cuando termine vuestra función y te transformes en arañita como yo, y vengas aquí, a mi lado, ¿tú me traerías a tu hija Luna, envuelta en unas telitas que yo tejería para la ocasión?*

—¡Se acabaron las alegorías!

¡Ojalá tuviera un soplador potente en mis manos!

¿Cómo surge el instinto de caza que aparta la cooperación entre las personas? La curiosidad me corroe. No he sentido esta naturaleza en el retablo cerámico de las pescadoras. ¿Le llegó espontáneamente al individuo? No lo creo. Alguien, o algo, lo ha despertado, y después ha facilitado su crecimiento. Si las organizaciones surgen con la evolución de las culturas, en el desarrollo debería encontrar alguna pista. ¿Es posible que el instinto arácnido crezca y se canalice a través del auge del conocimiento? Es probable que así ocurra, aunque no puedo aceptar que la relación sea directa. Un gran conocimiento potencia una caza colosal, desde luego.

¿Es posible que las primeras racionalizaciones de tantos miles de organizaciones pronto fueran tomadas por el instinto humano arácnido de la caza para sus fines?, ¿antes incluso que como una vía de mejora rápida de la satisfacción de las necesidades mutuas? Puede que haya ocurrido así, aunque, otra vez, no puedo aceptar una relación directa. La clave no está en la ciencia, sino en el instinto.

—«Cazar» o «ser cazado», esta es la auténtica realidad de nuestro desarrollo.

Esa es la cuestión de fondo en la dinámica de nuestras estructuras. La nueva realidad organizada, no humanizada, enmaraña al ser humano, le entristece y le vence. La paciencia, la constancia y el tiempo nos llevarán al colapso. Qué importa quién ha despertado el instinto.

¿Hay vuelta atrás? No lo tengo claro. Me lastima profundamente que el progreso se pose del lado del instinto arácnido. ¿Podría el conocimiento constituirse como una herramienta facilitadora de la satisfacción de las necesidades mutuas y alentar la concordia? Podría… Debió nacer con este objetivo, aunque pronto fuera apartado y rehabilitado para la caza. ¿Es posible que, de alguna manera, todo empezara a revertirse en beneficio de los seres vivos y de la tierra que pisamos? No sé… En primer lugar, deberíamos arrancarnos de dentro la naturaleza arácnida. Del mismo modo que el saber colabora con las organizaciones que nos deshumanizan, también podría empezar a revertir la realidad y procurar la rehumanización. ¿O es tarde? Está tan agarrado a nuestra naturaleza el sometimiento del prójimo, ahora, además, con todas las herramientas y facilidades de la técnica.

—Creo que estoy perdiendo la cabeza.

La brisa mueve el agua y el reflejo de la luna consigue una iluminación viva, en constante movimiento. Miles de perlas en el mar se encienden y se apagan, y señalan una bellísima senda plateada hasta la luna.

—¡Qué bonita eres!

Me decepciona esta realidad de la que hoy siento, más que nunca, que he formado parte durante toda mi vida. No tengo fuerzas para sentirme armada «caballera andante» y emprender una cruzada por la justicia. Mi existencia ha sido una completa equivocación.

—Estoy sola.

«Nunca has estado sola, María Victoria».

Va a ser difícil retomar mi vida. ¿Cuál será el camino menos enredado? ¿Ando callada, como la esculturita o las pescadoras? No sé si vale la pena. Me levanto y…

—¡¡¡Aaau!!!

¡Qué puntada en la espalda!

—¡Ahhh! ¡Uhhh!

¿Por qué este dolor tan repentino?

—¡Ufff! ¿Qué es esto, Dios mío?

Me agarro a la reja o caeré al suelo. Ha sido un pinchazo, como una explosión en lo alto de la espalda. ¿Será por los nervios acumulados?

—¡Qué dolor!

Saldré a la avenida y tomaré un taxi. Me encuentro decaída y débil. No puedo seguir andando hasta casa.

XVI
Amparo

«Mas hay en su mirada una tristeza
de inefable amantísimo delirio,
que aumenta el resplandor de su belleza,
la llama santa de un feliz martirio,
¡oh pura fuente de inmortal limpieza,
sobre las ondas desmayado lirio!
¡Oh cuán amada por tus penas eres,
mujer en quien esperan las mujeres!».

ROSALÍA DE CASTRO: *DESOLACIÓN*

Bajo los escalones y entro en la calle de doble dirección. Dos manzanas me separan de la avenida de los Naranjos.

¡Sigo sin mensajes, mierda! ¿Por qué he consultado el teléfono? Ha debido ser la inercia. Me da lo mismo que no escribáis, «amigas». ¿O no te da tan igual, Victoria?

¡Qué casualidad!: un taxi está en doble fila y lleva la lucecita verde. Supongo que el conductor habrá entrado en la calle para comprar algo. Sí, sale de la tienda veinticuatro horas de la esquina y sortea los coches aparcados hasta llegar al vehículo. Su caminar es achacoso. Abre la puerta y entra. Cuando arranque, vendrá en mi dirección, no puede ir en otra. Enciende las luces y el coche se pone en movimiento. Ando hasta la calzada, levanto el brazo y lo muevo con interés.

«Con esta navaja, el corte será limpio y la seta saldrá otra vez. ¿Habrán dejado alguna para cuando suba la semana que viene? En la navidad del año pasado arrasaron todo el monte. Vienen de la ciudad, que nunca han visto un robellón, y recogen todo lo que asoma por el suelo, sin miramientos. Los arrancan de cuajo y se los traen».

—*Mochachos,* hay que subir al monte con una cesta de mimbre, y replantas a la vez que recoges.

«Hablaré con la alcaldesa, porque esto no puede seguir así».

¿Me ves? Echas las luces largas, sí me has visto. El vehículo frena y se detiene justo a mi lado. El taxi es viejo y pequeño, un modelo que no reconozco y que ya no suelo ver. Abro la puerta y entro. La taxista gira el cartelito a la posición de «ocupado».

—Buenas noches, ¿dónde vamos, *mochacha*? —Tu voz es ronca y grave.

—Salgamos a la avenida de los Naranjos y luego a mano derecha, en dirección al norte de la ciudad. Te diré dónde tienes que dejarme.

—¡Arreando, que es gerundio! Cuando nos deje salir el camión.

«¡Qué huevos tienes!».

Un camión de la basura pasa justo a nuestro lado y frena en seco porque no tiene el espacio suficiente para pasar. Echa la primera y avanza muy justito a nuestro lado. Debería frenar, salimos nosotras y tiene más espacio.

—¿No detienes el camión, imbécil?

—¡Déjale! ¡Déjale, que tiene prisa por empezar a trabajar!

«¡Abolla el taxi si tienes huevos, palurdo! Además de pintármelo entero, me pagarás unas vacaciones. ¡Acércate más, hombre!».

—Lástima, sí sales, condenado.

El acolchado del asiento de la conductora ha perdido su densidad y está cubierto por una funda de bolitas de madera, atada con dos lazos de tela blanca. Huele a humo seco de ciga-rrillo y a pino, ¡qué mierda! El ambientador no ha eliminado el hedor a tabaco de las tapicerías y del resto de las telas del cochecito.

«Como cocines los robellones, al buche, Anselmo. En tor-tilla, con ternera, con cebolla… Si los pasas por la sartén con un puñadito de ajos, ¡de la mesa al cielo! ¿Habréis dejado al-guno para mí en todo el monte?».

La conductora es una mujer ancha y lleva el cabello corto y cano. Viste una camisa a cuadros de hombre. Tendrá sesenta años, si no los pasa. Es evidente que estira el taxi hasta la jubila-ción, aunque dudo que llegue a retirarse con este coche tan viejo.

«Te veo por el espejo retrovisor… Para mi gusto, te faltan un par de cocidos de mi tierra. Se ha corrido la pinturita de tus ojos, ¿has llorado? Estás triste, ¿por qué? Con lo guapetona que tú eres. ¿Has reñido con el novio? Habrás discutido en casa, con tus hermanos o con tus padres. A ver si pongo música y te *me* animas. Se ha desatascado el camión, podemos arrancar».

—¿Vas para casa, *mochacha*? —Tus palabras no son since-ras, fuerzas la conversación.

—Hoy he terminado de trabajar antes de lo que esperaba.

«¡Qué voz más ronca *me* llevas! Tú has tenido un disgusto».

¿A ti qué te importa dónde voy o dejo de ir? Otra que se mete en mi vida… Tú conduce, que para eso cobras. No eres mi psicóloga, ni tengo por qué ser yo tu paciente.

El olor del taxi es molesto, así que bajo la ventanilla. Al en-trar en la avenida, empiezo a sentir cómo, en cada bocacalle, la compresión del viento y el ruido es menor. Se produce una distensión en cada cruce. La presión de la ciudad en la avenida huye en dos direcciones: hacia el pueblo de los pescadores, subido al cerro, o hacia el mar. Esta sensación de escape es extraña y agradable. Siento, muy dentro, un vaciado de las emociones, que me libera y me da paz.

—¿Qué tal el tiempo? Señala malo para estos días.

243

Por vez segunda, tus preguntas buscan introducir una conversación.

—A mí me da igual que llueva. Soy camarera en una discoteca y trabajo a cubierto. —Pronuncio las palabras rápido y con un tono firme. Seguro que no volverás a decirme nada en todo el trayecto.

—O sea, que perteneces al gremio de la noche. ¡Pues como yo, *mochacha*!

—¿Al «gremio de la noche»? ¿Eso qué coño es?

Despierta mi curiosidad el nombrecito de las narices.

—Pertenecen a este gremio las personas que trabajan por la noche para que, cuando salga el sol, todo funcione con normalidad.

—¿Y cuál es mi colaboración, como camarera en una discoteca, para que «todo funcione con normalidad»?

—Nosotros alimentamos esta ciudad con nuestro trabajo, como todos. Pero tú, yo y otros tantos le damos de comer desde la noche: yo transporto a la gente que necesita desplazarse, tú sirves copas y las personas se divierten, otros cocerán pan o asistirán a los enfermos. ¡El gremio de la noche!

No había caído en la cuenta de que hubiera tal gremio, ni tampoco que yo estuviera metido en él. Pero ¿cuál es mi papel en este «gremio»? ¿Mi función es solo servir copas? ¡No, no, no! Mi labor es otra y la conozco bien. La disco alimenta y desata los anhelos y las frustraciones, aunque la liberación es una ilusión que dura una noche y mientras queda alcohol en la copa. Vamos a rebasar una gran bocacalle a la derecha. ¿Y qué pasa con tus anhelos, Victoria? ¿Se han transformado en auténticas frustraciones y te están reconcomiendo?

¡¡¡Iiiiihhh!!!

—¡¿Te *me* pones en rojo?! Tenemos que frenar. —Le das un manotazo al volante y resoplas.

«¡No he llegado a arrancar en la avenida y tengo que frenar! O sea, que me detengo en el segundo semáforo, y la calzada vacía. ¡A ver si la clienta va a pensar que lo hago a propósito! Otra vez *me* han modificado el temporizador de los semáforos en la avenida de los Naranjos. Lo cambian sin avisar, cuando les da la gana y sin consultar a nadie. Semáforo en verde, semáforo en rojo, les va a costar la torta un pan a los clientes. ¡Bien hecho! ¡Qué ganas tengo de largarme al pueblo con mi padre!».

Mi vista alcanza toda la ancha acera hasta el mar. No siento ninguna presión, ni ruido, más que el ralentí del viejo taxi. Estoy tranquila. Bajo más la ventanilla; quiero respirar el aire que huye. El viento es fresco, pero no siento el frío. En el paseo marítimo, las palmeras, recogidas con cintas, aletean con las bocanadas de viento que les llega desde la avenida. Más allá, se mantiene el reflejo plateado de la luna en una senda iluminada, desde la línea del horizonte hasta la arena. Las perlas brillan en el agua. Eres un camino vivo y fascinante… ¿Me aguardas?

—Por favor, llévame al puerto de los pescadores.

—¿A la calle de los Pescadores? Está aquí al lado, en cinco minutos llegamos.

—Te pido que me lleves al principio de la ciudad, al puerto de los barcos y la lonja del pescado.

—¿…? Vamos pues, cuando se *me* ponga en verde… ¡Arreando!

«¿Por qué vamos al puerto? Allí solo hay cuatro barcos amarrados y el pequeño hotel. Decías que ibas a tu casa. ¿Dónde vas, hija mía? Tú mandas y yo obedezco. Habrás quedado con alguien en el hotelito, o puede que quieras pasearte entre veleros y barcos de pescadores. Con el calorcito, apetece ir de excursión. Pero ¿a estas horas de la noche?».

—¿Quieres que escuchemos algo de música?

Insistes, cabezota. Quieres darme conversación, por tercera vez. ¡Tomaré la invitación, vas a ver!

—¿El taxi lleva tocadiscos de serie? ¡Ja, ja!

—¡Qué graciosa eres! —hablas con retintín—. Este taxi tiene aparato de música, ¡de primera! Y nada puede romperse hasta que me jubile. Luego, puede que el cochecito empiece una nueva vida conmigo, yendo y viniendo al pueblo. —Tus palabras son convincentes, pero no habla el taxi.

—Pon la música si quieres. Bajita, por favor.

Me duele la cabeza y estoy angustiada.

—¿Te apetece escuchar a Tanita Tikaram?, ¿conoces la canción *Twist in my sobriety*? —preguntas con vehemencia mientras introduces una cinta en el radiocasete.

—No conozco la canción.

Visto el taxi, seguro que será una mierda y sonará como el culo.

—¿Qué no te gusta la música, *mochacha*? Pues forma parte de nosotros. Está aquí mismo, en nuestro corazón. —Te das dos toques en el pecho izquierdo.

Yo no he dicho eso. Solo digo que desconozco a la cantante y su jodida canción.

—No me hables del corazón, por favor. Escuchemos tu música si quieres.

Ladeas la cabeza y sonríes. ¿Por qué no me mandas a la mierda de una vez? Me lo he ganado a pulso. ¡Hazlo, joder!

¡Qué bien suena el radiocasete! El equipo de sonido no venía de serie en el coche, desde luego. El ritmo de la canción es lento, llega al corazón y araña mis emociones… La voz de la cantante es grave y profunda. El oboe realiza solos instrumentales y el estribillo, y hasta supera la belleza del timbre de la vocalista. La batería y el resto de los instrumentos realizan un excelente trabajo de acompañamiento. ¡Qué pasada de canción! ¿Por qué no te he conocido antes, *Twist in my sobriety*?

—¿Cómo te llamas, *mochacha*?

—Me llamo Victoria. ¿Y tú?

—Amparo, soy Amparo Ortega. ¿Te gusta la canción? La suelo escuchar cuando siento en mí como… un vacío. Seguro que sabes de qué hablo.

—Sé a qué te refieres.

Las farolas, las palmeras del bulevar y los naranjos amargos van pasando más deprisa a mi lado. Esta vez os apartáis, a propósito, a ambos lados de la calzada, y liberáis mi camino. ¿Por qué ya no me cerráis el paso?

—¡Snif!

Tengo una gran superficie de visión frente a mí y hasta el cielo. Las bocacalles van pasando con fluidez. Ahí está la calle de los Pescadores y la torre gris que la enfrenta y sega. Quedan menos de tres kilómetros hasta el puerto.

La voz de la vocalista me provoca una sensación de desahogo. En mi interior resuena el oboe. ¡Qué música más bella cantas! El equipo de sonido es una pasada. ¡Menuda sinfónica tienes montada aquí, doña Amparo! La música se completa en un todo con la presión que huye hacia el agua. Estoy emocionada. La avenida me grita y el mar solo me susurra en cada bocacalle. Pronto acabará esta pesadilla.

Ahí está mi finca de hierro. La luz del comedor de Matilde está encendida. Supongo que se habrá dado cuenta de que he tomado su regalo. Siento el oboe en mi corazón… Tu música es preciosa. Adiós, Matilde, bonita.

El cochecito me lleva al puerto, al final de la avenida de los Naranjos. No hay vuelta atrás. Abro el bolso, saco el perfume y me doy un toque en cada lado del cuello. Te giras lentamente e inspiras. Llevas los dedos de la mano a la boca y me ofreces un gesto de agrado. Te gusta mi perfume, ¿eh, Amparo? Creo que a ti te sentará mejor que a mí. Saco un bolígrafo del bolso y rompo un papelito del bloc de notas.

Veo las pequeñas grúas del muelle, la lonja, las barcazas de pesca y los veleros y motoras de recreo. Vine andando con Ainhoa el año pasado, pero fue entrar y salir, y no lo recuerdo bien. Me dijo el vecino Jacinto que el puerto estaba enfrente de la callejuela de los pescadores y que después, con la construcción del paseo marítimo, lo pasaron aquí, al cabo norte. Le molestaba el puerto a la ciudad, seguro. La urbanización no ha llegado hasta esta zona, aunque llegará, tiempo al tiempo. Sí hay un pequeño hotel en la playa, doscientos metros antes del puerto. Desde la disco lo veo cada día y vosotras lo conocéis bien, «amigas». ¿Dónde estaréis en este mismo instante? Llamadme o contestad a mis mensajes, por favor.

«Te veo pensativa y llorona… Hemos pasado el hotel, solo queda el embarcadero en la avenida. ¿Vamos al puerto? Allí solo hay barcos y más barcos, de paseo y de pesca, todos amarrados. ¿Dónde vas, criatura? ¡Dilo, condenada! Me inquietas… ¿En qué piensas y qué tramas?

»Poca avenida más queda por recorrer. Al llegar a la rotonda, tenemos tres opciones: seguimos recto y salimos de la ciudad, nos metemos en el puerto, o damos media vuelta y volvemos por donde hemos venido. ¡Escoge de una vez, jopé! ¡Tendrás que decirme dónde vamos! Me preocupas. No sé qué está ocurriendo contigo, pero lloras todo el tiempo».

—Arrímate. Voy a bajarme, Amparo.

—Detengo el taxi aquí, dentro de la rotonda. No hay nadie en el puerto. Toda la actividad pesquera está cerrada hasta la noche de mañana, después de Reyes. Y el puerto deportivo abrirá el mes de abril. ¿Qué te ocurre? ¿Quieres que aparque, haces lo que tengas que hacer y te devuelvo a tu casa?

—Ya me apaño yo. Eres muy amable, Amparo. Muchas gracias por la musiquita de Tanita Tikaram, que ni sabía yo que existía. La voz de la cantante llega adentro y se queda. ¡Qué música tan bonita canta el oboe! Una preciosidad de canción, de verdad.

«A ti te ocurre algo».

—Solo está permitido el acceso a pescadores y personal autorizado. ¿Has visto que las balizas están echadas? No puedes pasar caminando. ¿Me escuchas, *mochacha*? —indicas con voz débil. Tus ojos también han perdido el ánimo.

—Adiós, Amparo.

«Baja, márchate y haz lo que te dé la gana. ¡A mí qué me importa dónde vayas! Yo también me tengo que ir. Todavía he de echar una docena de carreras antes de irme al retiro, ¡que las facturas se tienen que pagar a final de mes!

»¿A ver qué dan en la radio?».

—Habláis… Promesas de los políticos… Más hablar y discutir… ¡Aquí! ¡Aquí me quedo!

«Conozco la guitarrita y tu voz, *mochacho*. ¡Cuánto tiempo sin escucharos, Scorpions!».

—¡Qué balada, Jesús!

«Subo los agudos y le doy volumen. ¡Qué bien se siente la guitarra!».

—El cochecito está viejo, pero tiene un tocadiscos joven, que es lo que importa.

XVII
El mar, la mar…

«Y todos, con resignación oriental, sentáronse en el ribazo,
y allí aguardaron el amanecer, con la espalda transida de
de frío, tostados de frente por el brasero que teñía sus
rostros con reflejos de sangre, siguiendo con la pasividad
del fatalismo el curso del fuego, que iba devorando
todos sus esfuerzos y los convertía en pavesas tan
deleznables y tenues como sus antiguas ilusiones de paz
y trabajo».

VICENTE BLASCO IBÁÑEZ: *LA BARRACA*

Conozco la canción, la escuchaba cuando iba al instituto. Recuerdo que puse una pegatina del grupo de *rock* en mi carpeta. ¿Por qué subes el volumen, Amparo?

—¡Ufff! ¡Ja, ja, ja!

Con Sara, la profesora de inglés, la solíamos traducir. Qué música tan preciosa canta la guitarra. Eres *Still loving you,* de Scorpions.

—¡Cuánto tiempo ha pasado desde mis dieciséis!

«¿Dónde vas? ¿Qué cavilas? Aguardo cinco minutos y me marcho; una corazonada me dice que algo no va bien. Refresca, me estoy enfriando. En el maletero tengo una chaqueta. Pasas por debajo de la valla que impide el paso peatonal no autorizado».

251

—¡Te podría caer una buena denuncia!

«¿Vas al muelle? ¿Qué demonio te ronda por la cabeza, condenada?».

Jodido vocalista. Qué voz más melódica tienes.

—¡Snif! Alemanes…

Tu voz es un ruego, como un susurro. ¡Qué música tan preciosa!

El aire huele a pescado podrido y al gasóleo, aceites y resinas de las embarcaciones. No me desagradan estos olores que forman parte de la vida portuaria y de los pescadores.

—Deja de adularme con tu guitarra, por favor. Me estás haciendo daño.

A mi izquierda, la primera nave parece un taller de mantenimiento. Las máquinas que sostienen a los barcos están oxidadas. El suelo está mugriento y lleno de pedazos de cuerdas, redes, pintura y maderas arrancadas a los barcos.

—El amor puede romper muros, sí. Pero no me queda nada dentro.

Dos embarcaciones recién pintadas están subidas a sus caballetes. La voz es tan bella… Huele fuerte, a cola o resina. Por favor, deja de retenerme con tu guitarra, ¡me lastimas! La tercera nave, blanca, es la lonja del pescado. Veo las sillas y las balanzas en la sala de subastas. No has estado y lo reconoces, ¿y me dices que en adelante sí me acompañarás?

—¡Ja, ji, ja, ja! Es tarde.

La senda de la luna se estrecha. Pronto, la luz dejará de reflejarse en el agua. En la dársena derecha, contando veleros y motoras, no habrá más de treinta embarcaciones.

Sigo creyendo en tu amor, y lo sabes, pero no tengo fuerzas para andar más. Lo siento, no puedo ofrecerte una nueva oportunidad. No arañes más mi corazón con tu voz y con tu guitarra.

—Te lo ruego, ¡dime qué me está pasando! ¡Uuuaaay, ay, ay…!

En el muelle, las dársenas están iluminadas con un par de hileras de barras fluorescentes que siguen hasta el final de la zona de atraque. A la izquierda, más separado de la ciudad, se encuentran los barcos faeneros. Algunos son grandes y otros más chicos, todos amarrados y en ligero movimiento.

«Caminas en dirección al muelle. ¿Vas a subir a una embarcación? No lo creo; no hay aquí ninguna línea de transporte marítimo. ¿En qué piensas, *mochacha*? Vuelvo al taxi o se me van a congelar las manos. ¿Qué es ese papel doblado en el asiento de atrás?».

—¿¡Una nota!?

Hola, Amparo:

Acepta el perfume que tanto te ha gustado de camino al puerto. Es de una persona especial, una mujer que me ha enseñado a frenar y a observar con otros ojos el pasado.

Por favor, no te canses de insistir para entrar en conversación con tus clientes, aun cuando ellos te hablen fatal. Eres una telita, preciosa y frágil, que nunca debería romperse.

María Victoria Molina Fernández

—¡Virgen santa!

«¡Condenada! ¡¿Qué vas a hacer?! Camino sin sobresaltos, no te me asustes. Sé lo que estás maquinando».

Llego al final del muelle. El viento golpea mi cara con más fuerza, aunque no tengo frío. En el agua, la luna brilla hasta mis pies. Me has seguido hasta aquí, «senda amiga». Ahora sé por qué los pescadores cambiáis el género al sustantivo *mar*: sentís este espacio como una madre, misteriosa y mágica, que os da la vida y os protege.

Mamá, me acuerdo tanto de ti y de tu mirada. Nunca tuvimos secretos entre nosotras.

—Tengo tanto que… contarte. ¡Snif!

No sé nadar, papá. Cada verano, mamá me recordaba que debía aprender contigo.

—Aprende a nadar, hija. La tía Domi y tu padre te enseñarán en la charca.

La primera vez que quise aprender casi me ahogué. Si soy sincera, no volví porque no quería estar contigo. Perdóname, papá, discúlpame por todo lo que te he hecho padecer. Sé que mi hija queda en las mejores manos.

—¡No puedo dejar de llorar, mierda!

¡Qué hermosa y paciente eres, lunita! Te reflejas en el agua, llegas hasta mí y me contemplas con tu paz. El cielo es una preciosidad.

«¿En qué piensas? Das media vuelta y caminas… ¿Por qué te detienes? Sé lo que estás tramando, condenada. No lo hagas; eres joven todavía. Te pones de frente, en dirección al mar».

—¡Victoria! ¡No lo hagas! ¡¡¡Victoria!!!

Llevo las manos a la cara y…

—¡Quiji-quiji, quiji-quiji! ¡Snif!

Se acabó todo, María Victoria. Solo queda la paz. ¡Corre, corre hacia la luna! ¡¡¡Con todas tus fuerzas!!!

—¡No, Victoria! ¡Quieta! ¡No lo hagas! ¡¡¡Espera!!!

¡¡¡Choooaaafff!!!

«¡Santo cielo! ¡¿Qué has hecho, condenada?! ¡Vamos, salva a la *mochacha*!».

Una sensación de frío recorre mi piel. Soy tuya, luna mía. Aguanto la respiración. Mi cuerpo percibe la falta de oxígeno y empieza a inquietarse. Respiro el agua por la nariz, y los pulmones se encharcan y colapsan. Una aguda sensación de sofoco me toma por completo. El cuerpo se agarra a la vida y lucha: unos espasmos tratan de evacuar el agua de los pulmones, sin efecto.

Aunque el dolor permanece y se expande desde el pecho, la sofocación empieza a remitir, al tiempo que una sensación de paz me embarga. Los brazos y las piernas dejan de pesarme, y el cuerpo empieza a moverse gobernado por el agua. Perdonadme, por favor, todos los que os hayáis ofendido por mis obras y pensamientos. La posición del torso se torna horizontal y siento una inmensa alegría y placer, como nunca antes en mi vida. Una ligera presión empuja el cuerpo, lo retorna a una posición vertical y lo hace rodar. Sonrío y cierro los ojos. Adiós.

—Hola, María Victoria.

—Todo es oscuridad. ¿Dónde estás? No tengo boca, no tengo manos, no tengo cuerpo. Solo escucho palabras en el aire… ¿Qué soy?

—Eres, siendo, una voz entre dos mundos.

—No te veo… ¿«Una voz entre dos mundos»? ¿Y por qué todo está negro?, ¿he muerto?

—Tan solo eras una ilusión, un espejismo.

—¡Mientes! Tenía una hija, un papá y una tía. Mi mamá falleció hace diez años y yo la quería mucho.

—Vivías en tu mundo.

—¡Mientes otra vez! ¿Dónde estás y quién eres? ¡Sal de tu escondite y da la cara! Yo me enojaba, reía, lloraba…

—Sentíamos los dos. Tu actuación me conmovía y yo lloraba contigo.

—Entonces, ¿mi vida ha sido una farsa?

—No, María Victoria. Nada que se sienta en el corazón puede ser nunca una farsa.

—Un momento… Si no estaba viva, ¿no he muerto ahogada?

—Eso es, María Victoria. Estás más viva que nunca, como un pensamiento. Sientes, luego existes.

—Yo quiero vivir en mi tierra. ¿Tú podrías devolverme, por favor?

—Expiras, porque te has quitado la vida en tu mundo, ¿y pretendes que te restituya? No comprendo este cambio.

—Deseo salir de esta nada, no puedo quedarme en este limbo. Devuélveme, por favor. ¡Quiero volver a actuar!

«Eres una llorona… ¡Claro que vas a poder empezar otra vez! ¡Todos deberíamos tener una segunda oportunidad después de la anterior! Sí te quedan fuerzas para seguir tu senda, pero quiero que vengas pronto conmigo. Te necesito, María Victoria».

—Lo intentaré.

—¿Te puedo pedir una cosa?

—Dime qué quieres, rápido. Pienso en cómo retornarte a la ficción de tu mundo.

—Te ruego que, en adelante, todo en mi vida vaya mejor. Sé que hay otras emociones y me gustaría experimentarlas.

—Lo intentaré, te lo prometo. Deja que siga pensando en cómo devolverte a la vida, por favor.

—¡Una cosa más necesito!

—Si me hablas, no puedo concentrarme. Di lo que quieras y no me despistes más.

—¿Por qué en nuestro mundo hay tantos sentimientos y tantas emociones?

—¡Ja, ja, ja…!

—¿Te ríes de mí?

—Cómo eres, María Victoria. ¡Me río contigo! Vuestra naturaleza es lírica. Esa esencia enciende las emociones y surge la música, el arte, la ciencia… Y cuánto lirismo hay en cada calle, en cada familia y en cada ser humano. Quizás, algún día, esta naturaleza pueda tomar a la razón y convencerla. Tal vez entonces el amor pueda vencer al instinto. ¡Tal vez! La razón, pobrecita, solo es un accidente del corazón. ¡Lo tendréis que aceptar!

—Agradezco tu sinceridad y que decidas devolverme a mi vida.

«Pero no te acomodes».

—Vamos a ver: estás en el mar, ahogada e inconsciente. Has muerto, aunque todavía te puedo reanimar… ¡Ajá! Ya está, lo tengo. ¡Que venga el galeón!

«Un creciente temblor en el agua y su fuerza de empuje provocan una carga eléctrica marina».

¡¡¡Chschrsschrrsstchtsssst…!!!

—Tu vida, María Victoria. ¡¡¡Tómala!!!

¡Ahhh, qué dolor en el pecho! Abro los ojos… ¿Dónde estoy? ¡¿Debajo del agua?! Siento un temblor. La poca luz entrante en el mar me permite ver cómo un extraño y grandísimo bulto de color negruzco corta las aguas de la superficie en mi dirección. Es el casco de un navío, ¡y va a arrollarme! La conmoción se intensifica conforme se acerca a mí. Mi cuerpo se mueve y rueda.

—¿Dónde estás?

«No me puedo zambullir en el agua si antes no te veo. Tendrás que subir cuando quedes inconsciente».

—¡Sube, condenada! No te *me* mueras ahogada.

«¡Bracea, *mochacha*!».

—¡Virgen del amor hermoso! ¡Jesús, qué barco tan grande!

«Eres un carguero de madera muy antiguo, con un montón de velas en los tres palos. ¿De dónde *me* has salido tú? Rompes las aguas con furia y el oleaje no interviene en tu movimiento. El viento resuena en las velas y las maderas crujen. ¿Por qué no hay ningún tripulante en la cubierta de la nave? Sí, un marinero te gobierna. Va trajeado. ¿Es el capitán? ¿Por qué me saludas?».

El barco sacude mi cuerpo: siento un fuerte dolor en las costillas y en la cabeza. Mi torso sigue golpeándose contra el casco y rueda sobre sí mismo. El mareo y el dolor de cabeza me debilitan tanto que…

—¿Dónde te encuentras?

«¡Ahí! El barco te está empujando hacia la playa. ¡Si te acercas tanto, vas a encallar! Viras y navegas mar adentro, menos mal. Qué raro es esto. Corro de vuelta por el muelle. Me lanzaré al agua después de ese velero. Te *me* acercas a la arena y yo te busco en los fondos».

—¡Vamos, Amparito, que siempre has sido una gran nadadora!».

!!!Chooaaafff!!! ¡Chap, chap, chap…!

«Araño la arena del fondo, puedo levantarme. ¡Corre!

»Estás en la orilla, inconsciente. Las olas te mueven la cabeza y el brazo derecho. Tienes el antebrazo izquierdo por debajo del cuerpo, has perdido las botas y la chaquetilla está hecha jirones. Por la parte de las costillas, se ha rasgado tu vestido».

—Ya llego, condenada.

«Llevas una brecha en la cabeza y le chorrea un hilo de sangre. Estás amoratada, puede que no respires».

—¡No te *me* mueras!

«Te cojo por la espalda, apoyo tu cabeza en mi pecho y arrastro tu cuerpo hasta la arena. Paciencia y buena letra, Amparo. ¿Recordaré cómo se hace una reanimación? La practiqué en abril, en el cursillo de la mutua. Subo tu barbilla, con suavidad».

—¿A ver si respiras?

«El pecho no sube. Llevo la mano izquierda a la frente y la derecha a la barbilla, abro la boca, acerco la oreja… No escucho el aliento».

—¡No respiras, santo cielo!

«Desato la hebilla de tu cazadora. ¡Reanima a la *mochacha,* Amparo!».

—¡Masaje cardiaco!

«Comprimo con el talón de la palma de la mano la punta del esternón, con la otra empujaré. Empiezo la maniobra de reanimación con treinta compresiones torácicas, manteniendo un ritmo constante».

—Uno, dos, tres…

«Un par de ventilaciones como Dios manda. Inspiro y…».

—¡Fuuu!

«Inspiro y…».

—¡Fuuu! ¡No te *me* mueras!

«Voy otra vez con las compresiones: uno, dos…».

—¡Glo, glo, glo! ¡Cof, glo, glo!

—¡Arreando! ¡Échalo todo! Ya estás aquí otra vez.

«Amparo te ha salvado la vida».

—Gracias a Dios que no me he marchado.

«Giro tu cabeza. Tose y evacua toda el agua».

—Te levanto la espalda. Respirarás mejor así, recostada en mi brazo.

«Eres bien parecida, a pesar de los golpes que llevas por todo el cuerpo. Qué labios más marcados tienes, tu boca es una hermosura. Abres los ojos… Estás aturdida por el golpe que llevas en la cabeza».

—Casi te *me* mueres, criatura. Estás de vuelta, no te preocupes.

«Te acaricio la frente y tú me miras extrañada, no me conoces».

—Estás confundida.

«Seguro que tu cabeza está pensando: "¿Quién es esta vieja?"».

—¡Ja, ja, ja!

¿Por qué te ríes? ¡Tienes una enorme verruga encima del labio y lleva un pelo como un árbol en medio, joder! Tu cara es blanca, ancha y está arrugada. ¿Quién eres y por qué me tienes en tus brazos? Hueles a tabaco.

«¿He acertado, criatura?».

Me duele la cabeza.

—¡Ufff, qué mareo! ¿Qué… ha ocurrido?

—¿Que qué ha pasado? Acabo de salvarte la vida, con reanimación cardiopulmonar incluida. Has golpeado tu cabeza contra… ¡A la porra! Te has dado un trastazo contra alguna piedra en el fondo del mar. ¡Vete tú a saber lo que habrá ahí, debajo de los barcos!

—Empiezo a recordar. Me había tirado al mar y… ¡Snif!

—Tranquilízate, que ya ha pasado todo.

—¿Quién… eres tú?

—Yo soy Amparo, la taxista que te ha traído hasta aquí. Has vuelto del otro mundo. ¿Por qué *me* lloras? ¿Qué tan malo ha ocurrido que te ha empujado a quitarte la vida, que es el tesoro más grande que tenemos?

—Mi vida no me pertenece, no es mía. Todo, en sus partes y en su conjunto, va mal y a peor. ¡No puedo seguir más!

¿Por qué no me escuchas?

—Estás sana y salva, que es lo que cuenta, *mochacha*. Quédate aquí y no te muevas, que vengo en un santiamén. Iré al taxi a por un par de mantas, nos las echaremos encima y así no cogeremos una pulmonía doble cada una. Llamaré a la central y pediré una ambulancia. Tienes que ir al hospital para que te vean el porrazo de la cabeza; no me gusta nada la pinta que tiene. Puedes tener un mal golpe y no darnos cuenta. También te tienen que curar las heridas de las costillas. Van a darte puntos, ¿te da miedo la agujita?

«Y *me* habrás tragado aceites y gasóleo. Prepárate también para la otra aguja, que van a pincharte».

Asiento con la cabeza. En mi estado, mi voluntad está quebrada. Estrecho las piernas y apoyo la frente en las rodillas. Tengo frío, pero lo soporto. No estoy sola, me acompañan el cielo y el mar. Las nubes escampan y las estrellas brillan con luces de distintos colores y matices, algunas incluso parpadean como si estuvieran vivas. La luna ilumina todo a su alrededor y el mar resplandece, aunque ya no refleja ningún camino.

—¡Qué paisaje tan bello!

Viene a mi cabeza una marcha de Chopin, se trata de la *Sonata para piano n.º 2*. ¿La recuerdas, tía Marcela? Con la cantidad de veces que la interpretabas, confieso que a mí también acabó por agradarme.

—*Me encanta toda la música, y más la romántica. Chopin es un genio, pues es capaz de expresar el romanticismo más sublime solo con su piano.*

La música resuena en mi golpeada cabeza. La composición tiene distintos tempos. En la primera parte, es una marcha: los acordes llevan notas bajas, su ritmo está muy marcado y es lento. Luego va incrementándose el tempo, los tonos y la fuerza de los acordes. Una rápida caída de los tonos y del ritmo adelanta un cambio. En la segunda parte, la melodía toma el protagonismo y se libera del ritmo tan marcado y hasta estridente. En estos compases, la música es lenta, y sus notas y acordes se sienten singulares.

Chopin despierta en mí un halo de fe y me abre el corazón. La vida debe de ser como la representas en tu música: tiene momentos marcados, bruscos, estridentes y trágicos; pero se renueva y se libera, y crea otros espacios bellos y enriquecedores. Demuestras con gran maestría, Chopin, que la música no es regular porque la vida tampoco lo es.

—¡Qué composición, Marcelina!

Bendito compositor… Quizá, después del temporal, surja en mi vida esta melodía tuya tan preciosa. La aguardaré, paciente.

—El Romanticismo…

«Ha empezado en ti esa música, María Victoria».

Es posible que todavía no esté todo enmarañado, puede que sí haya muchísimas más arañas dispuestas a seguir tejiendo sus miles de telitas frágiles. Estas redes nos unen y auxilian. Antonia, Yolanda, Matilde, Fede, Miguel, Amparo, las pescadoras, la esculturita, mi madre y mi padre, la tía Domi, mi maestra Sofía, la tía Marcela y tú, Luna, mi hija, hoy mismo, en mi debacle, me habéis demostrado que sois arañitas buenas.

—Otra paradoja…

En medio de mi temporal, ¿por qué varias arañas han tejido sus telitas para estrecharme con fuerza y resguardarme con ellas? No tengo la respuesta y puede que sea mejor así. No creo en el azar, tampoco en el destino. Seguid tejiendo y no os canséis nunca, arañitas. Qué sería de la vida sin un Sancho que quisiera estar siempre a tu lado, sin un escudero dispuesto a cuidarte cuando más lo necesitas, aun sin creer en la recompensa de la isla Barataria ni que sea probable «sanchificar» tu locura.

—Mis escuderos… ¡Snif!

Puede que sí sea posible tu liberación, escultura bonita. Y quizás también lo sea traer vuestro mundo a mi presente, pescadoras. «La esperanza es lo último que se pierde», y yo no quiero volver a perderla. En adelante, me transformaré en otra arañita buena y tejeré mis telitas frágiles, con paciencia arácnida. Ojalá, algún día, pueda llegar el romanticismo a mi vida, y, entonces sí, estaré dispuesta para un renacimiento. Miguel, tu beso…

—Quién sabe cuál será la armonía de la música del mañana.

Yo aguardaré, paciente, como espera la arañita, con las patitas tendidas sobre su preciada tela.

«Ha llegado el romanticismo a tu vida, María Victoria, y le has abierto las puertas de par en par».

Mar adentro, las olas rompen y, desordenadas, llegan hasta mis pies. El agua se retira al mar y regresa a la arena, con más fuerza, en el siguiente empuje. Es estimulante el ritmo de las olas en su ir y venir, su sonido característico y las efervescencias cuando se arrastra el agua por encima de la arena. Las imágenes, los sonidos y los olores salinos del mar conforman un conjunto sensorial plácido, que me da paz y se complementa con la música de Chopin.

—Y otro contrasentido…

Sin una memoria previa del conjunto de la composición, es del todo improbable que el azar distribuya, en armonía, sus efectos en sus partes. Melodía, armonía y ritmo van juntas, ¿a que sí, tía?

—*Así es, María Victoria. Melodía, armonía y ritmo son un solo cuerpo.*

Amparo se acerca a la playa. Lleva unos bultos a hombros, serán las mantas y las chaquetas. Parece una porteadora. Eres más ruda que un arado.

—¡Ja, ji, ja!

—¡Quítate la chaquetilla, que la tienes rota! Ponte este polar, lo abrochas hasta arriba y te echas la manta por encima. ¡A ver si nos vamos a enfriar y al pozo las dos!

—Deja que me quede con la manta hasta que entre en calor.

«Qué joven y hermosa eres, hasta con los golpes que llevas metidos en la cabeza. La piel es muy fina y no tienes ni un dedo de tocino. Tus ojos y labios resaltan más que antes, como si los hubiera cincelado un escultor. Cuando te reanimaba, he juntado mis labios con los tuyos y he sentido como una felicidad. ¿Quién eres, *mochacha*? Tienes alguna gracia. No diré nada, ¿a ver qué vas a pensar de mí? ¿Y por qué ibas quitarte la vida, con lo guapetona que tú eres?».

—Gracias, Amparo, de corazón. Gracias por salvarme la vida.

—Eso no es nada.

Ladeas la cabeza y bajas la vista.

—¡Uy!

Subo el cierre de la chaqueta. Aunque está rota, algo me cubre.

—¡Vestido a la mierda! Con tanto roto por aquí y por allá, estoy hecha un harapo.

Tengo una brecha en la cabeza y golpes con cortes en el costado. Cuando me salgan los moratones, voy a parecer un zombi. No eches a correr cuando me veas, hija.

—¡Ja, ja, ja!

—¿Por qué ríes?

—Nada, cosas mías. ¿Va a venir pronto la ambulancia?

—Les acabo de llamar y me han comunicado que vendrán cuando puedan. Hay un par de accidentes justo en el otro extremo de la ciudad, en la zona de las discotecas. Como han preguntado si estabas consciente y les he dicho que sí, pues me han pedido calma. ¡A esperar se ha dicho! —Frotas las manos y te arropas con la manta—. Si se alarga la noche, iré al hotelito a por un par de cafés con leche. ¡Ay, ay, ay!

—¿Por qué te quejas tanto al sentarte?

—Reuma, *mochacha,* reuma. La rodilla de las narices me lleva por la calle de la amargura. Ocurre cuando tomo frío, por la humedad. Y más la izquierda que la derecha. Me da punzadas y se hincha como una sandía.

—Lo siento.

—Claro, parecía milhombres.

—Tu no parecías eso, Amparo. Tú eres *milmujeres.*

«Está bien dicho, yo parecía *milhombres.* Me gustan las féminas, ¡y a mucha honra! ¡Que no lo ves, jopé! Y lo feliz que estoy aquí, contigo, con una de las mujeres más guapetonas de toda la ciudad».

—Estás graciosa, medio ahogadita y todo.

—Sí, ¿verdad? ¡Ja, ja, ja…!

—Qué noche llevamos, *mochacha.*

—Está preciosa. Las nubes han escampado y el cielo es un manto de estrellas de distintos colores. ¿Has visto que algunas se encienden y se apagan? Parece que nos hablen, que quieran decirnos algo… ¡Qué hermosura!

—Qué jaleo… ¿Antes has dicho que te llamabas Victoria?

—Sí.

—¿Puedo preguntarte una cosa, Victoria?

—Lo acabas de hacer.

—Me refiero a tu chapuzón. ¿Por qué lo has hecho? —La sinceridad con que formulas la pregunta me infunde tristeza.

—Tengo una niña muy pequeña en el pueblo, con mi padre… No me siento acogida, y menos aún en estos dos últimos años, desde que nació mi hija. La ciudad me ha manoseado a su antojo, como si yo fuera una marioneta. No hay una lógica global en un respeto y un beneficio mutuo entre las personas. Soy un títere, Amparo.

»Siento que mi vida se me escapa, día a día, sin que yo tome protagonismo en ella y sin mi hija. Esta ciudad te toma, te consume en el presente y te escupe a un pasado vacío. Además, hay algo extraño en mí que ha dejado de rodar conmigo y me lastima. Empiezo a pensar distinto a como lo hacía antes.

—No te compliques, eso tiene fácil solución. Vuelve a tu pueblo y búscate un trabajo allí. O haces como yo y te traes a tu familia. Yo estoy aquí treinta años con mi padre, que se dice pronto. Mi madre falleció joven, la pobre. —Realizas una mueca de desánimo—. Cuando tomo unos días de descanso, volvemos padre e hija al pueblo. «¡Y al pan, pan, y al vino, vino!» Y la ciudad sigue a su ritmo, y Anselmo y yo vamos a lo nuestro.

—No es tan fácil.

—¡Sí que lo es, *mochacha*! A ver si te crees que a mí me gusta vivir aquí. ¡Ni hablar! Esta ciudad no tiene amigos, ni pasado, ni memoria. Solo hay un montón de servicios, que compiten las veinticuatro horas del día. ¡Aquí se viene a trabajar y arreando! Yo trabajo mis turnos y me vuelvo a mi casa, o me marcho al pueblo. Y como yo, cientos, miles de personas. Casi nadie es de aquí, todos están de paso, solo para trabajar. Hace cuatro días esto era un pequeño pueblo de pescadores.

—La solución no es esquivar la realidad, Amparo.

—¿¡«Esquivar»!? Yo solo hago lo que debo, sin tomar más partido que mi conciencia y mi poca libertad. Mi espalda puede cargar hasta cincuenta kilos, no más. ¿Piensas que soy como un camión y que aguanto lo que me echen?

Antes sí lo parecías, con todas las mantas subidas a los hombros. Intentaré no reírme, pero cuesta.

—¿A qué… te refieres?

«¿Por qué *me* ríes? Estás un poco loquita tú».

—Son tiempos difíciles para la libertad y cada vez lo serán más. Prepárate. ¿Decías que la ciudad escupe? Te contaré lo que le ocurrió a mi vecina Carlota con su tienda. Antes de venirme con mi padre, la mujer llevaba muchos años trabajando en su pequeña pescadería aquí, en la avenida de los Naranjos. No he visto en mi vida persona más dedicada y amable con la clientela.

»Cada día, a las seis de la mañana en punto, mi Carlota empujaba su carrito de madera hasta la lonja. Antes de las ocho, mi vecina tenía organizados todos los pescados y mariscos en el mostrador de la tienda. Con suficiente parroquia, vivía de su trabajo. Hasta que llegó un supermercado y abrió justo enfrente de la pescadería. Carlota no pudo competir con los precios y el pez grande se la comió.

—Tuvo que cerrar.

Pues como yo.

—Mi vecina no ganaba ni para pagar el alquiler, ¡y menos mal que estaba a punto de jubilarse! Pero no sabes lo mejor, *mochacha*. Justo al lado de la pescadería abrió otro comercio. El supermercado que se comió a mi Carlota cerró al año de abrir porque no pudo con los precios del nuevo comercio. Imagina a los empleados: de aquí para allá y de allá para acá.

»Y la historia no acaba aquí, porque el pescado comenzó a llegar congelado de otros países. Esta lonja que acabas de patear sufrió una crisis tremenda, todavía más grande que la del cincuenta, cuando se trasladó aquí el puerto. Hoy, cuatro barcazas salen a faenar un par de veces a la semana, ¡y sobra pescado fresco! Esta es la ciudad que yo conozco.

—Esta es mi ciudad.

—No tiene corazón, nos manosea. Lo que importan son los numeritos, no las personas. Nosotros no le importamos a nadie, somos carne de cañón. Nos llaman «consumidores», que es lo mismo que decir que alguien nos está estudiando, en este

266

mismo momento, para machacarnos mañana más y mejor de lo que lo ha hecho hoy.

—Algún día, todos…

—Todos iguales y puestos donde nos quieran colocar. Siempre con prisas, corriendo en dirección a ninguna parte. La solución no pasa por enfrentar la realidad desde la conciencia y la poca libertad de cada persona, ¡nos volveríamos todos locos! Pero yo sí las mantengo, para cuando creo que realmente vale la pena.

»Entre los sueldos, los impuestos y los precios, estamos nosotros. Esta es la libertad que nos queda. La gente no es tan feliz como lo era mi vecina en su pescadería, ¡dónde va a parar! Todos a competir por llevarse la molla. Es lo que ocurre: importan los numeritos, no las personitas. «Te conozco, bacalao, aunque vengas *disfrazao*».

Puede que tengas razón y no esté loca. La ciudad lo ha cambiado todo y, en esa transformación, ha olvidado la cooperación horizontal entre las personas. En este nuevo contexto, debería cuidar mi conciencia y gestionar mejor mi poca libertad en mi parcelita, como tú bien haces. La valoración del pasado por parte de Matilde tiene que ver con esa conciencia. Tu pequeña libertad, Amparo, me ha salvado la vida.

Sé que tengo que valorar más mis raíces y tratar de llevarme mejor contigo, papá. Cuidas a mi hija como si fuera tuya, ¿y por qué tanta discusión? En adelante, cuando te enfades conmigo, solo me quedaré callada y no replicaré todavía más fuerte.

—*Romperemos la maraña, hija.*

¡La rasgaremos! Y la ciudad tomará su ritmo y nosotros seguiremos al nuestro. Quizás, algún día, pueda transformarme en otra pequeña arañita tejedora de telitas frágiles.

—¡Snif!

Contengo como puedo el llanto.

«Las lágrimas son buenas para la vista. Te daré mi teléfono, por si quisieras ser mi amiga. Me encuentro sola y estoy tan a gusto contigo. Mientras practicaba la reanimación y luego, cuando has vuelto, he sentido unas punzadas en el ánimo. Eres una persona extraña y agradable para estar en tu compañía. Has llegado y me has abierto el corazón, pero temo que vuelva a cerrarse cuando te lleve la ambulancia, y mi vida quede más triste todavía que antes de conocerte».

Resulta difícil siquiera pensarlo: «gestionar mejor mi poca libertad en mi parcelita». Suena bien, la verdad. Sin embargo, hay algo en mi conciencia, que empuja, con fuerza, hacia fuera de «mi parcelita». Alguna pieza ha empezado a rodar en otra dirección y me lastima. Eso que desconozco me pide a gritos, desde lo más fondo de mi ser, que tome partido. Siento que soy como un ave que, ante el más mínimo peligro, se levanta y abre sus alas para que sus polluelos encuentren un cobijo en donde resguardarse. Pero… ¿qué es esto que me empuja y me muta?

—Me atiendes con afecto, Amparo. ¿En qué piensas?

«Eres buena detrás de ese cuerpo tan agraciado. Me haría feliz darte un abrazo».

—¿Por qué me has salvado la vida?

—Habrán sido mi conciencia y mi poca libertad, sí. ¡Y que no me has pagado la carrera, condenada!

Las dos reímos a carcajada hasta donde lo permiten nuestros males. Me duelen las costillas cuando me muevo y tú te resientes de la rodilla. Te abrazo y te doy un beso en la frente, que me devuelves en la mejilla. Estoy más tranquila.

—Amparo, ¿crees en los Reyes Magos?

—¿Qué pregunta es esa? A los niños les hace ilusión.

—¿Piensas que después de esto, después de esta vida, hay algo más?

—Tengo algunos años más que tú, *mochacha*. A mí me enseñaron que sí, que tiene que haber algo antes y también después. No creo que el cielo sea como me lo explicaron cuando era una niña. La vida es un camino que nunca acaba y que no sabemos ni dónde, ni cuándo, ni cómo, ni por qué empezó.

—Pero hay algo, ¿a que sí?

—Yo sí lo creo. Qué aburrida sería la vida si solo fuera lo que conocemos. Mira las estrellas…

—¡Qué belleza! El cielo es inmenso y está lleno de color. ¿Conoces las constelaciones, Amparo?

—Yo no…

—Me encanta el guerrero Orión. Es un arquero, ¿lo ves?

—¿Dónde?

—Sigue mi dedo, yo te lo dibujo. Está tensando el arco, va a lanzar la flecha. ¡Cuidado, que te va a dar!

—¿…? Si no me explicas qué hay detrás de las estrellas, tiene que haber un cielo.

—¡Un cielo para todos! Da igual que no se crea o que sí, o en quién o cómo. Toda creencia aquí ha de nacer en un mismo lugar: la verdad. Ha de existir algo bueno ahí arriba, ¡y tiene que ser de todos y para todos!

—Pienso igual, *mochacha*.

—Me encanta el olor fresco y salino del mar. Qué bonita se ve la bahía desde aquí.

Tenemos unas vistas privilegiadas del paseo marítimo. Las luces colgadas son una gran guirnalda luminosa y navideña que engalana la ciudad. La iluminación sube y baja, de poste en poste, hasta más allá del hotel. La luz no se apagará con el fin de estas fiestas, sino que acompañará a la gente durante todo el año.

Son muchos los rascacielos, más altos o más estrechos, y en todos ellos hay cientos de luces de distintos colores. Son como las bolas brillantes y las luminarias que adornan los árboles de Navidad. Detrás de cada lucecita hay una familia que, con ilusión, aguarda la llegada de los Reyes Magos de Oriente. Cuántos miles de niños esperáis a que los Reyes os traigan una bicicleta sin ruedines, un patinete, un tambor… Y puede que hasta los más pequeños de la casa hayáis llevado leche y galletas para los camellos cerca del árbol, que llegarán cansados, pobrecitos. ¡Pero no valía vigilar el árbol de Navidad!

Estoy tranquila, con mi Amparo, frente al mar y bajo las estrellas. Yo también tengo mi regalo, el mejor de todos, y quiero que sea tuyo, hija.

Las olas han dejado de romper y el agua está en calma, ya no llega hasta mis pies. Un ligero vaivén en la arena es prueba de que el mar está vivo y se inquieta con el cambio de jornada. Frente a la ciudad, en la línea del horizonte, una pequeña lámina de fuego rojo sobresale del agua. El sol se empuja con fuerza desde el fondo del mar. Empieza a morir la noche y es condición para que nazca un nuevo día.

—Bendito Chopin y bendito Romanticismo.

—¿Qué dices?

—Nada, cosas mías, Amparito.

—Mi padre me llama igual. Si lo prefieres, también tú puedes hacerlo.

—Suena valenciano. Más cercano, como más familiar.

—Victoria, mi padre está viejo, pero aún prepara unos cocidos para chuparse los dedos. Te invito a comer mañana a mi casa y así hablamos de otros asuntos, creo que es lo justo. ¡Anselmo le echa a la olla un par de cachos de gallina, y le sale…! ¡Muac! —Te besas las puntas de los dedos.

—Si te parece, vamos a dejar a las gallinas en paz. Quedaremos otro día y comeremos unos tallarines, por ejemplo. Hoy no podré estar contigo porque me marcho al pueblo, con mi hija. ¡Tengo unas ganas de llegar! Dame tu teléfono, o mejor me lo das cuando lo pueda escribir.

Me duele más la cabeza.

—En el taxi tengo papel y boli.

Esta historia no puede acabar así. No, María Victoria… ¡Sí hay un futuro! Frente a mí, este paisaje que amanece y estalla en mil colores es lo menos parecido a una barraca en llamas, don Vicente Blasco Ibáñez. He leído tus obras y me he emocionado con tu naturalismo, pero… ¡sí hay esperanza!

270

Vamos a bailar, Amparo. ¿Qué música te pincho? ¡Ya está! ¡Sí, sí, sí! La tengo: *Lovefool,* del grupo sueco The Cardigans. ¡Pasada de canción!

—¡Ja, ja, ja!

«¿Por qué te ríes?».

—Oye, no me gustan los espaguetis esos. Yo soy más de cuchara.

«¿Te levantas? Deberíamos estar quietas hasta que llegue la ambulancia. Vuelves a quejarte del costillar».

—Llevas metido un buen trastazo ahí al lado.

—¡Arriba, vamos a bailar! Dame la mano, anda.

—¡Qué dices, *mochacha*! Mi rodilla está para explotar del reuma.

—¿Conoces la canción *Lovefool,* de The Cardigans?

—¿…?

Qué mueca.

—La voz de la cantante es dulce y la música es pausada, con una batería que repica de vez en cuando. ¿Has visto el vídeo?

—Yo no…

—Me encanta la historia que cuenta la canción y que completa el vídeo. En una escena, una mujer de mediana edad se quita el sujetador ante un chico joven, y luego surge un flechazo entre un hombre maduro y la vocalista, una mujer rubia, guapísima. La canción le canta al amor y a la locura que significa estar enamorada. ¿Tú lo estás, Amparo?

—¿…?

«Escucharé la canción y veré el vídeo».

—No me suena la canción.

—Pues una canción ha de sonar, porque si no suena… ¡Arriba, Amparo!

—Muy graciosa estás tú. ¡Ay, ay, ay, ay! ¡Qué estirón acabas de arrearme! ¡Casi te *me* llevas el brazo, *mochacha*! Estoy de pie, pero no me pidas que mueva esta pierna. ¿La has visto? Parece una butifarra.

—Yo tarareo la música y tú bailas. Dame las manos.

«¡Qué vergüenza!».

—¡Tran, tran! ¡Tran, tran, tran, tran! ¡Tran, tran! ¡Tran, tran, tran, tran! ¡Triii-ro-riii-rooo-riii-rooo-riroro! ¡Triii-ro-riii-rooo-riii-rooo-riroro!

—¡No me estires tanto los brazos! ¡Más despacio! No fuerces la máquina, que yo tengo mis años.

«Quién me iba a decir que esta madrugada, y después de salido el sol, estaría aquí bailando con un muerto viviente. Bailas de rechupete, hasta con los golpes que te has metido. Si nos ve alguien, ¿qué va a pensar de mí?».

¡¡¡Uuuuh, uuuh, uuuh!!! ¡¡¡Nino, nino, nino…!!!

—«A buenas horas, mangas verdes». Tú sigue con el baile, *mochacha*. Les diré a los de la ambulancia que llevas un golpe en la cabeza y asunto resuelto.

Pronto estaremos las dos juntitas, hija, y esta vez por más tiempo. Mañana podríamos ir al cine. En un par de meses estrenarán *Peter Pan,* ¿en marzo? La veremos juntas. Te va a encantar la peli, granujilla. Hija, cuando crezcas, no te alejes nunca de las ilusiones y la frescura de tu infancia. Todo lo que venga después de la inocencia se sumará a tu sonrisa o será un engaño. A veces, los mayores olvidamos que también somos niños y, cuando no, suelen pedirnos que maduremos.

—Síndrome de Peter Pan… ¡Qué imbéciles!

«¿Por qué lloras otra vez? Tú no te has quedado bien».

—Abrázame, *mochacha*.

Hoy es seis de enero, martes. ¿Podría matricularme ahora de asignaturas del segundo cuatrimestre? No debería haber inconvenientes, porque las clases empezarán a mediados de febrero, después de los exámenes del primer parcial. Me faltan dos añitos, a diez materias cuatrimestrales por año, veinte asignaturas. Si matriculo ahora cuatro y las apruebo en junio, me quedarán dieciséis para los dos años completos. De aquí al verano, puedo aligerar los cursos que me quedan en una asignatura por cuatrimestre. También tengo la oportunidad de septiembre. Mañana, que será laborable, telefonearé a la UNED.

«¡Esa es mi María Victoria! No te sometas jamás en la vida. ¡Muac!».

Printed in Great Britain
by Amazon